# 아들아!
# 너는…

50대 아버지가
20대 아들에게 쓰는 편지

# 아들아! 너는…

50대 아버지가
20대 아들에게 쓰는 편지

정병갑 **지음**

힘들고 어려운 시기에 태어나 여러 가지를 포기하면서
이 땅을 살아가는 20대 젊은이들에게

생각나눔

# 머리말

1년 중 300일이 쾌청한 미국 콜로라도에서 연구년을 마친 후에 홀로 귀국하였다. 혹시라도 혼자 귀국하는 일이 일어날지도 모르겠다는 생각에 온 가족의 왕복 비행기 표를 사서 떠났던 연구년이었다. 그러나 중학생 두 아들의 영어가 부족하여 1년 더 미국에서 공부한 후에 귀국하면 좋겠다는 아내의 말에 넘어간 것이 불행(?)의 시작이었다.

그리고 한국에서 홀로 지낸 1년! 이 기간은 마치 천국을 경험하는 것 같은 자유로운 생활이었고, 혼자만의 여유와 자유를 만끽했던 기간이었다. 그 1년이 지난 후 가족은 모두 귀국하였다. 그런데 2년 동안 미국에서 생활했던 사춘기 아들이 한국생활에 잘 적응할 리 없었다. 미국에서 돌아온 지 6개월 만에 다시 미국으로 가야겠다는 아내의 폭탄선언에 반대하지 못했던 것이 기러기 생활의 시작이었다. 아내는 두 아들과 조용히 미국행을 준비하고 있었는데 그것을 눈치채지 못한 내게도 잘못은 있었지만, 내가 알면 반대할 것이 뻔하니 비밀리에 미국으로 다시 가는 준비를 했던 것이다.

그 이후 15년에 걸쳐 일 년에 두 차례, 한 번에 3~4주씩 태평양을 왕복하는 외로운 기러기 생활이 시작되었다. 그동안 두 아들은 사춘기를 지나서 고등학교를 졸업하고 대학에 입학하고 대학생활을 충실하게 하다가 졸업 후 직업을 갖기까지 아버지로서 할 수 있는 일이 많지 않았다. 방학을 맞이하여 가족들과 합류하여도 속 깊은 이야기를 나눌 기회가 부족하였고 기껏해야 주말에 함께 운동하고 저녁 식사 자리에서 20~30분 이야기를 나누는 것이 전부였다.

그래서 생각한 것이 가족카페를 만들어서 각자 소식을 올리는 것! 그런데 이것도 2~3년 지나니까 시들해져서 이제는 유령카페가 되고 말았다. 그 이후에 등장한 것이 스마트폰을 활용한 SNS 소통! 이것도 바쁘다 보니 매일 하나씩은 소식을 올리자는 약속도 지켜지지 않는 것이었다.

하는 수 없이 아들에게 손편지를 쓰기 시작했다. 수십 통의 편지를 보냈지만 두 아들에게서 한 통의 답장도 받지 못했다. 손편지를 써보지 못한 아들에게는 편지쓰기가 쉽지 않았으리라는 것을 생각하더라도, 기러기 생활을 하는 아버지에게 한 통쯤은 보내주기를 기대했건만 아버지의 바람으로 그치고 말았다. 그렇다고 '왜 답장을 보내지 않느냐?', '빨리 편지를 보내라!'라고 다그칠 수는 없었다.

그러다가 '편지를 모아서 책으로 내자! 평소에 말하지 못한 내용을 모아서 글로 전하니 오히려 더 깊이 깨달을 것이다! 두고두고 읽을 수 있으니 더 효과적일 것이다!'라는 생각을 하게 되었다. 그리하여 주제를 정하여 새로운 편지를 쓰게 되었는데 한두 장짜리 손편지보다 더 깊이 있게 쓸 수 있었고 전하고 싶은 내용에 대한 성경적 가르침을 담을 수 있었다.

그러다 보니 한 가지 문제가 있었다. 아들에게 쓴 편지를 다시 읽어보니 한없이 부끄러웠다. 아들에게는 이렇게 저렇게 해라! 이렇게 생각하고 행동해라! 이렇게 하지 마라! 등등의 훈계조의 글이 되었지만 정작 아비로서 그렇게 살아오지 못한 것이 몹시 부끄러워지는 것이었다. 가장 좋은 교육은 모범을 보여주는 것이라는 사실을 누구보다도 잘 알고 있었지만 30년 동안 학생들을 가르쳐온 것이 몸에 배어 어쩔 수 없이 가르치려는 투의 편지가 되고 말았다.

그러나 비록 삶의 모범을 보여주지 못했어도 지금까지 살면서 터득한 지혜는 전해주고 싶었다. 그리고 수많은 시행착오 끝에 터득하여 학생들에게 가르쳤던 현장의 know-how를 아들에게도 가르쳐주고 싶었다. 그뿐만 아니라 살아가면서 경험하는 현실이 성경에는 어떻게 기록되어 있고 성경을 통해서는 어떠한 교훈을 얻을 수 있는지 알려주고 싶었다. 아들에게 쓰는 편지이니 아버지의 진심을 담으려고 하였고 아버지의 마음을 전하려고 하였다.

지난 30년간 교수로서 학생들을 가르치면서 내가 가르치는 학생들이 내 아들이고 내 딸이라고 생각하면 어떻게 가르쳐야 하는지 저절로 답을 찾을 수 있다고, 모든 선생은 그러한 마음으로 가르쳐야 한다고 주장해왔기 때문에 이 책에서는 아버지의 마음을 잃지 않았다는 것이 독자들에게 보였으리라 생각된다. 오히려 그 마음이 넘쳐서 한쪽으로 치우치지 않았을까 염려된다.

학생들을 가르치는 선생으로서 가장 어려운 것은 자신의 자녀를 가르치는 것이다. 교실에서 만나는 학생들은 정제된 모습으로 만나기 때문에 조언할 때도 교훈을 줄 때도 비교적 잘 받아들이는 편이다. 그러나 완전히 흐트러지고 편안한 모습으로 가정에서 만나는 자녀들에게서는 교육 효과를 거두기 쉽지 않다. 더구나 태어나고 보니 아버지의 아들이었기 때문에 아들의 마음에 아버지를 어렵게 여기지 않는 경향이 있는 것도 사실이다.

야구천재 이종범 선수의 아들이 중학교에서 야구를 배울 때 이야기다. 학교에서 가르치는 코치의 가르침에는 잘 따랐지만 아버지가 가르치는 것은 틀렸다고 하면서 배우려고 하지 않더라는 이종범 선수의 이야기를 읽은 적이 있다. 야구 천재도 자기 아들은 다른 선생에게 맡겨서 배우도록 하지 않았는가?

하물며 뛰어나지도 못하고 모범적이지도 못한 아버지가 아들을 가르치려고 쓴 책이 아들을 그르치지는 않을지 염려된다. 그럼에도 불구하고 성경 말씀에 비추어볼 때 하나님께서 일상생활을 통하여 어떻게 말씀하시는지를 이 책을 읽는 독자들이 깨달을 수 있다면 그것만으로도 감사한 마음이다. 성경은 하나님의 말씀이 기록된 책이다. 성경은 사실을 기록한 책이다. 우리가 어디서 왔고 어떠한 목적으로 살다가 어디로 가야 하는지 분명하게 보여주고 있다.

특히, 20대 젊은 청년의 때에 무엇을 배우며 어떠한 가치관을 가지고 살아야 하는지, 이 땅에서의 삶이 어떠해야 하는지를 성경을 통해서 배우고 깨닫기 바라는 마음으로 이 책을 쓰게 되었다. 힘들고 어려운 시기에 태어나서 여러 가지를 포기하면서 이 땅을 살아가는 20대 젊은이들이 이 책을 통해서 지혜를 배우고 삶의 철학을 깨달을 수 있기를 간절히 소망한다. 이 책이 지치고 힘든 이 땅의 젊은이들에게 작은 도움이나마 줄 수 있다면 기쁘고 즐거운 마음으로 이들을 위해 기도하는 가시고기 아버지가 될 것을 다짐한다.

자신에게 당당한 아들!
아버지에게 멋진 아들!
하나님 앞에 아름다운 아들!
이들에게 이 책을 선물하고 싶다!!

"하나님의 말씀은 살아있고 활력이 있어 좌우에 날 선 어떤 검보다도 예리하여 혼과 영과 및 관절과 골수를 찔러 쪼개기까지 하며 또 마음의 생각과 뜻을 판단하나니 (히 4:12)."

2019년 6월
정 병 갑 씀

# 목차

## 3장
## 너의 판단력을
## 키워라

## 4장
## 너의 삶을 열정으로
## 이끌어라

# 5장
## 네 주변 사람들과
## 관계를 원만하게 하라

# 6장
## 너의 품격을 지켜라

# 1장

## 너 자신을 돌아보라

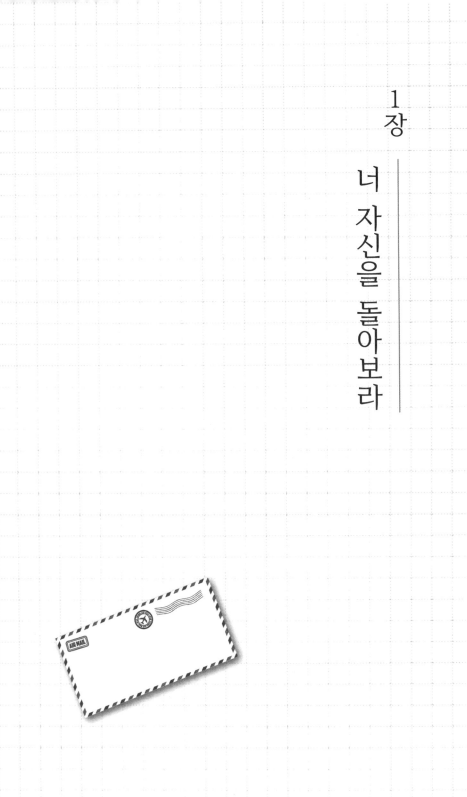

사람을 대할 때 항상 진정한 마음으로 대한다면 너 자신이
더 귀한 섬김을 실천할 수도 있을 것이다. 그러한 섬김을 평생
간직하기를 바라는 마음 간절하다.

Dear. My son

# 1. 사소한 일에 목숨 걸지 마라

주 안에서 사랑하는 아들아!

시골 출신 남자와 도시 출신 여자가 결혼하여 서울에서 행복하게 살고 있었다고 한다. 어느 날 퇴근하는 남편이 갑자기 삶은 감자가 몹시 먹고 싶은 것이었다. 어릴 때 먹던 감자 생각이 간절해서 아내에게 전화를 해서 오늘따라 감자가 먹고 싶으니 감자를 좀 삶아 놓으라고 부탁을 했단다. 회사 일을 마치자마자 감자 먹고 싶은 생각에 서둘러서 집에 도착한 남편이 현관문을 열자 삶은 감자 냄새가 구수하게 풍겨오는 것이었다. 그 옛날 어머니가 삶아주셨던 감자 생각이 나서 옷도 벗지 않고 식탁에 앉아서 감자 먹을 생각에 얼른 감자를 가져오라고 재촉하였단다.

아내는 아내대로 남편이 감자를 먹고 싶다고 하니 정성껏 감자를 삶았고 남편이 오기만을 기다리고 있었던 터라 남편의 말이 떨어지기도 전에 삶은 감자를 내어 왔다. 그런데 남편이 보니 감자와 함께 작은 종지에 소금을 담아서 내오는 것이었다. "여보! 이게 웬 소금이야?" 아내가 대답했다. "소금 찍어 먹으라고…." 그 말에 갑자기 남편의 마음에 "이게 뭐야? 나를 무시하는 거야?"라는 생각이 드는 것이었다.

그런 생각이 드니 말이 곱게 나갈 리가 없었다. 언성이 높아진 채로 "감자를 소금에 찍어 먹으라고?" 그 말을 들은 아내는 아내대로 "이 남자가 지금 왜 이렇게 목소리를 높이는 거야?" '자기가 먹고 싶다고 해서 열심히 삶아놨으면 고맙게 먹을 것이지!'라고 생각하면서 마찬가지로 옥타브가 높아지게 되었다. "그럼 감자를 소금에 찍어 먹지 소금을 감자에 찍어 먹어?" 그 말을 들은 남편의 머릿속이 복잡해졌다. '내가 시골출신이라고 나를 무시하는구나….' '아무리 그래도 감자를 소금에 찍어먹으라고 하다니….' 이러한 생각이 들기 시작하더니 급기야 목소리가 더 높아졌다. "감자를 소금에 찍어 먹는 사람이 어디 있어? 빨리 설탕 가지고 와!"

그 말을 들은 아내는 아내대로 화가 나기 시작했다. "감자는 소금에 찍어 먹어야 제맛인데 설탕에 찍어 먹는다고…?" "몸에도 좋지 않은 설탕을 도대체 왜 먹으려고 하는 거야?" 아내 역시 목소리를 높이면서 "그냥 소금에 찍어서 먹어! 설탕은 건강에도 안 좋은데 왜 설탕을 찾는 거야?"라고 곱지 않은 말로 대답하였다.

두 사람은 감자를 소금에 찍어 먹느냐 설탕에 찍어 먹느냐를 가지고 한참 동안 말싸움을 주고받은 끝에 집안 내력까지 들추면서 시골 출신이라 어쩔 수 없다느니, 도대체 도시에 살았다고 사람을 무시한다는 등등 험악한 싸움으로 번지게 되었다. 그날 저녁 두 사람은 감자는 먹지 않은 채 '감자를 설탕에 찍어 먹는 집의 사람과는 이야기도 하기 싫다', '감자를 소금에 찍어 먹는 집의 사람들과 엮이기 싫다' 등의 집안싸움으로 번지게 되었고 부부 싸움이 심해져서 이혼하자는 이야기까지 하게 되었고 결국 다음 날 이혼 소송을 제기하기에 이르렀다.

재판정에 신 두 사람은 판사 앞에서까지 싸움을 이어가게 되었는데, 아내는 원래 감자는 소금에 찍어 먹어야 깊은 맛을 느낄 수 있다며 자기주장을 굽히지 않았고, 남편은 남편대로 감자는 설탕에 찍어 먹어야 달달한 맛을 느낄 수 있지 세상에 감자를 소금에 찍어 먹는 사람이 어디 있냐며 아내의 집안과 가문까지 무시하면서 언성을 높이고 감정싸움을 이어가고 있었다.

그 말을 듣고 있는 판사는 이혼재판에 참석해서까지 싸우고 있는 부부를 측은한 듯 바라보고 있었지만, 섣불리 두 사람의 대화에 끼어들지 못하고 어쩔 줄 몰라하고 있었다. 자신이 지금까지 수십 년 동안 판사생활을 해 오면서 수많은 사건을 다루었지만, 감자를 설탕에 찍어 먹느냐 소금에 찍어 먹느냐는 문제로 이혼하려는 사건은 처음 접하는 것이었다. 참으로 난처하고 곤란한 지경에 빠지고 말았다. 어떻게 해서든지 이 부부의 이혼만은 막고 싶었다.

그때 아내가 판사에게 물어보았다. "판사님은 감자를 어디에 찍어 먹습니까?" "소금에 찍어 먹어야 깊은 맛을 느낄 수 있죠? 그쵸~~?" 그 말을 들은 남편은 남편대로 감자는 단맛이 나지 않기 때문에 설탕에 찍어 먹어야 달달한 맛을 느낄 수 있다며 다시 한 번 자신의 주장을 내세우는 것이었다. 판사는 이 부부의 이야기를 들고 '말을 잘못했다가는 큰일 나겠구나!' 싶은 생각이 들었다. 한참 고민하고 어떻게 말할까 생각하던 판사는 "제가 판사생활을 20년 넘게 했지만 감자를 소금에 찍어 먹느냐 설탕에 찍어 먹느냐 하는 문제로 이혼하려는 사람은 처음 봤습니다. 그런데 우리 집에서는 고추장에 찍어 먹는데요~~~?"라고 했다고 한다.

사랑하는 아들아!

누군가 지어낸 이야기라고 생각되지만 이 이야기에서 느낄 수 있는 것은 감자를 설탕에 찍어 먹든지 소금에 찍어 먹든지 결코 중요한 문제가 아니라는 점이다. 설탕에 찍어 먹으면 어떻고 또 소금에 찍어 먹으면 어떻단 말이냐? 판사 집에서는 고추장에 찍어 먹는다고 하지 않더냐? 이처럼 사소한 문제는 우리가 살아가면서 많이 겪게 되는 것 중에 하나란다. 너도 세상을 살아가면서 가정에서, 직장에서, 주변에서 수도 없이 많이 사소한 문제들과 부딪히게 될 것이다. 그럴 때마다 넘기지 못하고 그 문제에 집착하게 된다면 그로 인해서 더 큰 문제가 발생하게 될 것이다. 사소한 문제는 사소한 것으로 넘기기 바란다. 사소한 문제에 목숨 걸지 말기 바란다.

아버지도 역시 이처럼 사소한 문제로 20년 동안이나 너희 어머니와 티격태격한 적이 있었단다. 지금 생각해 보면 너무나 하찮은 일이었는데 그때는 왜 그랬는지 도무지 이해가 되지 않는다. 양보하거나 굽히면 자존심이 허락하지 않았는지, 여기서 밀리면 모든 것이 무너질 것 같은 생각이 들었는지 모르겠지만 끝까지 고집하고 내 의견을 내세워서 압박했던 것 같다. 물론 너희 어머니도 마찬가지로 결코 굽히거나 양보하는 일 없이 끝까지 자기 의견을 주장했던 것도 사실이다.

아버지와 어머니가 다투었던 사소한 문제는 화장실 변기를 내려놓느냐, 올려놓느냐 하는 문제였단다. 이것은 설탕이냐 소금이냐 하는 문제보다도 더 사소한 문제였다고 생각한다. 아버지 생각에는 변기를 내려놓으면 남자들이 소변을 볼 경우 다시 올려놓고 일을 보아야 하는 번거로움도 있고 먼지가 앉아서 더러워질 뿐 아니라 세면대에서 물이 튈 수도 있기 때문에 당연히 올려놓아야 한다는 생각이었다(실제로는 그 문제 때문이 아니라 자존심 때문이었으리라 생각한다).

그런데 너희 어머니는 그렇게 생각하지 않았단다. 여성들은 앉아서 일을 보기 때문에 내려져 있으면 다음번 일을 볼 때 편리하기 때문에 남자들이 일을 본 후 내려놓아야 한다는 생각이었단다. 그래서 너희 어머니는 물을 내린 다음 그대로 놓아두고 화장실을 나오곤 했단다. 따라서 엄마 다음에 아버지가 소변을 보려면 내려져 있는 변기를 올린 다음에 소변을 보아야 하는 번거로움이 있었던 것이다. 그 사소한 문제를 참지 못해서 무려 20년간 지속해서 다투었던 것이다.

조금 귀찮더라도 양보하고 이해했다면 아무런 문제가 되지 않았을 사소한 일이 너무나 오랫동안 서로를 괴롭혀온 것이었다. 이처럼 사소한 문제는 대부분 밖에서 일어나는 경우보다 가정에서 가족들 사이에 일어나는 일이 많으리라 생각한다. 집안에서 부부간에 일어나는 사소한 문제 중에는 '왜 치약을 짤 때 끝에서부터 짜지 않고 중간에서 짜느냐?', '왜 양말을 뒤집어서 벗어 놓느냐?', '왜 밥 먹을 때 쩝쩝 소리를 내느냐?', '왜 옷을 벗으면 세탁 바구니 안에 넣지 바닥에 아무렇게 던져 놓느냐?' 등의 사소한 문제가 대부분이란다.

아마 너도 결혼하고 가정을 이루게 되면 이러한 유형의 문제로 부부싸움을 하게 될지도 모른다. 부부가 싸우면서 세계정세와 경제정책을 두고 의견이 달라서 싸우거나 우주정복의 방향과 미래세계의 동향에 대해서 이야기 나누다가 싸우는 경우는 절대 없을 것이다. 다시 말하면 별로 중요하지도 않고 큰 의미도 없는 사소한 문제, 양보하는 것이 오히려 이길 수 있는 문제를 두고 때로는 전쟁하는 사람들처럼 싸우는 경우를 종종 보게 된다.

이처럼 사소한 문제는 목숨을 걸 만큼 중요한 문제가 아닌데도 불구하고 부부 사이에서는 목숨을 걸고 있는 것처럼 싸우는 경우를 종종 보게 된다. 부부 사이에서뿐만 아니라 형제 사이에서도 대부분 사소한 문제로 다툼이 일어난다. 왜 사람들이 이처럼 사소한 문제를 양보하지 못하고 꼭 이겨야 할 절대적인 전투처럼 싸우는 것일까? 그것은 서로 양보하기 싫어하고 이 문제에서 밀리게 되면 앞으로 모든 문제에서 밀리게 될지도 모른다는 생각 때문이 아닐까?

사랑하는 아들아!

너는 이처럼 사소한 일에 목숨 걸지 않기 바란다. 부부간에는 지는 것이 오히려 이기는 것임을 명심하기 바란다. 전투에서는 이기고 전쟁에서 지는 것이 좋겠느냐? 아니면 전투에서는 지고 전쟁에서 이기는 것이 좋겠느냐? 사소한 싸움에서는 지는 전술을 택하기 바란다. 그러한 문제는 비단 부부 사이에서뿐만 아니라 사회에서도 심각한 문제로 번지는 경우가 있기 때문이다.

앞에서 말한 감자 부부의 사건은 그 이후에 어떻게 전개되었을 것 같니? 식물을 연구하는 아버지의 시각으로 두 사람의 이혼 재판이후 사건을 정리해보고자 한다. 아버지가 수업시간에 학생들에게 가르치는 내용이기도 하고 또 이 내용을 가르칠 때는 한 사람도 딴짓 하는 학생이 없이 모두 집중해서 들었기 때문에 너에게도 가르쳐주고 싶구나.

판사는 도대체 어떻게 이 사건을 어떻게 판결해야 할지 몰라서 몹시 답답했다. 그 순간 문득 전에 교회에서 들었던 강의가 생각났다. 그래서 판사는 두 사람에게 한 가지 제안을 하게 되었다.

"내가 보니 이러한 사소한 문제로 이혼을 한다면 이 세상에 이혼하지 않고 살 부부가 없을 것입니다. 그런데 내가 보니 당신들은 반드시 이혼해야 할 사람들입니다. 이 재판을 맡은 판사로서 두 분은 반드시 이혼하도록 판결하겠습니다. 그런데 최종 판결까지 4주의 기간이 있기 때문에 그 기간에 각자에게 숙제를 한 가지씩 드리겠습니다. 제가 내드린 숙제를 더 충실하게 한 사람에게 더 많은 재산이 분할되도록 재판장 직권으로 판결하겠습니다."

"제가 드리는 숙제는 지금 여러분 앞에 놓인 화분에 심긴 칼랑코에라는 식물을 잘 키우는 것입니다. 4주 후에 두 분이 키운 칼랑코에를 보고 더 잘 키운 분에게 유리하게 판결하려고 합니다. 그런데 한 가지 조건이 있습니다. 여러분이 이 식물을 키우면서 매일 두 번 이상 '사랑한다! 나는 네가 있어서 행복하다! 너는 참 예쁘다! 나는 네가 좋다!'는 말을 반드시 해야 합니다. 하루에 두 번만 할 것이 아니라 더 많이 해도 좋습니다. 그리고 물을 줄 때도 그냥 주지 말고 '목마르지? 물 많이 먹고 잘 자라라~~~! 사랑한다! 나는 네가 좋다!'라는 말을 하면서 물을 주기 바랍니다. 혹시 외출하게 될 때는 반드시 칼랑코에에게 인사하고 외출하기 바랍니다. 그리고 외출에서 돌아올 때도 이제 외출에서 돌아왔고 무슨 일이 있었다는 것을 반드시 이야기해야 합니다."

판사의 말을 들은 부부는 기가 막혔다. 지금까지 한 번도 보지도 듣지도 못한 이야기를 판사가 하고 있어서 어처구니가 없다는 생각이 들었다. 그러나 어차피 이혼할 것이기 때문에 기왕이면 칼랑코에를 잘 키워서 재산분할을 더 많이 받고 싶었다. 두 사람 모두 똑같은 생각이었다.

그래서 두 사람 모두 집에 돌아가자마자 판사가 준 칼랑코에를 열심히 키웠다. 판사가 시키는 대로 시도 때도 없이 사랑한다고 이야기했고 외출해서는 집에 두고 온 식물이 잘 있는지 궁금해서 오랜 시간 외출할 수조차 없었다. 칼랑코에가 보고 싶어서 가능하면 빨리 외출에서 돌아와야 했다. 수시로 가서 이야기를 나눴고 자주 쓰다듬어주기도 하였다. 하루하루 날짜가 지나면서 점점 더 식물에게 빠져드는 것을 느꼈다고 한다. 심지어 꿈에 나타나기도 했는데 식물과 함께 산책도 하고 식물과 함께 여행하는 꿈도 꾸었으며 꿈속에서도 칼랑코에와 많은 이야기를 나누고 있었다고 한다.

그런데 2주 정도 지나면서 정말 이상한 현상이 나타나기 시작했다. 남편은 남편대로 아내는 아내대로 마음이 부드러워지기 시작하는 것이었다. 처음 판사에게 식물을 받을 때는 어찌 되었든지 잘 키워서 보란 듯이 상대방을 이기고 싶었다. 칼랑코에에게 사랑한다는 말을 더 많이 해서 더 잘 자라도록 만들고 그래서 재산 분할을 더 많이 받고 싶은 마음뿐이었다. 그런데 그 마음은 점점 옅어지고 상대방을 이해하려는 마음이 생기는 것이었다. 왜 그러한 마음이 생기는지 자신도 모를 일이었다. 그러나 미워하는 마음은 점점 작아지고 측은한 마음이 들다가 시간이 흐를수록 사랑하는 마음이 점점 자라는 것이었다.

그래서 3주가 지나면서 이제는 식물보다 상대방을 더 많이 생각하게 되었다. 그리고 누가 먼저라고 할 것 없이 상대방에게 "내가 잘못 했어. 미안해. 아무것도 아닌 문제로 당신의 마음을 아프게 해서 정말 미안해. 나를 용서해줘~~."라는 말을 서로 하게 되었다. 이 부부는 칼랑코에를 키우면서 상대방을 이해하는 마음을 가지게 되었고, 상대방을 이해하는 마음에서 사랑하는 마음으로 바뀌는 것을 경험하게 되었다. 이 부부는 이혼 대신에 자신이 잘못했음을 고백하고 감자 사건 이전보다 더 사랑하는 사이로 변하게 되었다고 한다.

두 사람은 감자를 소금에 찍어 먹느냐 설탕에 찍어 먹느냐가 중요한 것이 아니라 상대방의 마음을 헤아리지 못한 자신의 잘못만 생각하게 되었고 칼랑코에를 사랑했던 마음이 상대방을 사랑하는 마음으로 바뀌었음을 깨닫게 되었다.

이혼재판을 맡았던 판사는 자신이 목적한 바를 101% 달성하게 되었고 예정했던 4주가 지나서 판결하는 자리에 부부가 다정한 모습으로 나타나서 "우리는 이혼을 없던 일로 하기로 했습니다."라는 말에 얼마나 기뻤는지 몰랐다. 20년 판사생활에서 최고의 명판결이 었음은 말할 필요도 없었다. 그리고 자신이 이혼재판의 판사를 맡게 된 것을 보람으로 여기게 되었다.

사랑하는 아들아!

20~30년간 모든 것이 서로 다른 상황에서 남남으로 살던 사람들이 함께 만나서 살게 되면 서로 부딪히는 일이 한두 가지가 아니다. 아무리 사랑하는 사람이라고 하더라도 모든 부부가 겪는 문제이기 때문에 너도 역시 이러한 일을 겪게 될 것이다. 만약에 너에게도 이러한 유형의 일이 일어나게 된다면 '설탕이냐 소금이냐'를 떠올리고 한 번 피식~~ 웃고 무조건 양보하기 바란다. 그래서 사소한 일에 목숨 걸지 않는 멋진 아들, 될 수 있으면 양보하고 배려하는 넓은 마음을 가진 아들이 되기 바란다.

사소한 일에 목숨 걸지 않는
아들이 되기를 기도하는 아버지가…

## 2. 현관 바깥까지 배웅하라

아들아!

    요즈음 부산 날씨는 따뜻하다 못해 가끔은 덥다는 느낌이 드는 것을 보니 완연한 봄이라는 것을 느끼고 있다. 이 찬란한 봄에 너의 인생에 있어서 가장 아름답고 가장 찬란한 대학생활을 보내고 있으리라 생각한다.

    아버지의 경험에 의하면 대학생활은 후회하지 않을 만큼 멋지게 보내야 한다고 생각한다. 아버지는 대학에 다닐 때 해보고 싶었으나 해보지 못한 일이 많아서 지금도 가끔 생각나고 또 '그때 왜 그것을 하지 못했을까? 어떻게 해서라도 했어야 하는데….'라는 생각을 하고 있단다. 그 대부분은 경제적으로 어려워서 하지 못한 것이었다. 할아버지가 시골에서 농사지어 조금씩 보내주는 돈으로 생활해야 했으니 얼마나 어려웠던지….

    그래도 아버지는 할아버지의 아들로 태어난 덕분에 멀리 서울에서 대학생활을 할 수 있었으니 그것만으로도 감사한 일이었음은 두 말할 필요가 없다. 물론 그 당시에도 그러한 생각에는 변함이 없었고 평소에도 종종 할아버지에게 편지를 드려서 소식을 전해드렸고 열심히 공부하고 있으니 걱정하시지 말라는 안부를 전해드리곤 했었단다.

그런데 대학생활은 공부만이 전부가 아니라 다양한 경험을 할 수 있어야 하고 다양한 책을 많이 읽어서 강의실에서 배울 수 없는 폭넓은 지식을 쌓는 것이 중요하다고 생각한다. 특히, 대학생 나이에 경험해보아야 할 것들은 반드시 경험하는 것이 좋고, 20대 후반에 경험해보아야 할 일은 그때에 경험하는 것이 중요하리라 생각한다. 젊은 나이에 경험해야 할 것들을 나이가 들어서 경험한다면 젊은 나이에 경험했을 때 느끼는 감동을 절대 맛볼 수 없는 것이기 때문이다. 마음을 울리는 감동은 경험해야 할 시기가 따로 있다는 생각이 드는구나.


사랑하는 아들아!

오늘은 네가 앞으로 살아가면서 네 주변에 있는 사람들에게 어떻게 하는 것이 좋은 인상을 남길 수 있는지에 대한 이야기하고자 한다. 너도 알다시피 아버지는 창조 과학 특강을 많이 하기 때문에 수많은 교회를 방문하여 강의를 하고 있다. 그런데 아버지를 맞이하는 목사님들 중에는 설렁설렁 맞이하는 분도 있고 마음을 다하여 맞이하는 분이 있는 것도 사실이다.

그 중에 잊지 못할 분이 있어서 그 목사님이 어떻게 하셨는지 알리고 너도 그 목사님처럼 행동하기를 바라는 마음으로 아버지가 만났던 목사님의 이야기를 하고자 한다. 너도 그때 아버지를 위해서 열심히 기도했으니 알겠지만 2012년에 부산에서 창조과학 국제 학술대회를 크게 개최한 적이 있었고 그 일을 책임지고 맡았던 사람이 아버지였는데, 3,000명을 모으기 위해서 기도하고 열심히 홍보할 때의 일이다.

부산 울산 경남 지역의 여러 교회를 다니면서 홍보도 하고 특강도 했는데 울산의 어느 교회에 갔을 때의 일이다. 큰 교회 목사님들은 만나기가 쉽지 않기 때문에, 아버지가 생각한 방법은 홍보하려는 교회로 새벽기도를 가서 예배를 마치고 난 후에 목사님을 만나는 것이었다. 사실 아버지가 방문한 교회는 울산에서 큰 교회이기 때문에 내심 재정지원을 받고 싶은 마음도 있었던 것이 사실이다. 그러나 그 당시에는 재정지원보다 더 중요한 일이 사람을 모으는 일이었다. 잔치를 열었으면 사람이 많이 오는 것이 가장 중요한 일이기 때문이다.

학술대회에서 3,000명을 모은다는 것이 결코 쉬운 일이 아니라는 것을 너도 짐작할 것이다. 더구나 교회에서 열리는 국제 학술대회이고, 또 학술대회가 열리는 교회는 부산에서 가장 큰 교회인데 개회식이 열리는 장소는 무려 4,300명이 들어가는 예배당이었으니 만약 1/4이나 절반만 채우게 된다면 썰렁한 분위기로 인해 학술대회는 실패한 것이나 다름없다고 생각하던 때였다. 그래서 열심히 발로 뛰면서 목사님들을 찾아뵈면서 사람들을 보내 주시도록 부탁드리고 있었던 때였다.

사실 그 목사님을 만나기 위해서 이미 두 번이나 새벽기도에 참석하였는데 그날따라 담임 목사님이 새벽기도회를 인도하지 않았고 외부에 출타 중이셨기 때문에 만나지 못했기에 초조했던 것이 사실이었다. 그날도 5시 새벽기도에 참석하기 위해서 집에서 4시가 되기 전에 나섰고 새벽예배를 마치고 잠시 기도하는 시간을 가진 후 예배당을 나서는 목사님을 뒤따라가서 아버지를 소개하고 새벽기도회에 참석한 목적을 말씀드렸다. 설명을 들은 목사님은 교회에 광고해주시겠다고 약속을 하셨고 집으로 돌아가야 할 시간이 되어서 인사를 드리고 나오려는데 문밖으로 따라나오시는 것이었다.

　　그래서 '문밖에서 배웅해주시려나 보다.'라고 생각했는데 4층에서 1층의 주차장까지 따라오셔서 아버지가 차를 운전하여 출발하는 것까지 보시고 발걸음을 돌려 들어가시는 것을 보고 감동하지 않을 수 없었다. 목사님과 이야기를 나누었던 목양실 문밖까지만 배웅해주셨어도 감사한 마음이었을 텐데 4층에서 계단을 내려와 1층 야외 주차장까지 배웅한 그 목사님의 배웅을 받고 집으로 돌아오는 길은 구름을 탄 기분이었단다. 그날은 목사님과 아버지가 처음 만나는 날이었고 아버지가 그렇게 많이 알려진 교수도 아니었으며 아버지가 그 목사님보다 나이가 많은 것도 아니었단다. 그러나 그 목사님은 아버지를 극진하게 섬겨주셨고 그러한 섬김을 받은 아버지가 그 이후 어떠한 생각을 하게 되었을지는 너도 짐작하리라 믿는다.

　　목사님의 극진한 배웅을 받은 아버지는 다른 교회에 창조과학 특강을 할 때에는 주차장까지 따라와서 배웅하신 그 목사님의 이야기를 하지 않을 수 없었단다. 특히, 그 목사님이 아버지와 함께 계단을 내려와서 주차장까지 걸어가는 동안 할머니 몇 분을 만나게 되었는데 한 분 한 분 다정하게 손 잡아드리고 이야기 나눠드리던 모습이 아직도 눈에 선하다.

그리고 그날이 토요일이었는데 그 교회 목사님들과 전도사님들이 함께 모여서 회의를 하는 자리에서 아버지의 열정에 대하여 이야기를 했다고 하는구나. 부산 끝에 위치한 영도에서 울산까지 한 시간가량 운전해서 학술대회를 홍보하기 위해서 새벽기도에 참석한 그 열심을 배우라고 하시더라는 이야기를 다른 목사님으로부터 전해 들었다. 결국, 그 교회에서는 약 150명이 넘는 분들이 학술대회에 참가했고 재정지원까지 받게 되었다. 아버지는 단지 학술대회를 홍보하기 위해서 새벽기도에 참석했을 뿐인데 주차장까지 배웅해주셨고 많은 분이 참석하도록 홍보해주신 그 목사님께 감사하지 않을 수 없었단다.

예수님을 사랑하는 아들아!

그런데 성경에는 이보다 더 헌신적으로 사람들을 섬기셨던 예수님의 사랑과 섬김이 수도 없이 많이 기록되어 있단다. 이러한 기록을 읽을 때마다 우리가 아무리 노력해도 예수님처럼 살 수는 없지만 예수님을 닮아가기 위하여 노력해야 하지 않을까 생각하고 있다. 예수님께서는 섬기는 자로, 종으로 왔다고 고백하면서 손수 식탁에 음식을 나르시고 또 대야에 물을 떠서 제자들의 발을 일일이 씻겨주셨고 "너희 중에 누구든지 크고자 하는 자는 섬기는 자가 되고 너희 중에 누구든지 으뜸이 되고자 하는 자는 모든 사람의 종이 되어야 하리라 (막10:42-43)"라고 성경에는 기록되어 있단다.

아버지는 네가 예수님처럼 다른 사람을 섬기는 사람이 되었으면 좋겠다. 또 예수님이 사람들을 섬기는 그 섬김을 본받았으면 좋겠다. 그것이 예수님이 아버지에게 가르쳐주신 것이고 예수님의 가르침을 너에게 전해주고 싶은 마음이다. 아버지는 허물이 커서 돌이켜 생각해보면 아버지를 닮으라는 말을 너에게 하지 못하겠구나. 그대신 예수님을 닮으라는 말은 꼭 하고 싶단다. 아버지의 눈에는 아버지를 주차장까지 배웅하신 목사님이 예수님처럼 보였고 예수님의 마음으로 그렇게 섬겨주신 것이라고 생각한다.

그 이후에 아버지도 사람들을 배웅할 일이 있을 때 가능하면 현관 바깥까지 배웅하려고 노력하고 있다. 학교에서는 연구실 바깥이 아니라 아버지 연구실이 있는 건물 현관 바깥까지 배웅하려고 노력하고 있단다. 특히, 학생들이 상담하러 와서 이야기를 모두 마치고 나갈 때는 항상 문밖까지 배웅하는 것을 습관처럼 해오고 있다. 처음에는 아버지도 쑥스러웠고 아버지의 배웅을 받은 학생들도 쑥스러워했지만 변함없이 그렇게 하니까 이제는 어느 정도 몸에 밴 것 같구나.


사랑하는 아들아!

아버지는 네가 선한 영향력을 주변에 많이 미칠 수 있는 사람이 되었으면 좋겠다. 그러기 위해서는 '나를 따르라!'라는 리더십이 아니라 '내가 먼저 섬기겠습니다!'라는 섬김의 리더십을 발휘해야 한다고 생각한다. 과거에는 능력 있는 사람이 앞장서서 나가면 그 뒤를 많은 사람들이 따라가는 '따르라 리더십'이 통할 때도 있었다. 그러나 지금은 사람들이 그러한 생각을 가지고 있지 않을 뿐 아니라, 개인의 다양성이 더 중요한 세상이 되었기 때문에 다른 사람을 섬기는 '섬김의 리더십'이 훨씬 더 잘 통하는 시대가 되었단다. 아마도 네가 아버지의 나이가 되었을 때에도 섬김의 리더십은 변함없이 잘 통하리라 생각한다. 아니 옛날에도 그러한 리더십이 있었지만 우리나라는 성장 우선, 발전 우선, 전진 우선이었기 때문에 그러한 섬김의 리더십이 가려져 있었던 것이다.

아버지는 아들이 다른 사람을 잘 섬기면서 주변 사람들로부터 칭송받고 좋은 평판을 받기를 바라는 마음이 간절하다. 지금은 간판보다 평판이 더 중요한 세상인데, 특히 외국에서는 추천서가 매우 중요시되는 사회이기 때문에 한국보다 평판이 훨씬 더 중요하리라 생각한다. 아버지는 아들이 어디에서 무엇을 하든지 섬김의 리더십으로 사회를 바꾸고 주위를 변화시키는 능력 있는 사람이 되기를 바라면서 기도하고 있다.

네가 주위 사람들을 섬기고 좋은 평판을 받는 방법 중에 하나가 너를 찾아온 사람들을 현관 바깥까지 배웅하는 것이라고 생각한다. 예를 들면, 차를 운전하여 네게 왔다면 주차장까지, 네가 기숙사에 있는데 다른 건물에서 너에게 왔다면 기숙사 건물 1층 현관까지 배웅하기 바란다. 만약 그 사람이 같은 건물의 다른 층에서 너를 찾아왔다면 엘리베이터 앞까지, 같은 층에서 너를 찾아왔다면 문밖서너 걸음 거리까지 배웅하기 바란다.

그렇게 하자면 약간의 시간 투자와 수고가 따를 것이다. 마음이 급하고 시간이 모자라서 그렇게 하기 어려운 상황이 될 수도 있다. 그러나 너를 만나러 온 사람이 누가 되었든지 그 사람을 현관 밖까지나 주차장까지 배웅하는 섬김을 통하여 예수님의 사랑을 실천하는 자세를 가지고 생활하기를 기대한다.

그리고 그러한 배웅이 마음속에서 우러나오도록 항상 너 자신을 단련하고 훈련하는 사람이 되기 바란다. 네가 표면적으로만 그렇게 하는지, 마음 깊이 섬기는 마음으로 그렇게 하는지 상대방은 틀림없이 알 수 있을 것이다. 진심으로 사랑의 마음을 담아서 그렇게 베푼다면 상대방도 너의 진심을 마음으로 느끼게 될 것이다. 그리고 그 사람이 돌아가는 발걸음이 얼마나 기쁘고 즐거울 것인가 생각하면, 너에게는 작은 섬김이었지만 너의 섬김을 받은 사람은 너의 진심을 가슴 깊이 새기게 될 것이고 두고두고 생각나는 감사한 일이 될 것이다.

사람을 대할 때 항상 진정한 마음으로 대한다면 너 자신이 더 귀한 섬김을 실천할 수도 있을 것이다. 그러한 섬김을 평생 간직하기를 바라는 마음 간절하다. 너도 앞으로 30~40대를 거치면서 점점 너보다 나이 적은 사람들을 만나게 될 것이고 한참 세월이 흘러 아버지의 나이가 된다면 지금의 네 아버지 마음을 이해할 수 있으리라 믿는다. 아버지가 네 나이에 이런 섬김을 알았더라면 실천할 수 있었을까? 그 질문에 자신 있게 그렇다고 대답할 수는 없지만 그러기 위해서 노력했다는 대답은 할 수 있을 것 같구나.

사실은 아버지가 너만 한 나이에 그러한 섬김을 몰랐다기보다 모른 척했던 것 같다. 어디선가 누구에겐가 그러한 모습을 보았겠지만 애써 외면하고 피했는지도 모르겠다. 학교 교실에서 선생님으로부터, 주변의 친구로부터, 또 다른 누구에겐가 그러한 가르침을 배웠는지도 모르겠다. 아버지가 그러한 기억이 없는 것으로 보아 아마도 귀찮고 힘든 일이었기 때문에 애써 피했음이 틀림없다. 아버지가 20대 때에 그러한 섬김을 깨닫고 실천했다면 지금보다 훨씬 더 좋은 모습이었고 주변 사람들에게 존중받는 모습이었을 것이라고 생각한다.

사랑하는 아들아!

아버지가 이 글을 쓰면서 너에게 꼭 당부하고 싶은 점은 시기를 놓치지 말라는 점이다. 아버지는 비록 그러한 가르침을 배울 시기를 놓쳤지만 아들이 아버지의 편지를 읽고 마음이 변화되어 그러한 섬김을 배운다면 더 바랄 것이 없단다. 그리고 생각할 것이다. 너는 아버지의 자랑스러운 아들이었노라고…. 너는 아버지의 멋진 아들이었노라고…. 너는 예수님의 사랑을 실천한 예수님의 아들이었노라고…. 이러한 내용으로 아버지의 가슴에 저장하는 편지를 한 번 더 보내게 되는 날이 오리라 기대한다. 아들~! 화이팅!!

다른 사람을 현관 밖까지 배웅하는
아들이 되기를 기도하며…

# 3. 다리를 부수지 마라

사랑하는 아들아!

거의 매일이다시피 SNS를 통해서 연락은 하지만 전화보다는 편지가 아버지의 마음을 더 잘 전할 수 있을 것 같아서 오늘도 편지를 쓴다. 비록 우리가 서로 멀리 떨어져 있어도 너에게 편지를 쓰고 있는 순간만큼은 함께인 것 같아서 아버지는 이 순간이 행복하단다.

그런데 마음 한편으로는 네가 입원하여 수술을 받고 퇴원했다가 부작용으로 다시 입원하여 치료를 받고 나서야 겨우 출국할 수 있어서 마음이 몹시 아팠단다. 만약 출국 날짜를 여유 있게 잡지 않았고 미국에 돌아가서 부작용이 일어났다면 한국보다 여건이 좋지 않은 환경에서 더 많이 고생하지 않았을까 생각하니 너무 많이 미안하구나. 너의 몸이 보내는 신호를 제대로 파악하지 못해서 그토록 고통스러운 시간을 보내게 한 것이 얼마나 가슴 아픈지 모르겠다. 매사에 철저하다고 생각했던 아버지가 아들에게 부작용이 생긴 줄도 몰랐으니 얼마나 바보 같았는지…. 네가 수술 받고 고생했던 생각을 하다 보니 불현듯 아들이 보고 싶은 마음이 들어서 이렇게 펜을 들었다.

어제저녁에는 책장에 꽂혀있는 책을 찾다가 네가 초등학교 저학년 때 아버지에게 보낸 편지 한 장을 우연히 발견하고 얼마나 감동했는지 모른다. 비록 삐뚤빼뚤한 글씨로 쓴 짧은 편지였지만 어린 아들의 마음이 담겨있는 편지였단다. 그 편지를 읽는 순간 대학생이 된 아들에게 다시 한 번 그런 편지를 받아보고 싶은 마음이 들기도 했다. 훗날 네가 아버지가 되면 너도 똑같은 마음이 들 것이라 생각한다.


사랑하는 아들아!

처음 수술받고 힘들어할 때, 또 퇴원 후 부작용으로 몹시 힘들어할 때, 다시 입원하여 응급실에서 고생할 때 아버지의 마음도 무척 아팠단다. 특히, 퇴원 후에 집에 있을 때 힘들어했는데도 그것이 수술 후에 나타나는 정상적인 과정인 것으로 생각하여 빨리 응급실에 가지 못했던 잘못으로 아들을 더 고생시켰다고 생각하니 무척 미안한 마음이다. 여러 가지 정보가 있는 카페에 가입해도 등업을 안 시켜주어서 글을 읽지 못한다는 말만 믿고 카페에 가입할 생각을 하지 못해서 미리 공부하지 못했던 것도 아버지 잘못이고…. 다시 생각해보니 아버지 자신이 왜 이렇게 허당인지 모르겠다. 그래도 판단력도 있고 머리도 잘 돌아가고 능력도 있다고 주변 사람들이 인정해주는 아버지였는데도 말이다.

아들이 힘들어할 때는 '차라리 강하게 말려서 수술을 받지 않도록 할걸!', '교수님에게 부탁해서 수술해주지 못하겠다고 이야기하도록 할걸.' 하는 후회를 많이 했었단다. 네가 아파하고 힘들어할 때, 먹은 것을 다 토하고 고통스러워 할 때는 아버지 마음도 많이 아파서 견디기 힘들었단다. 또 다른 한편으로는 수술 후에 만족해하는 네 모습을 보고 '고생은 했지만 고생한 보람이 있구나'라는 생각을 하기도 했었지…. 그리고 앞으로 자신 있고 당당하게 생활할 것을 생각하면 지금 고생은 참을 만한 것이라는 생각도 했었단다.

아마 네가 아버지가 되었을 때, 네가 이러한 경우를 겪으면 너는 어떻게 할지 모르겠다. 혹시 겪을지도 모를 일이니 미리미리 생각해 보기 바란다. 너는 힘들고 어려워도 잘 견뎌냈지만 네 아들이 이처럼 어렵고 힘들고 고통스러운 수술을 한다고 하면 네가 수술받을 때처럼 흔쾌히 수술받으라고 결정할 수 있을까? 아마도 그렇게 하지 못할 것이다. 세상의 모든 아버지가 똑같이 겪는 그러한 문제를 아버지인 너 역시 겪을 것으로 생각한다. 그때가 되면 지금의 아버지가 느꼈던 심정을 너도 이해하리라 생각된다. 아버지가 그때까지 건강하게 살아서 네가 겪을 그 심정을 지켜보고 싶은 마음이 지금 솔직한 심정이다.

아버지는 아들과 한 달 넘게 함께 있었던 시간이 소중했고 서로 마음을 나눌 수 있어서 좋았단다. 그동안 아들 병간호하면서 힘들었지만 한 번도 힘들다는 생각이 들지 않았고 오히려 감사한 마음이었는데, 아들이 다시 미국으로 돌아간 후에는 마음 한구석이 텅 빈 것처럼 허전했단다. 아들과 이렇게 마음을 나눌 수 있었던 적이 없었고 또 앞으로도 없을 것이기 때문에 그동안 함께 있었던 아들의 자리가 크게 느껴지는구나. 특히, 마음 깊은 아들이 아버지 마음을 이해해주어서 고마웠는데 마음을 통하면서 이야기 나눌 사람이 없으니 많이 외롭고 힘들구나. 그래도 아들이 아버지를 위로해주고 떠나서 마음 한구석에는 큰 고마움으로 남아있단다.

사랑하는 아들아!

'Don't burn the bridge!'라는 말을 들어본 적이 있는지 모르겠다. 이 말은 다시는 뒤돌아보지 않을 것처럼 네가 지금 건너온 다리를 부수지 말라는 말이다. 혹시 다시 돌아갈 일이 생길지 모르는 것이 인생이니 사람들과의 관계를 영영 못 쓰게 만들어버리지 말라는 뜻도 담겨있단다. 이 말은 사람들과의 관계를 잘 유지하고 또 잘 정리하라는 뜻으로 많이 사용되고 있단다.

사람이 살아가면서 다른 사람과의 관계에서 생길 수 있는 분노를 다스리지 못한 채 격한 감정에 휩싸여 다리를 끊어버리면 그 관계를 다시 회복하기란 정말 힘들거나 영영 회복할 수 없을지도 모르기 때문에 관계를 정리할 때에도 여지를 남기라는 말이다. 그런데 사람들은 다른 사람과의 관계를 정리할 때 깨끗하게 정리하기를 바라고 있다고 하는구나. 그러나 깨끗하게 정리하는 것과 다리를 불태우는 것은 다른 문제라고 생각한다. 다리를 불태우는 것은 그 사람과 어떠한 모습으로도 다시 관계가 이어지는 일은 없을 것으로 생각하고 하는 행동일 것이다. 그런데 사람 일은 알 수 없는 것이 인지상정이니 그렇게 모질게 마무리할 필요는 없다고 본다. 그렇게 하지 않아도 피하거나 멀리하면 되는 일인데 굳이 다시는 안 볼 사람처럼 선을 긋고 관계를 정리할 필요는 없다는 말이다.

이것은 마치 운동선수가 경기에서 지고 난 후에 보여주는 태도와 같다고 할 수 있다. 비록 그 경기에서는 지고 있다고 하더라도 최선을 다해서 뛰는 모습을 보인다면 경기의 승부를 떠나서 최선을 다하는 선수로 인정받을 수 있을 것이다. 경기에 지고 난 후에도 승자에게 진심 어린 축하의 악수를 건네는 페어플레이 태도를 보이면 관중들은 패자에게도 박수를 보낼 것이다. 그러나 만약 분하고 성급한 마음에 감정적으로 행동한다면 선수 자격을 박탈당하게 될지도 모르고 앞으로는 영영 경기에 나서지 못할 수도 있다는 사실을 기억하기 바란다.

멋진 아들아!

사람이 살아가는 과정은 결국 따지고 보면 사람과 사람이 만나고 헤어지는 과정의 연속이라고 할 수 있을 것이다. 아버지와 어머니가 만났고 그 결과 네가 우리 가정에 아들로 태어나서 아버지와 네가 만나게 된 것이다. 살다 보면 친구들을 만나고 선생님을 만나고 동료를 만나게 되는데 사람은 한 번 만나면 죽을 때까지 만남을 유지하는 경우보다 중간에 여러 가지 이유로 헤어지는 경우가 더 많을지도 모른다. 어떻게 만나느냐는 것도 중요하지만 어떻게 헤어지느냐는 것도 매우 중요한 일이다. 왜냐하면, 한 번 헤어진 사람을 다시 만날 수도 있고 다시 만나지 않는다고 하더라도 몇 사람만 거치면 서로 연결이 되기 때문이다. 따라서 헤어질 때 상대방에게 좋은 인상을 남기고 헤어지는 것이 사람의 평판을 결정하는 매우 중요한 포인트가 되는 것이다.

요즈음은 어떤 사람에 대해 알아보기 위해서 그 사람의 주변 사람에게 물어보게 되는데, 주변 사람들이 너를 어떻게 보느냐 하는 것이 너에 대한 평판(reputation)이라고 할 수 있다. 기업체에서도 너에 대하여 알아보기 위해서 네 주변 사람들에게 물어볼 것이고, 누군가 믿을 만한 사람의 추천서를 받는 것도 너에 대한 평판을 알아보기 위한 것임을 잊지 말아야 할 것이다.

사람은 누구나 처음부터 평판이 좋을 수는 없다. 어느 한순간을 기점으로 너에 대한 평판이 좋아질 수 있다. 실제로 회사에서 영업사원들을 평가하는 기준은 고객을 대하는 자세나 자신이 판매하는 상품에 대해서 얼마나 해박한 지식을 가지고 있느냐에 따라 결정되는 것이 아니라 다른 영업사원에게 얼마나 좋은 평가를 받느냐에 따라 결정되는 경우도 있다고 하는구나. 그 말은 결국 조직에서 화합이나 다른 사람들과의 관계를 평가하는 것이 결정적이라는 말이다.

2010년도 어느 회사의 입사 면접에 H 대학교 같은 학과 학생 두 명이 지원해서 면접을 보게 되었다고 한다. 성적도 비슷하고 여러 가지 스펙도 비슷한 상황에서 면접관이 돌발 질문을 하게 되었다고 한다.

"당신과 함께 우리 회사에 지원한 OO 씨에 대해서 잘 알겠지요? 그 지원자에 대해서 솔직하게 평가해보세요!" 그 말을 들은 지원자는 "그 친구는 정말 대단한 사람입니다. 제가 그 친구와 함께 프로젝트를 수행한 적이 있는데 정말 똑똑하고 특히 인간성이 좋은 사람입니다."라고 같은 회사에 지원한 경쟁자에 대하여 긍정적 평가를 하였다고 한다.

그리고 다른 면접자에게 역시 똑같은 질문을 하게 되었다. "당신보다 앞서 면접을 마친 같은 학과 출신인 OO 씨에 대해서 잘 아시지요? 그 지원자에 대해서 평가해보세요."

"그 친구는 저보다 나은 훌륭한 친구입니다. 그 친구를 이 회사에서 뽑지 않으면 이 회사는 좋은 인재를 놓치는 것입니다. 그 친구는 매사에 양보하면서 화합하는 좋은 인품을 가지고 있고 무엇보다도 매우 적극적인 친구입니다. 함께 뽑아주시면 좋겠지만 만약 한 명만 뽑아야 한다면 그 친구를 뽑는 것이 회사에 좋습니다."라고 대답을 하였다.

사랑하는 아들아!

네 생각에는 면접 결과가 어떻게 되었을 것 같니? 면접관들은 두 사람 모두 회사에 필요한 사람이라는 것에 만장일치로 의견을 모았고 두 사람 모두에게 합격통지서를 보냈다고 한다. 그리고 연수를 마친 후 두 사람을 같은 부서에 배치하였다고 하는구나.

이 사람들처럼 같은 회사에 지원한 같은 학과 출신 두 사람이 상대방을 자신보다 좋게 평가하기가 쉽지 않음은 너도 잘 알 것이다. 자신의 경쟁자이고 같은 학과에서 공부했으니 상대방의 단점을 많이 알고 있음에도 불구하고 긍정적인 평가를 할 수 있다는 것은 놀라운 일이 아닐 수 없다. 그런데 이러한 평가는 사실 사람의 인성을 보기 위한 목적으로 종종 시행하는 방법이라고 하는구나.

만약 두 사람의 지원자가 이러한 질문을 받았을 때 한 사람은 상대방을 긍정적으로 평가했고 다른 한 사람은 부정적으로 평가했다면 긍정적으로 평가한 사람만 합격시키는 경우도 있다고 하는구나.

그런데 이처럼 다른 사람에게 좋은 평판을 얻기 위해서 한 가지 반드시 지켜야 할 일이 있다. 네 주변의 사람을 적으로 만들지 말아야 한다는 점이다. 다른 사람이 목숨 걸고 너를 도와주지 않는 한 도와주는 것은 한계가 있다. 그러나 한 사람이 너에게 악한 감정을 품고 너를 방해하려고 한다면 큰 노력 없이도 얼마든지 너를 방해할 수 있다. 특히, 요즈음처럼 SNS가 활발한 소통 수단으로 활용되고 있는 현실에서는 이전에 비해 훨씬 더 결정적인 방해 도구가 될 수도 있다.

우리나라 옛말에도 "백 명의 친구보다 한 명의 적을 만들지 마라."라는 말이 있다. 백 명의 친구가 너를 위한다고 해도 마지막 한 명의 적이 너를 무너뜨리기에 충분하다는 뜻이다. 사실 우리가 살아가면서 주변의 모든 사람과 잘 지낸다는 것은 무척 어려운 일이지만 잘 지내지는 못한다고 하더라도 적을 만들어서는 안 된다는 말일 것이다. 그 한 사람의 적이 너의 평판을 완전히 망가뜨릴 수도 있고 너의 명예에 치명적인 상처를 낼 수도 있을 것이다.

실제로 어느 대학에서 있었던 일이다. 한 여학생이 성실하게 공부하지 않아서 성적이 나쁘게 나올 위기에 처했다고 한다. 그리고 평소에 그 교수를 못마땅하게 생각하고 있었다고 한다. 그 학생은 과목 담당 교수를 찾아가서 통사정을 하면서 성적을 올려줄 것을 부탁했다고 한다. 그런데 모든 교수가 그렇지만 특히 그 교수는 절대로 그런 부정을 저지르지 않는 분이었다고 하는구나. 그런데 한참 이야기를 나누면서 애걸복걸하던 학생이 갑자기 일어서서 블라우스를 찢고 울면서 "살려주세요~~!"라고 큰 소리로 외치며 교수 연구실을 뛰쳐나갔다고 한다. 그런데 마침 그 주변에 다른 학생들이 많이 있었고 그 모습을 본 학생들은 교수가 학생을 성추행했다고 단정하게 되었고 마침내 그 교수를 비방하는 대자보가 교내 곳곳에 붙었다고 한다.

그리고 다음 날에는 많은 학생이 그 교수 연구실 주변으로 몰려와서 "성추행 교수 물러가라!"고 시위를 하면서 대학을 소용돌이 속으로 밀어 넣었고 일부 신문에도 보도되기에 이르렀다고 한다. 결국, 이 사건은 경찰로 넘어갔고 경찰의 엄정한 조사 끝에 학생이 교수를 모함하기 위해서 스스로 저지른 행위라는 것이 밝혀졌지만 성추행 교수로 낙인찍힌 교수는 경찰의 무혐의 발표에도 불구하고 한 번 실추된 명예를 다시는 회복하지 못했다고 하는구나.

이처럼 한 사람의 평판이 무너지는 것은 순식간의 일이다. 사람들은 사건의 진실을 알려고 하기보다는 입에서 입으로 전해지는 소문에 더 민감하여 사실 여부보다는 루머에 훨씬 더 쉽게 현혹되는 것이다.

따라서 네가 앞으로 어떠한 일을 하든지 평판을 잘 관리하고 사람들을 너그럽게 대하는 것이 반드시 필요하다. 다른 사람과의 관계를 모두 좋게 만들 생각은 하지 않아도 되지만 한 사람이라도 적을 만들지 않아야 한다. 100명의 친구가 네 주변에 있다고 하더라도 한 사람의 적을 감당하지 못할 것이다. 그 한 사람으로 인해서 어느 날 갑자기 네 평판이 무너질 수도 있기 때문이다. 바야흐로 간판보다 평판이 훨씬 중요한 시대가 온 것이다.

사람과의 관계에 있어서 절대로 다리를 부수지 말기 바란다. 네가 건너온 다리를 사용하여 다시 돌아갈 수 있는 여지를 남겨두는 것이 좋다. 그리하여 너의 네트워크 안에는 한 사람이라도 너의 적이 만들어지지 않도록 항상 마음에 간직하고 살아가기를 기대한다.

돌아갈 다리를 부수지 않는
아들이 되기를 기도하는 아버지가….

# 4. 작은 일에 충성하라

사랑하는 아들아!

오늘은 네가 작은 일에 충성하기를 바라는 마음으로 이 편지를 쓴다. 작은 일은 대충 보면 소중하지 않은 일이거나 하찮은 일이라고 생각되는 경우가 있을 것이다. 작은 일은 사소한 일인 경우가 많고 사소한 일은 대충 하는 경우가 많다.

성경에 이런 이야기가 기록되어 있다. 아람이라는 나라에 '나아만'이라는 이름을 가진 장군이 있었는데 그가 문둥병에 걸렸다고 한다. 그 소식을 들은 나아만 장군 부인의 비서가 "사마리아 땅에 가면 엘리사라는 선지자가 있는데 그 사람을 만나면 질병을 치료받을 수 있다고 합니다."라고 조언을 했다. 그 이야기를 들은 장군은 왕에게 가서 "제가 사마리아에 가면 병을 고칠 수 있다고 하니 다녀오도록 허락해 주십시오."라고 자신이 여행을 할 수 있도록 왕에게 요청했다고 한다.

그 말을 들은 왕은 자신이 총애하던 장군이 문둥병에 걸렸다고 하니 어떻게 해서든지 장군의 병을 고쳐주어야 되겠다는 생각에 "내가 그 땅을 다스리는 이스라엘 왕에게 편지를 써줄 테니 가지고 가라고 하였다. 그리고 아람 왕은 "친애하는 이스라엘 왕이시여! 우리 장군이 몹쓸 병에 걸렸는데 그의 병을 고쳐주시기 바랍니다!"라는 내용의 편지와 함께 금은보화와 좋은 옷을 선물로 준비해 가도록 하였다고 한다. 그리고 이스라엘 왕을 만나서 자신의 편지와 선물을 전하고 선지자를 만나서 병을 깨끗하게 고치고 돌아오기 바란다고 하였다.

아람 왕의 편지를 받은 이스라엘 왕은 "내가 사람을 살리고 죽이는 하나님이냐? 어떻게 나보고 네 병을 고쳐달라고 하느냐?"라고 하면서 화를 냈다고 한다. 그 소식을 전해 들은 선지자 엘리사는 "나아만 장군을 제게 보내주십시오!"라고 했고 나아만 장군이 선지자 엘리사의 집 앞에 도착하였는데 엘리사는 나와 보지도 않고 자기 비서를 보내서 "강에 가서 몸을 일곱 번 씻으세요. 그러면 당신 병이 나을 것입니다."라고 하였단다.

그 말을 들은 나아만 장군은 "나를 무시해도 분수가 있지…. 어떻게 그 사람이 장군인 나를 이렇게 대할 수 있는가? 그 사람이 나에게 와서 내 몸에 손을 대고 성심껏 기도할 것으로 생각했는데… 강에서 몸을 씻으려면 우리나라 강에서 씻으면 될 것이지 왜 힘들게 이곳까지 와서 씻겠느냐? 우리나라 강물이 더 깨끗하지 아니하냐?"라고 불같이 화를 내면서 다시 돌아가기 위하여 길을 떠났단다.

그런데 나아만 장군을 수행하여 함께 갔던 신하들이 장군에게

"장군님! 만약 선지자가 큰일을 하라고 했으면 그대로 따랐을 것 아닙니까? 그런데 그냥 씻기만 하라고 한 것인데 왜 안 하려고 하십니까?"라고 말했다. 그 말을 들은 장군이 곰곰 생각해 보니 그럴 법도 하였다. 사실 강에 내려가서 몸을 씻는 것은 매우 간단한 일이었는데 너무 간단한 일이었기에 하지 않으려고 했던 것이었다. 생각을 고쳐먹은 장군이 강에 내려가서 물속에 몸을 일곱 번 씻고 나니 병이 나아서 어린아이 살처럼 깨끗하게 되었다고 한다.

　사랑하는 아들아!

　너의 문제도 나아만 장군의 경우와 비슷하다고 생각한다. 네가 힘든 수술을 받고 부작용이 생겨서 다시 입원하는 일이 있었는데, 너를 치료했던 의사 선생님이 매우 힘든 방법으로 훈련하라고 했다면 너도 열심히 따라 하지 않았겠니? 그런데 화장지를 사용한 간단한 숨쉬기 훈련을 하라고 하니까 "그까짓 숨쉬기 훈련으로 좋아질 것 같지 않다."라고 생각해서 깊은 숨쉬기 훈련을 게을리하는 것은 아닌지 걱정이 된다. 의사 선생님의 말씀이 "네가 한 번에 10분씩 하루 세 번만 숨쉬기 훈련을 하면 한 달 이내에 예전처럼 완벽하게 회복된다"고 하였는데 왜 열심히 하지 않는지 모르겠다. 네가 완벽하게 회복해서 테니스도 함께 하고 수영도 같이 하는 멋진 아들이 될 것을 기대하고 있는데 시간이 많이 흘렀는데도 아직 네 호흡이 예전처럼 완벽하게 회복되지 못해서 아버지의 마음이 아프단다.

　그런데 네 마음에는 그까짓 화장지 호흡법처럼 간단한 방법으로는 쉽게 회복되지 않으리라 생각해서 그런 것은 아닌지 모르겠구나.

병원에서 물리치료 받듯이 특수한 기계의 도움을 받아서 강제호흡을 훈련했다면 틀림없이 그 훈련을 따라서 했을 것이다. 그런데 간단한 화장지 호흡법을 따라 하지 않는 것은 이해되지 않는다. 원래 너는 무슨 일이든지 한 번 마음먹으면 꾸준히, 열심히 하는 성격인데 이처럼 쉬운 일을 하지 않으려고 하니 안타깝구나. 너도 네 아들이 아파서 병원에 입원하여 수술을 받게 되었고 의사선생님이 간단한 방법을 알려주었는데 네 아들이 열심히 따라 하지 않았다면 아버지와 똑같은 심정일 것이다.

네가 고집이 세기 때문에 한 번 아니라고 생각하면 다른 사람들 말을 절대 듣지 않으려고 한다는 이야기를 네 형에게 들었을 때 아버지 마음이 안타까웠다. 의사 선생님이 하루에 세 번씩 지속해서 훈련하라고 했을 때는 그 훈련이 너에게 가장 효과적이기 때문이었을 것이다. 그런데도 불구하고 네 나름대로 판단하여 훈련하지 않는다면 의사 선생님의 전문적인 의견보다 네 생각이 앞서게 되니 이것이 합리적이라고 생각하니?

물론 사람이 어느 정도 고집이 있는 것도 필요하다. 특히, 부정한 방법이나 불의한 일에 맞서기 위해서 반드시 가져야 할 것이 고집이다. 그런데 고집은 '네가 손해를 보더라도 그 손해를 무릅쓰고 올바른 것을 위해서 양심을 버리지 않을 때 하는 행동'이라고 생각한다. 지금 네가 쓸데없는 고집을 부리고 있는 것은 아닌지…. 귀찮아서 안 하려는 것은 아닌지 모르겠다. 실제로는 쉬운 일인데 귀찮아서 하지 않는 것이라면 다시 한 번 생각해보아야 하지 않겠느냐?

사랑하는 아들아!

우리는 살아가면서 작은 일을 소홀하게 하는 경우가 많이 있다. 아버지도 살아오면서 그렇게 행동했던 경우도 많이 있었고 그러한 경우를 많이 겪어보기도 했단다. 그런데 지내놓고 보면 그 일이 결코 사소한 일도 아니었고 작은 일도 아니었던 경우가 많았다. 그래서 한참 지난 후에 후회한 경우도 있었고 그 일로 인해 큰 낭패를 보는 경우도 있었다. 그러나 시간은 이미 흘러가버렸고 돌이킬 수 없는 상태가 된 이후에야 잘못이라는 것을 느꼈으니 얼마나 후회가 되던지….

우리가 살아가면서 나에게 별로 중요하지 않을 것 같은 사람도 만나게 된다. 그럴 경우 그 사람과의 관계가 한 번 그냥 스쳐 지나가게 되거나 그 만남이 연속적인 만남으로 연결되지 않는 경우도 종종 있단다. 네가 일평생 살면서 몇 명의 사람과 만나게 될까? 정치가나 대중 연설가가 사람들을 만나는 그런 만남이 아니라 최소한 20~30분 이상 이야기를 주고받으면서 상대방과 교감하고 소통하는 관계에 있는 사람이 과연 얼마나 될까?

실제로 그런 사람들의 수를 세어보면 많아야 100~200명 이내라고 한다. 그 숫자가 많다고 생각되지는 않을 것이다. 그 사람 중에는 네가 별로 중요하지 않은 사람이라고 생각하고 있는 사람도 틀림없이 있을 것이다. 네가 그 사람을 소홀히 생각한다는 것을 그 사람이 깨닫는 순간 너와 그 사람의 관계는 멀어지게 될 것이다. 그리고 네가 적극적으로 노력하지 않는 한 그 사람과의 관계는 점점 더 멀어지게 되고 얼마의 시간이 흐른 다음에는 관계가 끊어지게 되는

법이다.

그런데 오랜 시간이 지난 후에 그 사람에 다시 네 앞에 나타났는데 매우 중요한 사람으로 다가온다면 네 인맥 관리는 잘못되었다고 볼 수 있다. 비단 그 사람이 중요한 사람이 아니라고 하더라도 너와 그 사람의 관계가 끊어진 것은 네가 중요한 것을 놓친 것이다. 그것은 비단 너의 인맥관리만 잘못된 것이 아니라 하나님이 주신 사명을 제대로 감당하지 못한 것이 되기 때문이다.

성경은 지극히 작은 사람 하나에게 한 것이 주님께 한 것이라고 기록하고 있다. "내가 진실로 너희에게 이르노니 너희가 여기 내 형제 중에 지극히 작은 자 하나에게 한 것이 곧 내게 한 것이니라 하시고…", "진실로 너희에게 이르노니 이 지극히 작은 자 하나에게 하지 아니한 것이 곧 내게 하지 아니한 것이니라 (마 25:40, 45)"라고 하셨음은 너도 잘 알고 있는 말씀일 것이다.

그리고 성경에는 자신이 알지 못하는 사이에 천사를 대접한 사람도 있었음을 기록하고 있다. 한 달란트를 받은 사람은 그 한 달란트를 작은 것으로 여겼기 때문에 아무런 노력도 하지 않았고 땅속에 파묻어 두었다가 주인에게 책망받고 가지고 있던 한 달란트마저도 빼앗기고 쫓겨나게 된 사건을 기록하고 있다.

이러한 모든 사건을 통해서 하나님께서 너에게 가르쳐주시려는 교훈은 '작은 일에 충성하라', '보잘것없는 것 같은 사람을 잘 섬겨라', '모르는 사람이라도 천사처럼 성심성의껏 대접하라'는 뜻이라고 생각한다. 물론 모든 사람을 이처럼 섬길 수도 없을 것이고 모든 일을 이처럼 성심껏 하기가 쉽지 않겠지만 네 주변에 있는 사람들을 귀하게 여기고, 네가 중요하지 않다고 생각하는 사람들을 극진히 섬겨야 하며 네가 별 볼 일 없다고 생각한 일을 성실하게 감당하라는 주님의 가르침이라고 생각한다.

사랑하는 아들아!

우리는 살아가면서 성경에서 많은 교훈을 배우게 된다. 성경에는 일상생활에서 겪는 간단하고 쉬운 일은 물론이고, 힘들고 어려운 일을 겪을 때는 어떻게 행동해야 하는지, 풀기 힘든 문제가 다가오면 어떻게 해결해야 하는지, 쉽게 결정하지 못할 문제가 있을 때 어떻게 판단하고 생각해야 하는지를 가르쳐주는 교훈이 많이 기록되어 있기 때문에 항상 성경을 가까이 두고 많이 읽어야 한다.

성경을 읽을 때는 많이 읽기도 해야 하고 깊이 읽기도 해야 한다. 많이 읽는다는 것은 창세기부터 요한계시록까지 통독하는 것을 말한다. 사실 성경이 너무 두껍고 양이 많아서 한번 읽기도 쉽지 않다. 그러나 계속 읽다 보면 전체를 통독할 수 있다. 깊이 읽는다는 것은 말씀 한 구절이 의미하는 내용을 삶에 어떻게 적용해야 할지에 대하여 깨달을 수 있도록 읽는 것이다. 오늘 하루를 어떻게 살아갈지에 대하여 성경에서 해답을 찾기 바란다. 하나님의 뜻을 성경에서 발견하므로 작은 일에 충성하는 멋진 아들이 되기를 기대한다.

작은 일에 충성하는
아들이 되기를 기도하는 아버지가….

# 5. 네가 받은 달란트를 찾아보라

사랑하는 아들아!

아버지가 지난번 너에게 보낸 편지에서 'Bucket List'에 대한 아버지의 마음을 전하고 난 이후 시간이 많이 흘렀구나. 새 학기가 시작되고 나니 무척 바쁘고 또 우리 대학에서 중요한 보직을 맡아서 회의도 많고 일도 많아서 도무지 시간을 낼 수가 없더구나. 네가 학교에 갔다 와서 아버지의 편지를 받으면 큰 즐거움이 되리라 생각되어서 될 수 있으면 자주 편지를 쓰려고 마음먹고 있지만, 잘 안 되어서 미안한 마음이다.

오늘은 너의 재능을 찾기 바라는 마음으로 이 편지를 쓴다. 너는 너의 재능이 어디에 있는지 아직 발견하지 못했을 수도 있다. 다른 사람보다 네가 특별히 잘할 수 있는 것이 무엇인지, 네가 목숨을 걸만큼 좋아하고 네 평생을 투자할 만한 일이 무엇인지 이미 발견했으면 좋겠다. 만약 아직 찾지 못했다면 오랜 기간 깊이 고민하기 바란다. 그런데 사람은 자신이 무엇을 좋아하는지, 어떠한 일을 잘하는지 잘 모를 때가 있다. 그래서 가끔은 친구들이나 주변 사람들에게 질문하기 바란다. 왜냐하면, 네 주변의 사람들이 너보다 너를 더 잘 알 수도 있기 때문이다.

우리는 누구나 자신만의 특별한 재능을 가지고 있다. 그것을 영어로 Talent라고 하고 한글 성경에서는 달란트라고 하는데, 그 내용을 성경에서는 달란트 비유라는 제목으로 아래와 같이 기록하고 있다.

어떤 주인에게 종이 3명 있었는데 그 종들에게 각각 다섯 달란트, 두 달란트, 한 달란트를 주고 멀리 외국으로 여행을 떠났다. 그리고 오랜 기간이 지난 후에 돌아와서 종들에게 준 돈에 대하여 셈을 하자고 했다. 다섯 달란트 받은 사람이 주인에게 나와서 "주인님께서 제게 다섯 달란트를 맡겼는데 제가 장사를 해서 다섯 달란트를 남겨서 열 달란트로 만들었습니다."라고 했다. 두 달란트 받은 종도 주인에게 나와서 "주인님께서는 제게 두 달란트를 맡겼는데 저도 역시 열심히 장사해서 두 달란트를 남겨서 네 달란트로 만들었습니다."라고 했다. 그랬더니 주인이 두 종에게 똑같이 "착하고 충성된 종아! 네가 작은 일에 충성했으니 내가 큰 것을 네게 맡기겠다!"라고 칭찬했단다.

그런데 한 달란트 받은 종이 나와서 "여기 당신이 주신 한 달란트를 땅속에 파묻어 두었다가 그대로 가지고 왔습니다!"라고 하자 주인이 "악하고 게으른 종아!"라고 책망하였고 그가 가지고 온 한 달란트를 뺏어서 열 달란트 가진 종에게 주었으며 바깥 어두운 곳으로 쫓아내었다는 이야기가 나온다. 그런데 한 달란트를 요즈음 가치로 계산하면 방법에 따라 약간 차이가 있지만 한국 돈으로 계산할 때 5억~12억 정도 되는 많은 돈이고 미국 달러로 계산해도 40만~100만$ 정도 되는 큰 돈이란다. 이 정도의 돈이 있다면 장사를 하거나 사업을 해서 충분히 돈을 벌 수 있는데도 불구하고 한 달란트 받은 종은 그 달란트를 사용하지 않았으며 땅속에 파묻어 두었던 잘못을 저질렀던 것이다. 이 성경 말씀을 통하여 우리는 "자신이 받은 달란트를 사용하지 않으면 잃게 된다"는 교훈을 배울 수 있다.

이처럼 우리는 다른 사람보다 잘하는 무엇인가를 가지고 있고 그것을 달란트라고 한다. 그런데 우리는 자기가 무슨 달란트를 가지고 있는지 모르는 경우가 많다. 그래서 오늘은 네가 가지고 있는 달란트가 무엇인지 너 자신이 깨달아 알았으면 좋겠지만 아직 깨닫지 못했다면 그것을 발견할 방법을 찾기 바라는 마음으로 이 편지를 쓰는 것이다. 그리고 네가 받은 달란트가 무엇인지 찾았다면 잘 계발하고 활용해서 주변에 선한 영향력을 미쳐야 할 것이다. 받은 달란트를 활용하지 않으면 결국 잃게 된다는 것을 성경을 통해서 알 수 있기 때문이다.


사랑하는 아들아!

네가 가지고 있는 달란트가 무엇인지 찾아내기 위해서는 가까운 친구, 동료, 선후배, 교수님 등 너를 잘 아는 주변 사람들에게 물어보는 것도 좋은 방법이다. 왜냐하면, 이들은 어머니나 아버지처럼 주관적이지 않고 한 발 떨어져서 객관적으로 너를 볼 수 있어서 정확한 판단을 할 수 있기 때문이다. 한 가지 주의할 점은 그 사람이 정말 너를 위해서 정확하게 이야기해줄 수 있는 사람인지 아닌지를 판단해야 한다는 점이다. 그렇다는 판단이 서면 다음과 같은 질문을 하면 될 것이다.

1. 네 최대 강점은 무엇이라고 생각하는지….
   (너를 좋게 생각하는 점이 아니라 네가 잘하는 점이 무엇이라고 생각하는지에 대해 물어볼 것)

2. 네 최대 약점은 무엇이라고 생각하는지….
   (이 질문은 정말 너를 위해서 말해줄 수 있는 사람에게만 물어보고 건설적인 방향으로 대답해 달라고 하며 그 사람이 한 말에 대해서 불평하거나 이의를 달지 말고 그대로 받아들이기만 하면 된다. 왜냐하면, 그것은 단지 그 사람의 의견일 뿐이고 너는 다른 사람들의 의견을 모으고 있는 중이기 때문이다.)

3. 네가 어떠한 능력이나 달란트를 가지고 있으며 그 능력을 발휘하기 위해서는 무엇을 어떻게 해야 한다고 생각하는지…..
   (이러한 유형의 질문에는 과장하거나 칭찬 일색으로 대답할 수도 있기 때문에 과도한 칭찬이다 싶으면 그렇게 하지 않도록 이야기하면 좋을 것 같다.)

이러한 질문을 주변 사람들에게 한다면 너 자신이 가지고 있는 강점과 약점, 달란트가 무엇인지 스스로 알게 될 것이다. 마음이 따뜻한 사람인지, 냉철한 이성을 가진 사람인지, 매사에 열정을 가진 사람인지, 주변 사람들과 잘 지내는 친화력이 있는 사람인지를 스스로 깨달아 알아서 달란트를 잘 활용한다면 네가 맡은 일을 원만하게 해낼 수 있을 것이다.

이러한 달란트는 자기 자신에게는 잘 보이지 않고 다른 사람에게는 잘 보이는 특징이 있다. 그리고 가족들은 너를 객관적으로 보지 못하기 때문에 주변 사람들에게 물어보는 것이 좋다고 생각한다. 이렇게 하여 네가 가진 달란트를 찾았다면 이제는 그 달란트를 땅에 묻어두지 말고 잘 활용하여 이익을 남기는 현명한 사람이 되어야 할 것이다. 네가 남긴 이익은 너에게 달란트를 준 하나님의 몫으로 생각하고 하나님께 돌려드린다는 생각을 가져야 할 것이다. 하나님에게 돌려드린다는 것은 주변의 다른 사람들에게 베풀어준다는 말이다.

사랑하는 아들아!

우리말에 "공부해서 남 주나?"라는 말이 있다. 공부를 열심히 하면 결국 자기에게 이익이니 열심히 공부하라는 말이지만 아버지는 그 말이 잘못되었다고 생각한다. 이 말은 "공부해서 남 주자!"로 바꿔어야 한다고 생각한다. 왜냐하면, 공부를 열심히 하면 더 큰 영향력을 미치는 직업을 가질 수 있을 것이니 더 많은 사람을 도와줄 수 있기 때문이다.

매년 세계적으로 영향력을 미치는 사람들의 순위가 발표되기도 하는데 2018년에 미국의 경제전문 잡지 포브스가 선정한 결과를 보니 영향력 있는 인물 1위는 시진핑 중국 국가주석이 차지했고 2위는 푸틴 러시아 대통령이, 3위는 도널드 트럼프 미국 대통령, 4위는 앙겔라 메르켈 독일 총리, 5위는 제프 베조스 아마존 CEO가 차지했다고 한다. 한국 사람의 경우 김용 세계은행 총재가 41위, 문재인 대통령이 54위에 꼽혔고 북한의 김정은이 36위에 올랐다고 한다.

물론 정치가들이 가장 큰 영향력을 미치는 것이 사실이지만 시각을 다르게 한다면 결과도 다르게 나올 수 있으리라 생각된다. 어찌 되었든지 선한 영향력을 크게 미치기 위해서는 큰일을 감당해야 하는 것이 당연한 것이다.

그런데 2018년 세계적으로 큰 영향력을 미치는 사람의 순위를 보면 좋은 영향력, 선한 영향력을 미치는 사람도 있지만 나쁜 영향력을 미치는 사람도 있다는 것을 깨달았을 것이다. 다름 아닌 북한의 김정은도 전 세계적으로 영향력을 미치는 36위에 올랐다는 사실은 한 번 생각해보아야 할 일이다. 만약 2차 세계대전 중에 이러한 순위를 조사했다면 히틀러나 무솔리니가 틀림없이 가장 높은 위치에 올랐을 것이다. 그런데 세상을 향해서 영향력이 미치는 것이 좋다고 하더라도 나쁜 영향력을 미치는 순위에 오르는 것은 아니 모름만 못할 것이다.

그러한 예를 성경에서도 찾을 수 있다. 예수님은 우리를 위해서 십자가에 달려서 돌아가셔야만 하도록 예정되어 있었다. 그러기 위해서는 누군가 예수님이 잡혀가도록 역할을 해야만 했다. 그런데 그 일을 가룟 유다가 한 것이다. 만약 가룟 유다가 예수님을 팔지 않았다면 어떻게 되었을까? 예수님이 십자가에 달려 돌아가시지 못하고 오래 살아서 수명이 다 되어 돌아가셨을까? 그렇게 되지 않았을 것이다. 하나님께서는 우리가 생각할 수 없는 방법으로 예수님을 돌아가시게 했을 것이다.

그렇다면 가룟 유다가 예수님을 판 것이 잘한 일이라고 생각하느냐? 가룟 유다가 예수님을 팔았고 그 결과 예수님이 돌아가셨으니 가룟 유다는 당연히 해야 할 일을 한 것이라고 생각되느냐? 그렇지 않다. 예수님은 로마 군인들에게 잡혀서 십자가에 달려 돌아가셨지만 그 과정에 결정적인 역할을 한 사람이 가룟 유다인데 그는 당연히 그리되어야 할 일을 한 것도 아니고 선한 영향력을 미친 것도 아니었다. 그는 나쁜 영향력을 가장 크게 미친 것이다.

세상에는 종종 이렇게 악한 영향력을 미치는 사람들도 있는 것이 현실이다. 그래서 세계적으로 가장 큰 영향력을 미치는 사람들의 순위를 발표할 것이 아니라 선한 영향력을 미치는 사람들의 순위를 발표해야 한다고 생각한다. 우리 모두가 자신이 받은 달란트를 잘 발전시켜서 크고 선한 영향력을 미치도록 해야 할 이유가 여기에 있다. 머리가 좋은 사람들이 나쁜 짓을 하게 되면 좋은 머리를 나쁜 곳에 사용하기 때문에 훨씬 더 나쁜 영향력을 훨씬 더 크게 미칠 것이다. 따라서 나쁜 영향력을 미치는 순위도 함께 발표하면 좋겠다는 생각도 해 본다.

사랑하는 아들아!

너는 너의 좋은 머리를 선한 영향력을 미치는 데 사용하기 바란다. 죽도록 충성하고 선한 청지기적 사명을 항상 가슴에 품고 어떻게 하는 것이 선한 영향력을 미치는 것인가를 늘 생각함으로써 너의 영향력이 세상을 변화시키는 데 사용되기를 기도한다. 너는 다른 사람이 갖지 못한 좋은 달란트를 분명히 가지고 있을 것이다. 이미 그러한 달란트를 발견하고 그러한 달란트를 잘 활용하고 있는 경우를 여러 번 보아온 아버지로서는 네가 그 달란트를 활용하여 많은 이익을 남겼으면 좋겠다. 한 달란트 받은 사람처럼 땅에 묻어 두고 썩히는 일은 절대 하지 않으리라 믿는다.

우리가 세상을 살아가면서 각자 받은 달란트를 잘 계발하고 활용하여 더 많은 이익을 남기는 것은 장사하는 사람들이 많은 이익을 남기기 위해서 정직하지 않은 방법으로 사업을 하는 것과는 차원이 다른 이야기라고 생각한다. 정직한 방법으로 최선을 다해서 더 많은 이익을 남기는 것은 너에게 달란트를 주신 분에 대한 의무라고 생각한다. 왜냐하면, 성경에서도 이러한 내용을 분명히 기록하고 있기 때문이다.

달란트 비유를 다르게 해석한다면 네가 받은 달란트를 최대한 활용해서 이익을 남겼다면 그 이익은 너의 것이 아니라 너에게 달란트를 주신 분의 것이라고 생각해야 한다는 점이다. 그런데 너에게 달란트를 주신 분은 받는 것보다는 주는 것을 좋아하시는 분이라는 것도 알아야 할 것이다. 네가 남긴 이익을 네 주변 사람들에게 나눠주는 것이 좋다. 네가 많이 남길수록 네 주변 사람들이 받는 몫이 많아질 것이다.

따라서 네가 무슨 일을 하든지 항상 열심히 해야 할 이유가 여기에 있다. 네가 받은 달란트를 활용하여 다른 사람에게 돌려줌으로써 다른 사람이 행복해지는 것은 하나님을 사랑하고 이웃을 사랑하라는 하나님의 명령에 충실한 것이고 달란트를 남겨서 돌려드려야 하는 성경적 비유를 실천하는 길이기 때문이다. 이러한 일은 선한 영향력을 미치게 될 때에만 가능한 것이라고 생각한다. 다른 사람에게 많이 베풀수록 너의 사랑을 받은 사람이 느끼는 행복보다 너 자신이 느끼는 행복이 훨씬 더 클 것이다. 주는 사랑이 받는 사랑보다 크기 때문이다.

네가 좋은 직업을 갖는 것이 더 부유하게 살 수 있기 때문이 아니라 더 많이 베풀 수 있기 때문이라는 생각을 분명하게 가지기 바란다. 좋은 직업은 월급을 많은 받는 직업이나 편안한 직업이 아니라, 더 큰일을 할 수 있고 선한 영향력을 더 크게 미칠 수 있는 것이라고 생각한다. 물론 그 영향력은 다른 사람들을 섬기고 사랑하는 마음이 바탕에 있어야 할 것이다. 너 자신이 가진 달란트를 발견하고 잘 계발하여 선한 영향력을 크게 미치는 아들이 되기를 기도한다.

받은 달란트를 발견하는
아들이 되기를 기도하는 아버지가….

# 2장

## 너의 마음을 다스려라

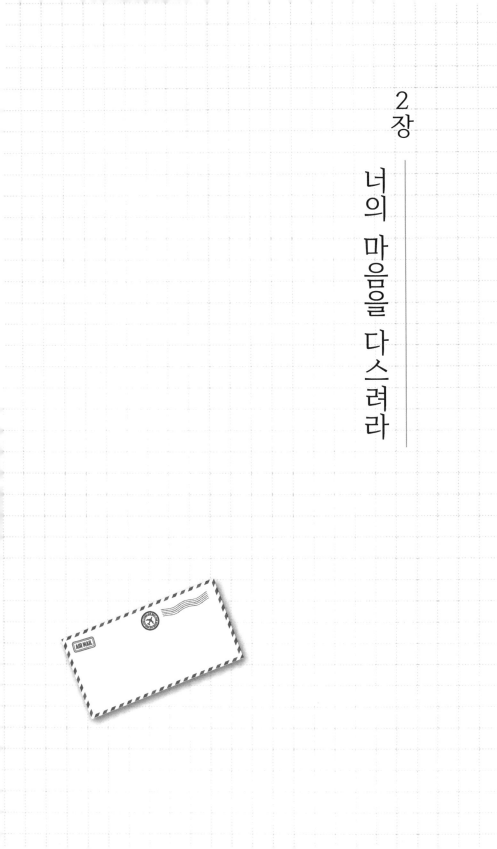

앞으로 누구를 만나든지 그 사람을 너보다 낮게 여기고 존중하기 바란다. 네가 상대방을 너보다 낮게 여기는 존중의 마음을 가지게 되면 그 사람도 너를 자신보다 낮게 여길 것이고 그 사람도 너를 존중하게 될 것이다.

Dear. My son

# 6. 네 잘못이라고 솔직히 인정하라

아들아!

　며칠 전에 네 생일이었는데도 스마트 폰으로 메시지만 받아서 마음속에 서운하지 않았는지 모르겠다. 혼자서 떨어져서 지내면서 생일을 맞이하여 외롭다고 생각하지는 않았는지…. 미리 네 생일에 맞춰서 카드도 보내고 선물도 보냈으면 좋았을 텐데 아버지가 할 일이 많아서 바쁘게 지내다 보니 그만 보내야 할 날짜를 놓쳐버렸구나. 네 생일에 축하해주는 사람 없이 혼자 마음속으로만 "생일이구나!"라고 생각하고 지나갔을 것 같아서 아버지가 정말 미안하구나!

　오늘은 너에게 네 잘못이라고 솔직하게 인정해야 할 때 이를 피하지 말고 인정하라는 말을 하고 싶다. 우리가 살다 보면 잘할 때보다는 잘못할 때가 더 많은 것을 경험하게 된다. 학교에서 직장에서 사회에서 본의 아니게 다른 사람을 불편하게 만들기도 하고, 네가 해야 할 일인데 네 잘못으로 다른 사람이 그 일을 해야 하는 상황이 일어날 수도 있다. 특히 가정에서는 잘못하는 경우가 훨씬 더 많을 것이다. 실제로 가족이 소중하기 때문에 가족에게 훨씬 더 많이 배려해야 하는데도 불구하고 사회에서 만나는 사람보다 가족에게 소홀히 대하는 경우도 많이 일어나게 된다.

따라서 가정에서든지 사회에서든지 네 잘못으로 문제가 일어날 경우 네 주변 사람들에게 솔직하게 시인하고 "내 잘못입니다! 미안합니다!"라는 말을 함으로써 상대방에게 미안한 마음을 전달하기 바란다. 영어에도 이러한 표현이 있는데 "If you are wrong, admit it quickly and emphatically!"라고 한다는구나! (영어 표현은 네가 아버지보다 더 잘 아는데 이거 번데기 앞에서 주름잡는 것 아닌지 모르겠다.)

그런데 '솔직하게 표현한다'는 말을 영어에서는 'emphatically'라는 단어를 사용하고 있다. 이 단어는 "단호하게, 명확하게, 뚜렷하게, 힘주어서"라는 뜻으로 사용되는데 네 잘못을 사과하되 분명하고 틀림없이 사과하라는 뜻이 담겨 있을 것이다. 솔직하게 사과할 때는 분명하고 틀림없이 사과하는 것이 당연하기 때문이라고 생각한다.

성경에서는 죽음을 각오하고 "내 잘못입니다."라고 인정한 한 사람의 이야기가 기록되어 있다. 요나는 하나님으로부터 "니느웨로 가서 그곳 사람들에게 당신들이 악행을 저지르고 있으니 회개하라고 외치라!"는 명령을 받는다. 그런데 요나는 하나님의 얼굴을 피해서 다시스로 가는 배를 타고 다른 사람들이 찾지 못하도록 배 밑층에 내려가서 깊은 잠을 자게 된다. 아마 얼굴을 가리고 모자를 쓰고 잠을 자고 있었을지도 모르겠다. 요나가 탄 배는 항해 중에 심한 폭풍을 만나게 되고 모든 사람이 빠져 죽을 지경에 이르게 된다. 선장은 이러한 일이 누구의 잘못으로 일어난 일인지 알기 위해 제비뽑기를 제안하게 되고 결국 제비는 요나에게 뽑히게 된다. 그때 요나는 그 폭풍이 하나님의 명령을 어기고 엉뚱한 곳으로 도망가는 자신 때문임을 깨닫게 된다.

그리고 솔직히 자신의 잘못이라고 즉시 인정하게 된다. 성경에서는 이렇게 기록하고 있다. "나를 들어서 바다에 던지십시오. 그러면 바다가 잔잔해질 것입니다. 여러분이 이 폭풍을 만나게 된 것은 내 잘못임을 나는 잘 알고 있습니다. (욘 1:12)" 요나는 그처럼 심한 폭풍에 처한 상황에서 바다에 던져지면 틀림없이 죽는다는 것을 알았을 것이다.

그럼에도 불구하고 그 폭풍이 자신의 잘못이었다고 솔직하게 시인하는 모습을 볼 수 있다. 그런데 다시 한 번 생각해 보면 요나가 이처럼 자기 잘못이라고 시인하지 않아도 되는 일이었다. 비록 제비가 요나에게 뽑혔지만 자신의 신분을 노출시키지 않고 "이 폭풍이 왜 내 잘못으로 일어났느냐?"라고 항의할 수도 있었을 것이다. 그렇게 이야기한다고 해도 다른 사람들이 요나를 바다에 던져서 죽게 하지는 않았을지 모를 일이다.

그러나 요나는 즉시 이처럼 폭풍이 일어나는 것은 자기 때문이고 자신이 하나님의 명령을 거역하였기 때문이라면서 자신의 잘못을 시인하였다. 성경은 이 부분을 이렇게 기록하고 있다. "나를 들어 바다에 던지라 그리하면 바다가 너희를 위하여 잔잔하리라 너희가 이 큰 폭풍을 만난 것이 나 때문인 줄을 내가 아노라. (욘 1:12)"
그런데 선원들은 비록 요나가 자신의 잘못이라고 시인했지만 요나를 바다에 던지면 죽는다는 것을 알았기 때문에 쉽게 요나를 던지지 못했다. 그 대신 힘써 노를 저어 육지 쪽으로 가려고 했지만 폭풍은 점점 더 심해지게 되었고 결국 더는 견딜 수 없는 상황에서 어찌할 수 없이 요나를 바다에 던지게 되었다. 바다에 던져진 요나는 하나님이 준비하신 큰 물고기 배 속에 삼켜지게 되었고 물고기 배 속에서 3일 동안 지내면서 철저하게 회개하였을 것이다.

이 말씀을 읽을 때 사람이 물고기 배 속에서 어떻게 3일간 견딜 수 있었을까라고 성경을 의심하는 사람도 있을 것이다. 큰 물고기가 고래냐 아니냐는 문제로 논쟁을 벌이는 사람들도 실제로 만나보았다. 그런데 우리가 이러한 말씀을 읽을 때 생각해야 할 점은 '최악의 상황에 처한 요나가 어떻게 회개하였을까?'라고 생각한다. 하나님의 명령을 어겼으니 죽어도 할 말이 없었을 것이다. 그래서 물고기 배 속에서 3일 동안 처절하게 견디면서 처절하게 회개하였을 것이 틀림없다. 죽을 각오를 하고 회개했을 것이다. 아니 죽었다고 생각하고 회개했을 것이다.


사랑하는 아들아!

만약 네가 그러한 폭풍이 몰아치는 바다에 던져지는 순간을 당하게 된다면 어떠한 생각이 들었을 것 같으냐? 아버지 생각에는 사람들 대부분이 '아~~ 이렇게 죽는구나!', '이제는 죽었구나!'라고 생각하지 않을까 싶다. 아마 요나도 바다에 던져지는 순간에 역시 죽을 것으로 생각하고 있었을 것이다. 모든 것을 포기하고 '하나님의 명령을 거역했으니 죽어도 마땅하다'라는 생각을 했을 것임이 틀림없다. 그런데 정신을 차려보니 죽지 않고 살아있다면 요나가 할 일은 한 가지밖에 없었을 것이다.

이미 죽었는데 눈을 떠보니 살아있다면 어떤 느낌이었을까? 요나는 자신의 잘못이라고 인정하는 순간 죽을 것으로 생각했고 실제로 던져지는 순간 이미 죽은 것이다. 그런데 죽지 않고 살아있다면 비록 그곳이 물고기 배 속이라고 하더라도 살아있는 것 자체로 감사하지 않았을까? 그리고 아직 살아있고 의식이 있으니 할 수 있는 일은 오직 한 가지, 회개밖에 없었을 것이다.

그리고 요나는 정신을 가다듬고 기도했을 것이다. 얼마나 열심히 기도했던지 3일이 한순간처럼 지나갔을 것이다. 죽음에서 구해주신 하나님의 은혜가 얼마나 컸던지 다른 아무 생각도 들지 않았을 것이다. 오직 자신을 구원해주신 하나님의 은혜만으로 그곳이 물고기 배 속인지도 모르고 은혜 충만한 가운데 기도하면서 지내지 않았을까 생각된다.

사람은 자신의 잘못을 회개할 때 가장 큰 은혜를 받는다고 한다. 잘못을 회개하는 순간에는 감추는 것도 없고 부끄러운 것도 없고 오직 한 가지 자신의 잘못만 생각하기 때문에 마음이 깨끗해지고 순수해지기 때문일 것이다. 그리고 과거에 자신이 잘못한 것을 다 내어 놓고 "잘못 했습니다.", "그 당시에는 몰랐는데 지금 생각하니 모든 것이 다 잘못입니다."라고 하지 않았을까?

그렇게 철저하게 회개한 요나를 물고기가 육지에 토해냈고 요나는 다시 한 번 하나님의 음성을 듣게 되었고 니느웨 성으로 가서 하나님의 말씀을 전하게 된다. 그런데 놀라운 것은 니느웨 사람들의 반응이다. 요나가 외치는 말을 들은 니느웨 사람들은 하나님을 믿고 금식을 하였으며 지위가 높은 사람이나 낮은 사람이나 모두 굵은 베옷을 입었다고 성경은 기록하고 있다.

어떻게 이런 일이 일어날 수 있었을까? 누구인지도 모르는 요나의 말을 듣고 모든 니느웨 사람들이 이처럼 회개할 수 있었을까? 이전에 하나님의 명령을 어기고 몰래 도망하던 요나의 모습은 어디로 가고 요나의 말에 사람들이 순종하게 되었을까?

아버지 생각으로는 요나가 물고기 배 속에 있었던 3일 동안 요나는 전혀 다른 사람으로 변신했기 때문으로 생각한다. 같은 사람이지만 전혀 다른 사람! 몸은 같은 사람이었지만 요나에게서 풍기는 영적 영향력은 이전과는 전혀 다른 사람이었고 사람들이 믿지 않을 수 없는 성령의 능력이 나타난 사람이었으리라고 생각한다. 비록 3일이라는 짧은 기간이었지만 죽음을 이겨내고 기도했던 요나는 완전히 다른 사람으로 변해 있었던 것이다.


사랑하는 아들아!

만약 네가 요나 같은 상황에 처하게 되면 어떻게 하겠니? 비록 요나 같은 상황은 아니라고 하더라도 잘 모르는 사람들 몇 명이 만나기로 약속을 했는데 네가 20분 정도 늦었다면 너는 어떻게 하겠니?

아버지 같으면 납작 엎드려서 이렇게 대답할 것 같다. "제가 한 시간이나 늦었네요, 정말 죄송합니다. 순전히 제가 게으른 탓입니다!"라고 말이다…. 그렇다면 먼저 온 사람 중에 아마도 "제 cell phone에 따르면 21분 38초 늦으셨어요."라고 대답하는 사람이 나올 것이고 이 말로 인해 모든 사람이 한 번 웃고 모임을 시작할 수 있을 것이다.

여기서 한 가지 중요한 섬은 네가 잘못한 것에 대해서 진심으로 사과해야 한다는 점이다. 혹시라도 '그러나…', '그런데…'라는 말로 시작하는 변명하지 말아야 한다. 만약 네가 이러한 변명을 하게 되면 다른 사람들은 네가 진심으로 사과한다고 생각하지 않기 때문이다. 상황이 어찌 되었든지 너는 이미 잘못을 했고 다른 사람들을 기다리게 했으니 진솔하게 사과해야 한다. 마음을 담아서 진심으로 사과할 때 다른 사람들이 네 사과를 받아들이게 되는 것이다.

네가 사과할 때 변명과 핑계는 생각하지도 말고 네 잘못을 온전히 인정하고 진심으로 사과하는 데 초점을 맞추기 바란다. 그렇게 하면 상대방도 너를 쿨한 사람, 솔직한 사람으로 받아들이게 된다고 하는구나. 그리고 너에게서 인간적인 면을 발견하고 오히려 무엇인가를 양보해야 할 것 같은 기분을 느끼게 될 것이다. 다시 말하면 네가 잘못하여 사과할 때는 조건을 달지 말고 온전히 사과하라는 것이다.


사랑하는 아들아!

아버지가 이렇게 편지를 쓰는 이유를 너는 알고 있을 것이다. 아버지가 너와 함께 생활하면 평소에 아버지의 생각과 의견을 말해줄 수 있겠지만 현재 그런 상황이 되지 못하니까 아버지가 너에게 하고 싶은 이야기를 편지를 통하여 들려주고 싶은 것이다. 아버지가 살아오면서 잘한 것도 분명히 있었을 것이다. 그러나 잘한 것보다 잘못해서 후회가 남는 일들, 실수하여 망쳐버린 일들, 순간적으로 생각을 잘못해서 돌이킬 수 없게 되어버린 일도 많았기 때문에 아들은 아버지의 실수와 잘못을 반복하지 않기를 바라는 마음이 있기 때문이다. 그뿐만 아니라 아버지가 그동안 경험하고 깨달은 지혜를 너에게 알려주고 싶고 전해주고 싶은 마음도 가득하기 때문이다.

아버지도 이러한 조언을 해주실 아버지가 지금까지 살아계신다면 여러 가지 문제를 의논하였을 것이다. 수시로 찾아가거나 연락을 드려서 지혜를 구했을 것이다. 물론 아버지가 너만 한 나이 때에는 그렇게 하지 못했으니 그러한 점에 대해서는 할 말이 없다. 아버지가 나이 먹어가면서 철이 들고 보니 아버지에게 조언해주시고 지혜를 전해주실 아버지가 안 계시는 것이 너무나 가슴 아프고 서운하고 허전할 뿐이다.

앞으로 20~30년 후에는 너도 아버지와 똑같은 생각을 하게 될지도 모르겠다. 아버지가 너에게 이러한 편지를 남기고 싶은 것은 너와 함께 살아온 날보다 앞으로 너를 지켜보면서 살아갈 날이 더 적게 남았을지도 모르기 때문인 것도 있다. 그리고 직접 보여주는 행동이 중요하지만 물리적으로 그렇게 하지 못하기 때문에 편지로 남겨서 네가 두고두고 아버지의 마음을 헤아려주었으면 하는 생각도 마음 한구석에 크게 자리잡고 있단다.

그리고 훗날 비록 아버지가 네 곁에 없다고 하더라도 '아버지라면 어떻게 하셨을까?'를 생각하면서 네가 겪게 되는 온갖 어려움과 문제를 지혜롭게 해결하기를 바라는 마음이 간절하다. 지혜를 구하는 아들아! 아프지 말고 건강하기 바란다~.

잘못을 솔직하게 인정하는
아들이 되기를 기도하는 아버지가…

# 7. 나보다 남을 낮게 여기라

사랑하는 아들아!

2014년 말 신문과 방송을 가장 뜨겁게 달군 사건은 아마도 땅콩 회항이 아닐까 싶다. 너도 인터넷을 통해서 어떠한 사건인지는 잘 알고 있을 것이다. 우리나라를 대표하는 항공사 부사장이 미국에서 한국으로 오는 비행기의 1등석에 탑승하였는데 승무원이 땅콩을 봉지째 가져다주었다고 하여 폭행과 폭언을 하였고 결국 그 승무원을 비행기에서 내리게 한 사건이다. 더구나 비행기는 출입문을 닫고 이륙하기 위해서 활주로로 움직이는 중인데도 불구하고 다시 램프로 되돌린 어처구니없는 사건이 땅콩 회항이다. 이 사건은 비단 국내에서만 문제가 된 것이 아니라 전 세계적으로 알려지게 되어 국가적으로 망신을 당했던 사건이다.

더구나 이러한 일이 언론을 통해서 알려지고 정부에서 조사하는 과정에 항공사 측에서 여러 사람을 통하여 축소 은폐를 시도하였지만 결국 물의를 일으킨 당사자는 구속되었다. 그뿐만 아니라 사건을 축소 은폐하기 위해서 로비한 사람은 물론 조사한 공무원까지도 구속된 큰 사건이 되었다.

또 문제를 일으킨 부사장의 아버지인 해당 그룹의 회장이 나서서 국민 앞에 사과를 했지만 국민감정은 쉽게 수그러들지 않았다. 더 큰 문제가 되는 것은 구속된 부사상이 진정으로 반성하는 모습을 보이지 않는다는 점이다. 경찰 조사 과정이나 언론의 인터뷰에서도 진정으로 사죄하는 모습을 보이지 않았을 뿐 아니라 구치소에 수감되어 있으면서도 감방에서 지내기는커녕 변호사를 만나는 접견실을 종일 독차지하다시피 하여 다른 수감자들이 변호사를 만나지 못할 정도로 피해를 보고 있다는구나.

이러한 변호사를 집사 변호사라고 하는데, 변호사 입장에서는 회사에서 시키는 대로 할 수밖에 없겠지만 다른 수감자들 입장에서는 돈이 있으면 죄가 없어지고 돈이 없으면 죄가 생긴다는 '무전유죄 유전무죄'를 절감할 수밖에 없으리라 생각된다. 그런데 이처럼 사회적으로 물의를 일으킨 장본인이 법적으로는 문제가 없을지 몰라도 자신의 죄를 반성하지 않고 종일 변호사를 접견하여 어떻게 하면 구치소에서 빨리 나갈까만 생각한다면 국민의 입장에서는 전혀 용서 안 되는 것이라고 생각한다.

아버지는 이 사건에 대한 법원의 판결이 어떻게 되는지에 상관없이 물의를 일으켰던 부사장의 마음가짐과 태도에 심각한 문제가 있다고 생각한다. 이러한 사건을 요즈음 용어로 '갑질'이라고 한다. 갑질은 서로 관련된 두 사람 중 힘 있는 사람이 힘없는 사람에게 부당한 영향력을 행사하는 것을 말한다. 항공사 부사장과 승무원은 분명히 갑과 을의 관계임이 틀림없고 힘 있는 부사장이 힘없는 승무원에게 부당한 영향력을 행사한 것이니 갑질 이상의 '슈퍼 갑질'이라고 할 수 있을 것이다.

이러한 유형의 갑질은 세상 곳곳에서 일어나고 있는 것이 현실이다. 다른 사람보다 조금이라도 힘이나 권력이 있다고 생각하면 상대방을 존중하기보다는 하찮게 여기는 것도 갑질의 마음이 있기 때문이다. 자신이 상대방에게 미치는 영향력이 크면 클수록 더 심한 갑질을 보여주는 경우도 많이 있다.

이러한 갑질이 사회문제가 된 후 2016년 연말에 한 달간 특별 단속을 실시한 결과 우리나라 전역에서 1,700여 명의 갑질 사범을 검거했다고 한다. 갑질의 유형도 다양해서 권력형 공직 비리는 기본이고 악덕 소비자, 직장 내부의 갑질 등 인간관계가 형성된 곳이라면 어디든지 갑질이 자리잡고 있었다고 한다. 특히, 직장에서의 상하관계나 계약관계에 있는 사람들 사이에서 가장 심하고 가장 다양한 유형의 갑질이 나타났다고 한다.

사랑하는 아들아!

왜 땅콩 회항 사건이 일어났는지 생각해보았니? 아버지 생각에는 사람을 귀하게 여기지 않았기 때문이었다고 생각한다. 돈이나 힘을 가진 사람이 돈도 힘도 없는 사람을 인격적으로 대하지 않고 하찮게 생각하기 때문이라고 생각한다. 그러한 배경에는 부사장 딸을 제대로 교육시키지 않은 회장 아버지의 책임도 크다고 생각한다. 그런데 이 항공사는 구속된 부사장의 할아버지가 50년 전에 어려운 환경을 극복하고 노력하여 온 국민이 애용하는 항공사로 발전시켜온 것이다. 할아버지의 경영철학을 배운 아버지가 항공사 회장을 맡으면서 세계적인 항공사로 발전시켜 왔는데 그 딸은 할아버지와 아버지의 철학을 제대로 배우지 못해서 개인적으로나 회사적으로나 국가적으로 큰 물의를 일으킨 것이다.

이 항공사가 처음 설립될 때의 일화가 있다. 지금부터 50여 년 전, 20대 중반의 어느 젊은 청년이 있었는데 이 청년은 낡은 트럭 한 대를 끌고 미군 영내 청소를 하는 일을 하고 있었다. 이 젊은이가 트럭을 운전하여 인천에서 서울로 돌아가는 길에 외국 여성이 길가에 차를 세워놓고 난처한 표정으로 서 있는 모습을 보았다. 그 청년은 그냥 지나치려다 차를 세우고 사정을 물어보았더니 차가 고장이 났다며 난감해했다고 한다. 그래서 그 청년은 1시간 30분 동안 손에 기름때를 묻혀가면서 고생한 끝에 차를 고쳐주었고 외국 여성은 고맙다고 하면서 상당한 금액의 돈을 내놓았다고 한다. 그러나 그는 끝까지 돈을 받지 않았고 "우리나라 사람들은 이 정도의 친절은 베풀고 지냅니다."라고 대답하였다고 한다. 그러면 주소라도 알려달라고 조르는 그 외국 여성에게 주소만 알려주고 돌아왔는데 다음 날 그 외국 여성이 남편과 함께 찾아왔다고 한다.

그녀의 남편은 미8군 사령관이었고 그 여성은 미8군 사령관의 아내였던 것이다. 그녀의 남편인 미8군 사령관 역시 그에게 돈을 전달하려 했지만 그는 끝내 거절했다고 한다. "저는 명분 없는 돈은 받지 않습니다. 꼭 저를 도와주시려면 명분 있는 것으로 도와주십시오.” “명분 있게 도와주는 방법이 무엇입니까?” “나는 운수업에 관심이 많은데 미 8군에서 나오는 폐차를 내게 팔면 그것을 수리하여 운수사업을 하고 싶습니다. 미8군의 폐차를 인수할 수 있는 권리를 제게 주십시오.”

사령관으로서 그것은 일도 아니었다. 어차피 고물로 처리해야 할 차를 돈을 받고 파는 것은 미군에게도 오히려 이익을 남기는 일이었다. 미8군 사령관은 그 자리에서 결정하였다고 알려졌다. 그 결과 이 청년은 미8군의 폐차를 수리하여 전국을 누비면서 운수업을 하게 되었고 이렇게 운수업으로 시작한 회사가 점점 발전하여 항공업까지 진출하게 되었고 지금은 한국을 대표하는 항공사로 발전하게 된 것이다.

사랑하는 아들아!

부자는 3대까지 가지 못한다는 말도 있다. 1대 할아버지가 열심히 일해서 돈을 모으면 2대 아버지는 할아버지가 고생하면서 돈을 모으는 것을 직접 보았기 때문에 돈을 잘 관리하지만 3대 손자는 태어나고 보니 부잣집에 태어났기 때문에 돈을 잘 관리하지 못하고 쉽게 허비한다는 말이다. 특히, 태어나고 보니 금수저였기 때문에 부모가 경험했던 어려움이나 고생은 전혀 경험하지 못한 상태에서 회사를 물려받고 경영에 나서다 보니 밑바닥의 민심을 알 길이 없는 것이다. 이번에 땅콩 회항을 일으킨 부사장도 3대였으니 할아버지와 아버지의 철학을 마음 깊이 새기지 못했고 그동안 쌓아온 할아버지와 아버지의 이미지를 한꺼번에 무너뜨리게 되었으며 그 결과

온 나라로부터 손가락질을 받게 된 것이라고 생각한다.

　사랑하는 아들아!

　이러한 경영세습은 비단 회사에서만 일어나는 일이 아니다. 2017
년 연말에 서울에서는 그동안 엄청난 규모로 부흥한 대형교회의 담
임 목사가 아들에게 교회를 세습한 사건도 일어났단다. 그 교회 담
임 목사는 기독교계에서 존경받고 인정받는 훌륭한 목사였는데 몇
년 전에 개척교회를 하나 세웠고 그 개척교회 담임 목사로 아들을
지명하여 보냈다가 자신이 정년퇴임 하면서 아들 목사를 불러올려
서 자신이 시무하던 큰 교회를 담임하게 만들었던 것이다. 만약에
자신이 시무하던 교회가 작은 교회였다면 은퇴하면서 아들에게 물
려주었을까? 결국, 그 목사는 지금까지 쌓아온 모든 것을 한꺼번에
잃게 되었던 교회세습 사건이다.

　그 목사의 눈에는 십자가도 보이지 않았고 예수님도 안중에 없었
고 교회도 보이지 않았으며 오직 교인 수와 돈만 보였을 것이다. 그
리고 그때까지 교회가 부흥한 것이 자신의 능력 때문이라고 생각하
고 하나님의 도우심과 교인들의 기도와 물질적 헌신은 팽개치고 오
직 아들이 경제적으로 안정된 가운데서 목회하도록 돕기 위해서 세
습한 것이라고 생각한다.

　앞에서 말한 항공사 딸 부사장과 이 교회의 세습 받은 아들 목사
가 다른 점이 있을까? 항공사 부사장의 갑질이 아들 목사에게서 나
타나지 않으리라고 누가 보장할 수 있겠느냐? 결국, 교회를 아들에
게 세습한 목사는 예수님도 존중하지 않았고 교인들을 존중하지 않

았던 것이다.

사랑하는 아들아!

어떻게 하면 나보다 남을 낮게 여길 수 있을까? 나보다 남을 낮게 여긴다는 말은 남을 존중한다는 말이다. 어떻게 하면 남을 존중할 수 있을까? 다른 사람을 나보다 낮게 여기기 위해서는 예수님의 마음을 가지면 된다. 우리가 예수님처럼 살지는 못해도 예수님의 그 마음을 닮아가려고 노력은 해야 하지 않을까? 예수님이 보여주신 섬김의 자세를 배우고 예수님이 무릎을 꿇고 제자들의 발을 씻긴 것처럼 남을 섬기면 그 보답은 반드시 다시 돌아올 것이고 돌아오지 않는다고 하더라도 네 마음에 더없이 큰 기쁨과 즐거움을 선물하리라 믿는다.

예수님은 철저하게 낮아져서 우리에게 오신 하나님이다. 어떤 목사님의 설교를 들은 적이 있는데 예수님이 우리에게 오신 것을 예를 들어 비유로 말씀해주셨다. 예수님이 사람의 모습으로 오셔서 우리를 위해 대신 죽으신 것은 "사람이 구더기를 사랑하여 사람의 성정으로 사람의 생각과 사람의 말을 하면서 사람의 모습으로 똥통에 들어가서 구더기와 함께 똥통에서 먹고 마시며 살다가 구더기를 위해서 똥통에서 죽는 것과 같다"고 하시더구나. 이 얼마나 적나라한 비유의 말씀인지 모르겠다.

빌 2:5-8에는 "너희 안에 이 마음을 품으라 곧 그리스도 예수의 마음이니 그는 근본 하나님의 본체시나 하나님과 동등됨을 취할 것으로 여기지 아니하시고 오히려 자기를 비워 종의 형체를 가지사 사람들과 같이 되셨고 사람의 모양으로 나타나사 자기를 낮추시고 죽기까지 복종하셨으니 곧 십자가에 죽으심이라"라고 기록하고 있다.

우리가 남을 존중하기 위해서는 예수님처럼 내 마음을 비워야 하고 예수님처럼 자신을 낮추어 종이 되어야 하며 예수님의 마음처럼 십자가 앞에 죽는 마음일 것이다.

이러한 것을 성경에서는 "겸손한 마음으로 각각 자기보다 남을 낮게 여기라(빌2:3)"고 기록하고 있고 "남에게 대접받고자 하는 대로 너희도 남을 대접하라(눅 6:31)"라고 기록하고 있다. 우리가 비록 기독교인이 아니라고 하더라도 그렇게 해야 할 것이지만 너는 예수님을 닮은 삶을 살려고 노력하는 사람이니 성경의 가르침에 따라서 너 자신을 낮추고 다른 사람을 존중하는 것은 해도 되고 안 해도 되는 선택의 문제가 아니라 반드시 해야 할 의무사항인 것이다. 왜냐하면, 예수님이 본을 보여주신 것이기 때문이고 예수님의 명령이기 때문에 반드시 지켜야 할 덕목이라고 생각한다.


사랑하는 아들아!!!

앞으로 누구를 만나든지 그 사람을 너보다 낮게 여기고 존중하기 바란다. 진심을 다해서 섬기고 마음으로 진솔하게 대하기 바란다. 한두 번은 진심을 다하지 않아도 상대방이 잘 모를 수 있으나 오랫동안 서로 만나서 상대하는 사이라면 상대방도 네 진심을 반드시 알게 될 것이다. 네가 상대방을 너보다 낮게 여기는 존중의 마음을 가지게 되면 그 사람도 너를 자신보다 낮게 여길 것이고 그 사람도 너를 존중하게 될 것이다. 너는 상대방을 존중하였는데 너는 오히려 상대방에게서 존중받는 사람이 될 것이라고 믿는다.

아버지는 아버지가 사랑하는 아들의 마음에 예수님의 사랑이 넘쳐흘러서 예수님의 마음으로 다른 사람을 사랑하고 존중하므로 다른 사람에게서도 존중받고 예수님에게서도 존중받는 사람으로 살아가기를 기도한다. 세상을 살아가면서 어떠한 사람을 만난다고 하더라도 그 사람을 너보다 낮게 여기고 존중하는 마음으로 대하므로 네 안에 가득한 예수님의 향기가 그 사람에게 전해지기를 기도한다.

나보다 남을 낮게 여기는
아들이 되기를 기도하는 아버지가…

# 8. 2~3일간 침묵의 시간을 가져보라

하루를 밝게 시작하는 아들아!

쾌청하다 못해 시리도록 푸른 하늘이다. 멀리 수평선 뒤편의 대마도가 손에 잡힐 듯이 다가오고 바람마저 잔잔하여 거울처럼 맑은 바다 위를 걸어가고 싶은 마음이 들 정도로 평온하고 따뜻한 날이구나. 네 마음도 오늘처럼 평온한 가운데 주님이 주신 화평을 누리기를 기도한다.

오늘은 네 주변에서 눈으로 보고 귀로 들을 수 있는 모든 것을 한동안 치워둔 상태에서 조용히 묵상하는 시간을 가지는 것이 얼마나 좋은지에 대하여 아버지의 생각을 이야기하고자 한다.

너도 알다시피 우리는 너무나 많은 정보의 홍수 속에 이 시대를 살아가고 있다. 이미 우리 주변에는 4차 산업혁명이 시작되었고 활발하게 발전하고 있는 상황이어서 잠시만 한눈팔면 정보에 뒤처지게 되는 현실이구나. 새로 만들어지는 모든 디지털 자료를 모아서 빅 데이터로 취합  분석하고 그 결과를 토대로 새로운 영역을 개척한다고 하니 한시라도 빨리 이 대열에 합류하지 않으면 도태될 것 같은 생각이 들 정도구나.

그러나 사람의 마음속 한 편에는 바쁠수록 모든 것을 제쳐놓고 조용히 혼자 있고 싶은 생각이 드는 것도 사실이다. 왜냐하면, 바쁘고 처리해야 할 일이 많을수록 생각할 수 있는 시간은 부족하고, 생각할 수 있는 시간이 부족하면 그만큼 자신에게서 벗어나 자신을 바라볼 수 있는 여유가 부족하기 때문일 것이다. 그뿐 아니라 정보가 많을수록 그 정보에서 벗어나서 자신의 내면과 홀가분하게 이야기하면서 자신을 뒤돌아보고 싶은 생각이 들기 때문일 것이다.

왜 사람에게 이러한 침묵이 필요할까? 그것은 평소에 우리의 뇌가 너무 많은 정보를 처리하기 때문에 항상 피곤한 상태로 있는데 피곤한 뇌는 쉼을 필요로 하기 때문일 것이다. 우리 몸은 매일 충분한 잠을 통하여 피로를 회복하고 재충전하는 기회를 갖게 되는 것처럼 우리의 뇌도 정보처리를 중단하고 쉬면서 재충전을 해야 하는데 그 기회를 침묵의 시간을 통하여 가질 수 있기 때문이다.

침묵의 뜻에 대해 사전을 찾아보니 '아무 말도 하지 않고 조용히 있는 행위'로 정의하고 있구나. 그러나 이것에 더하여 아무 생각도 하지 않고 아무 행동도 하지 않고 있는 상태를 일컫는 말로 생각된다. 말은 하지 않고 행동은 한다면 이것은 침묵이 아닐 것이고, 말은 하지 않는데 열심히 생각한다면 이것은 진정한 침묵이 아닐 것이다. 결국, 침묵은 말만 하지 않는 것이 아니라 생각도 하지 않고 행동도 하지 않는 것이리라 생각한다.

우리말에는 '멍때리기'라는 단어가 있다. 비록 속어이기는 하지만 이 단어는 '아무 생각도 안 하고 아무 행동도 하지 않고 가만히 있기', '정신이 나간 것처럼 한눈을 팔거나 넋을 잃은 상태' 정도로 해석될 수 있는 말인데 영어에는 이 말을 표현할 단어가 없더구나. 2014년 10월 27일 서울에서는 '제1회 멍때리기 대회'가 열리기도 했는데 수천 명이 참가하여 성황을 이루었다고 한다. 이 대회의 취지는 '현대인들이 받는 스트레스에서 자유로워지는 체험을 하는 것'이라는데 몸을 움직여 자세를 바꿀 수 있고 물은 먹을 수 있으나 90분 동안 음식을 먹어서도 안 되고 머릿속으로 생각해서도 안 되고 심지어 눈동자를 움직여도 안 되는 그야말로 넋을 잃은 사람처럼 가만히 있어야 하는 대회였다. 대회 시간 동안 심박수를 측정하여 가장 낮은 심박수가 나온 사람이 우승을 차지하는데 제1회 대회에서 우승한 사람은 놀랍게도 9살 어린이였다고 한다.

　일부 정신과 의사들에 의하면 끊임없이 밀려드는 자극으로부터 해방되는 시간을 갖는 '멍때리기'는 사람의 뇌가 효과적으로 휴식하는 좋은 방법이라고 한다는구나. 사람의 뇌는 휴식을 통해 정보와 경험을 정리하고 불필요한 정보는 삭제하여 새로운 생각을 채울 수 있는 공간을 마련하는 것인데 휴식할 시간이 없기 때문에 '멍때리기'는 매우 효과적인 방법이라고 한다.

　현대를 살아가는 사람들이 얼마나 분주하고 얼마나 스트레스가 많으면 이러한 대회에 참가해서라도 생각을 하지 않고 일시적이나마 해방되고 싶었겠냐 싶어서 쓸쓸한 면이 없지 않다. 그러나 한 편으로는 뇌와 정신과 마음이 한순간도 쉴 수 없는 현대를 살아가는 사람들이 이렇게라도 쉬고 싶은 단면을 드러낸 것이 아닌가 생각된다. 우리는 잠깐 하늘 한 번 바라볼 시간조차 가지기 힘든 상황에 살고 있다. 따라서 종일 끊임없이 뇌를 통해 무언가에 바쁜 현대인들에게 멍때리기는 뇌에 휴식을 줄 뿐 아니라 생각을 정비하는 기회가 될 수 있고 평소에 미처 생각하지 못한 영감을 줄 수 있기 때문에 필요하다고 생각한다.

사랑하는 아들아!

그런데 오늘 아버지가 너에게 하고 싶은 이야기는 이러한 '멍때리기'가 아니라 조용한 쉼에서 더 나아가 침묵을 통한 영적 재충전을 가지면 좋겠다는 것이다. 성경에 보면 "예수님께서도 혼자 있는 시간을 종종 가졌다"는 것을 알 수 있다. 예수님 시절에는 지금처럼 복잡한 때가 아니었다. 그러나 예수님은 사람들로부터 떨어져 혼자 있는 시간을 많이 가졌단다.

예수님은 사람들을 사랑하셨지만 대중 앞에 나서는 것을 좋아하시지는 않으셨단다. 사람들이 예수님을 왕으로 모시려고 할 때 뒤로 물러나 숨으셨고, 병자들을 치료하신 후에는 아무에게도 알리지 말라고 하셨다. 예수님은 사역을 시작하시기 전에 홀로 광야에 가서 40일간 금식하며 기도하셨다. 광야는 고독한 곳이고 외로운 곳이지만 예수님을 약하게 만든 장소가 아니라 강하게 훈련시킨 장소였고 온갖 유혹을 이길 수 있는 힘을 얻었던 장소였단다.

그뿐만 아니라 중요한 순간에는 예수님 혼자 따로 기도하셨다. 열두 제자를 선택하실 때에도 따로 기도하셨고(눅 6:12-13), 오병이어의 기적을 행하신 후에도 산에 올라가서 따로 기도하셨고(마 14:23) 심지어 십자가에 달리시기 전에도 따로 기도하셨다(마 26:36-48). 예수님에게도 그처럼 혼자 기도했던 시간이 필요했다면 우리에게는 그런 시간이 얼마나 더 필요하겠니?

우리가 중요한 순간에 예수님처럼 기도할 수 있다면 좋겠지만 그렇지 못한다면 침묵의 시간이라도 가져야 할 것이다. 침묵의 시간이 필요할 때가 언제일까? 인생의 중요한 결정을 해야 할 때, 무엇인가 중요한 사건이 다가왔을 때, 슬픔과 실망에 빠져 있을 때, 특별한 일을 위해 많은 에너지를 사용하여 탈진(Burn out)했을 때, 하나님의 음성을 듣고 영적 재충전을 해야 할 때 침묵의 시간을 가지는 것이 좋겠다. 그렇다면 영적 재충전을 위해서 침묵의 시간이 필요한데 우리는 어떠한 방법으로 침묵의 시간을 가지는 것이 좋을까?

사랑하는 아들아!

지치고 힘들 때, 어렵고 곤고할 때 우선 침묵할 수 있는 여건과 환경에 너 자신을 의도적으로 밀어넣어보기 바란다. 그러기 위해서는 평소에 생활하던 집, 평소에 하던 일에서 잠시 벗어나야 하는 것은 우선이다. 아무리 스스로 잘 조절하여 침묵의 시간을 갖는다고 하더라도 물리적으로 일상의 공간에서 벗어나지 않으면 침묵의 시간을 완전하게 가지기는 쉽지 않다. 사람이 아무리 의지가 강하다고 하더라도 무엇인가 눈에 보이면 그 무엇인가로부터 자유롭기 쉽지 않기 때문이다.

예를 들면 네가 생활하는 집에서 침묵의 시간을 가진다고 할 때,

몇 시간은 그대로 침묵하고 쉴 수 있을지 모르겠으나 하루 정도 지나게 되면 좀이 쑤셔서도 어찌하지 못하게 될 것이다. 휴대전화에 어떠한 메시지가 남겨져 있는지 무척 궁금할 것이고, 혹시라도 중요한 e-mail이 왔는지 확인하고 싶을 것이고, 평소에는 거들떠보지도 않았던 음식이 먹고 싶다는 생각이 들 것이고, 주변 사람들은 어떻게 지내는지 궁금하여 전화를 걸어볼까라는 생각이 들 수도 있다.

따라서 평소의 일에서 자유로울 수 있도록, 가족들이나 주변 사람들이 궁금하지 않도록 2~3일간 어디론가 다녀올 것이라고 미리 알려주고 조용하고 한적한 곳, 각종 전자기기로부터 자유로울 수 있는 곳, 그 동안 음식과 잠자리를 포함한 편의 시설이 갖춰진 곳, 여유 있고 조용한 공간을 제공받을 수 있는 곳으로 너 자신을 이동시키는 것이 필요하다. 그러한 공간 중에 가장 좋은 곳은 기도원일 것이다. 기도원은 일단 숙식이 제공될 뿐 아니라 시설이 좋은 기도원의 경우는 각종 편의 시설이 잘 갖춰져 있기 때문에 꼭 기도하기 위해서 가는 목적이 아니라고 하더라도 쉬기 위한 공간으로 가장 좋은 곳이라고 생각된다.

실제로 아버지가 2013년 여름에 거의 탈진 상태에 있었던 경우가 있었는데 주변의 목사님들에게 문의하여 경기도 산속에 위치한 기도원을 추천받아서 일주일 정도 쉬었다고 온 적이 있었다. 그 당시에는 기도하러 간 것이 아니라 오로지 쉬기 위해서 갔었다. 그 기도원은 TV도 없었고 아예 휴대전화 전파마저 차단해 놓았기 때문에 그곳에 가서는 먹고 자고 쉬고 산책하는 것 외에는 할 일이 없었다. 더구나 깊은 산속에 있어서 도시까지 나가는 것은 어려운 일이었기에 정말 일주일 동안 완전하게 쉬는 일 외에 다른 아무것도 하지 않았다.

처음 2~3일 동안은 무척 좋았는데 그 이후에는 점점 지루하고 답답해졌다. 그래서 산책을 하게 되었는데 이름 모를 풀(사실은 이름을 알지만)과 대화도 하였고 숲 속 벌레들과 놀기도 하였고 잔디밭에 누워서 한두 시간씩 하늘을 보면서 흘러가는 구름의 모습을 관찰하기도 했었다. 그런데 그것도 점점 적응하니까 재미있어지는 것이었다. 그리고 기도원인데도 불구하고 기도회에 참석하거나 성경을 읽지도 않고 오직 쉬는 일만 열심히 하였다. 아마도 아버지 인생에 아무것도 안 하고 완전하게 쉬었던 기간이 아니었나 싶다.

그리고 기도원을 내려와서 집에 돌아왔더니 해야 할 일은 산더미처럼 많이 밀려있는데 몸도 마음도 정신도 완전히 홀가분하였고 밀렸던 일을 순식간에 해치우는 것이었다. 만약 아버지가 쉼을 갖지 못했다면 그 많은 일을 그토록 짧은 시간에 처리하지 못했을 뿐 아니라 더 많은 스트레스로 더 많이 힘들어했을 것이 틀림없다. 휴식이 이처럼 중요하다는 것을 절실하게 느낀 소중한 경험이었다.


사랑하는 아들아!

힘들고 어려울 때 기도원이나 수양관 같은 곳에 올라가 너 자신을 뒤돌아보고 쉬는 시간을 가지기 바란다. 특히, 지금 20대 때는 30~40대 때에 비하여 스트레스를 덜 받고 또 같은 크기의 스트레스를 받는다고 하더라도 네가 느끼는 강도가 상대적으로 적을 수 있으나 앞으로 나이가 들어가면서 스트레스 관리가 점점 더 중요해질 것이다. 그리고 20대 청년의 너는 며칠간의 여유를 갖기 쉽지 않을지 모르겠으나 휴가를 사용해서라도 완전하게 쉬는 시간을 가지므로 너 자신을 돌아보고 'renovation'하기를 기대한다.

혼자서 조용히 침묵하고 쉬다 보면 그동안 보지 못한 것을 볼 것이고 듣지 못한 소리를 들을 수 있을 것이고 느끼지 못한 것을 느낄 수 있을 것이다. 이때 침묵하면서 조용히 묵상하는 시간을 가지는 것이 좋다.

만약 네가 기도원에 가게 된다면 시기를 잘 정하는 것도 중요한데, 침묵하는 동안 급한 연락이 오지 않아야 할 것이고 육체적으로 특별한 문제가 없어야 할 것이다. 몸이 지쳐있고 피곤한 상태에 있을 때 가는 것은 괜찮지만 몸에 이상이 있어서 아플 때나 감기에 걸렸을 때는 가지 않는 것이 좋다. 네가 기도원에 가는 목적은 쉼을 얻고 재충전하기 위해서인데 아프면 우선 치료를 받고 가야 할 것이고 감기도 치료 받고 회복된 이후에 가는 것이 좋다. 그래야만 기도원에 가는 목적을 달성할 수 있을 것이다.

기도원에 갈 때는 노트북이나 스마트 폰 같은 전자기기를 아예 집에 두고 가는 것이 좋겠다. 스마트폰을 가지고 가면 열어보지 않을 수 없고 미디어로부터 방해받을 것이 분명하기 때문이다. 기도원 중에는 아예 인터넷을 차단해 놓은 기도원도 있다. 우리가 간절히 기도할 때는 금식하면서 기도하는 경우가 있는데, 금식 기도는 하나님을 향한 가장 절실한 우리의 외침인 것이다. 따라서 육신의 양식만 금식할 것이 아니라 미디어 양식도 금식하므로 우리의 영을 맑고 깨끗하게 유지하는 것이 중요할 것이다.

기도원에 가서 침묵하고 묵상하면서 쉴 때 얻을 수 있는 가장 큰 유익이 무엇이겠느냐? 침묵하니 몸이 쉬고 마음도 쉬고 머리도 쉬고 네 영혼도 쉼을 얻을 수 있을 것이다. 기도원에는 TV도 없고 라디오도 없고 컴퓨터도 없고 스마트폰도 없으니 네 정신을 빼앗길 그 무엇도 없을 것이기 때문에 오로지 쉬는 일에만 집중할 수 있게 된다.

침묵하고 묵상하는 동안에는 오직 한 가지, 너 자신의 내면에서 나오는 소리만 들릴 것이고 너 자신의 잘못만 보일 것이다. 그렇게 2~3일 있다 보면 하나님의 음성이 들리고 하나님의 뜻이 보이고 하나님과 대화하게 될 것이고 하나님을 만날 수 있을 것이고 하나님이 주시는 영적 힘이 생겨날 것으로 확신한다. 그렇게 쉼과 침묵과 묵상을 통하여 하나님이 주시는 재충전의 에너지를 통하여 네게 맡겨진 하나님의 소명을 잘 감당하기를 기도한다.


자신을 돌아보는 시간을 가지는
아들이 되기를 기도하는 아버지가….

# 9. 네 잘못을 핑계 대지 마라

사랑하는 아들아!

지난번 편지를 보낸 것이 몇 달이 훌쩍 지나가버렸구나. 한동안 열심히 편지를 보내면서 아들에게 아버지의 마음을 전하고 아버지의 가르침을 전하려고 했는데 너희가 반응도 없었고 또 나도 마음이 분주하여 그동안 편지를 보내지 못했단다. 지난번에는 '네 잘못으로 문제가 생길 경우 네 잘못이라고 솔직하게 인정하라'는 내용의 글을 보냈는데 오늘도 같은 내용의 이야기를 해주고 싶구나.

며칠 전 TV 시트콤에서 본 이야기다. 그 프로에서는 어느 회사의 출근 시간에 지각한 사람들이 상관에게 꾸중을 듣는 모습을 코믹하게 보여주고 있었다. 3~4명이 지각을 하여 윗사람 앞에 서 있었는데 지각한 이유를 묻는 질문에 모두 죄인처럼 고개를 푹 숙이고 머뭇거리면서 대답을 하고 있었단다.

첫 번째 사람: 오늘은 빨리 출근하려고 지름길인 강변도로를 타

고 왔는데, 자동차 사고가 났는지 차가 엄청나게 막혔습니다. 그 자리에 선 채로 꼼짝도 안 하고 한 시간 이상 갇혀 있었습니다. 그래서 늦었습니다. 우리나라 교통문제 정말 큰일입니다. 죄송합니다.

두 번째 사람 : 아들을 유치원에 데려다주고 오느라고 늦었습니다. 원래 와이프가 데려다주는데 오늘은 일찍 출근해야 한다고 해서 제가 데려다주는데 차에서 내려 뛰어가다가 아이가 넘어져서 코피가 났고 얼굴에 상처가 났습니다. 급히 병원에 가서 치료를 받고 다시 데려다주고 오느라고 늦었습니다. 죄송합니다.

세 번째 사람: 출근하는데 갑자기 배탈이 나서 중간에 화장실 찾아서 해결하고 오느라고 늦었습니다. 건물마다 화장실을 다 자물쇠로 잠가놓고 있어서 화장실 찾느라고 시간이 많이 걸렸습니다. 하마터면 옷에다 실수를 할 뻔했습니다. 어제저녁에 야식을 먹은 것이 잘못된 것 같습니다. 앞으로 야식을 먹지 않겠습니다.

네 번째 사람: 제가 일찍 서두르지 않았고 게을러서 늦었습니다. 오늘 늦은 것은 제 잘못이고 제 책임입니다. 앞으로 이런 일 없도록 하겠습니다.


이 말을 들은 상관이 일장 훈계를 하는데 특히 네 번째 사람에게 더 심하게 나무라고 있었다. "자네는 말야!!~~ 특별한 이유도 없으면서 게을러서 늦어? 정말로 다른 이유가 없었는데 게을러서 늦은 거야?" "네에! 제가 좀 일찍 서두르지 못해서 늦었습니다." TV에서는 그 뒤에도 한참 더 이야기가 이어지고 있었다. 만약 네가 이러한 상황이라면 어떻게 대답하겠니? 어떻게 이야기하는 것이 윗사람에게 꾸중을 덜 듣고 위기를 모면할 것 같다고 생각하니?

아버지도 젊었을 때 이러한 상황에 처했다면 여러 가지 변명을 했을 것 같다. 심지어 거짓말을 해 가면서라도 늦을 수밖에 없는 이유를 동원해서 내 잘못이 아니라 어쩔 수 없는 상황이었다고 이야기했을 것 같다. 좀 더 그럴듯한 이야기를 꾸며내기 위해서 없었던 일을 있었던 것처럼 거짓말을 할 수도 있고 실제보다 크게 부풀릴 수도 있었을 것 같다.

사랑하는 아들아!

사람이 거짓말을 하면 표정에 모두 나타나게 된다고 한다. 미세한 떨림이 자신도 모르게 나타난다든지, 진실을 말할 때와는 다른 표정을 짓게 된다든지, 거짓말을 감추기 위해서 필요 이상의 제스처를 한다든지 등등 평소와는 다른 행동을 하게 된다고 하는구나. 이것은 심리학에서 다양한 연구를 한 결과 얻어진 것인데 실제로 학생들을 지도하다 보면 거짓말하는 것이 보일 때도 많이 있는 것을 경험을 통해서 알게 되었다. 이러한 연구를 응용하여 거짓말 탐지기를 만들어서 범죄 수사에 이용하기도 하는 것을 너도 잘 알고 있을 것이다.

거짓말을 하게 되면 더 큰 문제로 이어진다는 좋은 예가 있어서 알려주고자 한다. Watergate Scandal은 미국 대통령 선거가 한창인 1972년 6월 17일에 워싱턴 D.C.의 워터게이트 건물에 있던 민주당 사무실에서 도청장치를 가지고 침입한 5명의 괴한을 경찰이 체포하면서 시작되었다. 수사가 진행되면서 닉슨 행정부와 관련 있는 것으로 드러났고 사건을 은폐하기 위하여 백악관이 많은 공작을 하였음이 밝혀지게 되었다. 그러나 이 사건은 선거에 영향을 미치지 못하고 닉슨이 재선되었는데 재선된 이후 닉슨 대통령은 기자회견에서 계속 거짓말을 하면서 미국 국민을 속이려 했기 때문에 하원에서 탄핵안이 가결된 지 4일 후 1974년 8월 9일 대통령직을 사퇴하는 것으로 결론 나게 되었다.

닉슨 대통령은 미국 역사상 임기 중 사퇴한 최초의 대통령이 되었는데 그 결정적인 이유가 대통령의 거짓말 때문이었다고 알려졌다. 도청사건은 닉슨이 지시한 사건이 아닐 가능성이 높은데 만약 닉슨이 사실대로 인정하고 책임자를 처벌한 후 다시는 이러한 일이 일어나지 않도록 하겠다는 대국민 성명을 통하여 대통령다운 면모를 보여주었더라면 탄핵이나 대통령직을 사임하는 일까지 확대되지는 않았을 것으로 생각된다.

닉슨은 기자회견에서 "나는 결코 부정직한 사람이 아니다"라고 하면서 자신의 결백을 주장하였지만 기자회견을 지켜본 심리학자들은 이미 닉슨이 많은 거짓말을 하고 있다는 것을 말과 표정과 제스처에서 알 수 있었다고 한다. 닉슨이 비록 도청을 지시하지는 않았을지 모르지만 사건을 보고 받고 은폐하는 일을 했다는 증거가 나타나 보였다고 한다. 기자 회견장에서 닉슨은 평소보다 과장된 제스처를 자주 사용했고 말하는 도중에 코를 만지기도 했으며 표정이 불안했고 경직되어 있는 등 거짓말하고 있는 증거가 많이 보였다고 한다.

사랑하는 아들아!

사람이 살다 보면 자신의 의도와는 다르게 예기치 않은 여러 가지 상황에 처하게 되어 약속을 지키지 못하는 경우도 있고 잘못할 수도 있을 것이다. 그러나 이러한 잘못을 했을 때 그것을 받아들이는 자세는 사람마다 많이 다른 것을 종종 보게 된다.

그렇다면 이러한 일이 일어났을 때 어떻게 하는 것이 가장 좋을까? 가장 좋은 방법은 변명하지 않는 것이다. 실제로 피치 못할 사정이 있었다고 하더라도 그 상황을 설명하기 위해서 변명을 하는 것은 좋지 않다. 변명보다 너 자신의 책임이나 네 잘못으로 돌리는 것이 훨씬 더 책임감 있는 사람으로 인식되는 것이다. 그렇게 되면 네 말을 듣는 사람들은 네가 어찌할 수 없는 상황임에도 네 책임으로 돌리는 너를 신뢰하게 되며 거짓말을 하지 않거나 책임을 떠넘기지 않는 사람으로 믿게 되는 것이다.

예를 들면 출근 중에 실제로 교통사고가 일어났고 그래서 교통체증이 일어났고 어쩔 수 없이 지각을 하게 되는 경우도 있다. 그럴 때라도 상황은 설명하되 변명은 하지 않는 것이 좋다. "출근길에 강변도로에서 대형 사고가 났더군요. 그래서 한 시간을 갇혀 있었습니다. 그런데 제가 좀 일찍 나왔으면 그 교통사고를 피할 수 있었을 텐데 제가 서두르지 못해서 늦었습니다. 제 잘못입니다. 앞으로 더 일찍 서두르도록 하겠습니다."

이렇게 이야기하면 윗사람도 다른 할 말이 없게 된다. 네가 잘못했다는데 다른 무슨 말을 하겠니? 너를 꾸중하려고 하다가도 오히려 너를 이해하려는 쪽으로 마음을 돌리게 될 것이다. 그리고 순간의 어려움을 모면하기 위해서 변명하는 것보다 잘못을 인정하는 것이 너 자신을 솔직한 사람, 진솔한 사람으로 평가받을 수 있다는 것을 명심하기 바란다. 만약 핑계를 대거나 변명을 하게 되면 어떻게 될까? 네 말을 듣는 사람이 네 말을 그대로 믿고 인정하게 될까? 혹시 거짓말을 하면 그 거짓말을 믿어주고 네 잘못이 아니라고 생각하게 될까?

그렇지 않을 것이다. 왜냐하면, 누구나 한 번씩은 그러한 경험이 있었을 것이고 그 당시 자신이 어떻게 했는지 기억하기 때문이다. 네가 거짓말을 하면 상대방 자신도 똑같은 거짓말을 한 적이 있다는 것을 떠올리고 네가 거짓말을 하고 있을지도 모른다고 생각하게 된다. 그런데 네가 한 말이 자신이 했던 거짓말과 똑같다면 네가 비록 진실을 말했다고 하더라도 상대방은 네 말을 이미 거짓말로 판단해버렸을 수도 있기 때문이다.

사랑하는 아들아!

성경에서는 거짓말을 해서는 안 되는 이유를 다양하게 설명하고 있다. 특히 거짓말을 하면 천국에 들어가지 못한다고 기록하고 있다. "무엇이든지 속된 것이나 가증한 일 또는 거짓말하는 자는 결코 그리로 들어가지 못하되 오직 어린 양의 생명책에 기록된 자들만 들어가리라(계 21:27)"처럼 거짓말을 천국에 들어가느냐 들어가지 못하느냐와 연결시킬 정도로 엄중하게 다루고 있다.

거짓말은 눈덩이 같은 특징이 있다. 일단 한 번 거짓말을 하게 되면 그 거짓말은 거짓말이 아니라는 것을 나타내기 위해서 더 큰 거짓말을 해야 하기 때문에 점점 더 커지게 된다. 따라서 처음부터 거짓말은 하지 말아야 한다.

선의의 거짓말, 하얀 거짓말도 하지 않는 것이 좋다. 특히, 결혼을 하면 부부간에는 절대로 숨김이 있어서도 안 되고 거짓말을 해서도 안 된다. 연애 시절부터 거짓말은 하지 않기로 두 사람이 맹세하기 바란다. 결혼생활은 신뢰가 깨어지면 바탕부터 흔들리기 때문에 거짓말은 근처에도 가지 않아야 한다. 가정에서 살다가 보면 잘못이 없을 수 없다. 그러나 잘못했다고 해서 거짓을 말하기 시작하면 그 가정은 원만하게 이어질 수 없다. 그래서 잘못을 많이 고백하고 용서를 구하는 관계가 되기 바란다.

만약 네 잘못을 덮기 위한 목적으로 거짓말을 하고 이러한 행위가 반복된다면 결국에는 양치기 소년이 될 수밖에 없을 것이다. 진실을 말하는 경우에도 그 말을 진실이라고 인정받지 못하게 될 것이다. 따라서 어떠한 경우에도 핑계 대지 말기 바란다. 솔직하게 내 잘못이라고 인정하고 상대방의 용서를 구하는 것이 그리스도인이 살아가는 자세라고 생각한다. 작은 잘못을 덮기 위해서는 그보다 큰 거짓말을 해야 하고 결국에는 점점 더 큰 거짓말을 하는 거짓말쟁이가 될 수밖에 없기 때문이다. 그리스도인은 '하나님 앞에서(Coram Deo)' 당당해야 할 것이다.


잘못을 핑계 대지 않는
아들이 되기를 기도하는 아버지가…

# 10. 전등을 끄고 촛불을 켜보라!

사랑하는 아들아!

지난 며칠 동안 감기 몸살로 누워 있으면서 이제 나이가 들어가니 감기도 큰 병이라는 생각이 드는구나. 젊을 때는 감기 정도야 며칠 좀 컨디션이 좋지 않은 정도로 가볍게 지나갔는데 이제는 면역력이 떨어져서 그런지 점점 힘들어지는구나.

시간을 내서 너에게 편지를 쓰는 시간 자체가 아버지에게 있어서는 큰 기쁨이요 즐거운 시간이기도 하지만 너와 똑같은 시절을 보내오면서 수도 없이 되풀이했던 아버지의 후회를 사랑하는 아들이 조금이라도 덜 했으면 하는 마음으로 이 글을 쓴다.

수도 없이 들어왔던 할아버지의 훈계와 조언을 귀담아듣지 않았고, 들었어도 실천하지 않았기에 그동안 겪었던 수많은 후회로 가슴이 얼얼하기도 하였고 얼굴이 화끈하게 달아오를 정도로 부끄러웠던 적도 많았단다. 아버지가 그랬듯이 너도 이 편지 내용을 귀담아

듣지 않거나 제대로 실천하지 않을 수 있을지도 모르겠다. 그럼에도 불구하고 아들을 사랑하는 아버지의 마음으로 편지를 보내니 조용한 시간에 다시 한 번 읽어보고 마음속에 담아두기를 바라는 마음 간절하다.

사랑하는 아들아!

오늘은 너에게 촛불을 켜라고 말하고 싶어서 이 편지를 쓴다. 너도 알다시피 아버지는 시골에서 초등학교 시절을 보냈고 그 시절에는 전기가 들어오지 않아서 호롱불을 켜고 생활했었다. 그러니 자연스럽게 온 가족이 모여서 이야기도 나누고 스무고개도 하고 퀴즈도 맞추고 했었다. 특히 좋았던 것은 여름철에 마당에 멍석을 펴고 모기장 속에 누워서 하늘을 보면 가슴 가득, 두 눈 가득 쏟아져 내리는 별들과 은하수… 그리고 별똥별…. 할머니는 그 별똥별을 바라보시면서 이 세상에서 훌륭한 사람 누군가 지금 막 천국으로 가셨다고 이야기하곤 했었단다.

그런데 전기가 들어온 이후부터는 우리 가족이 예전처럼 이야기를 나누지도 않았고 함께 모여서 하늘의 별을 보는 일도 없어졌다. 모두 TV 앞에 모여서 TV 속으로 들어갈 것처럼 빠져들게 되었다. 그러다 보니 꼭 필요한 것 외에는 이야기를 하지 않게 되었고 점점 가족 간에 대화가 단절되더구나.

그런데 요즈음은 TV보다 훨씬 더 강력하게 우리를 붙들고 있는 컴퓨터, 인터넷, 모바일 등이 우리의 삶을 온통 지배하고 있는 것을 너도 잘 알 것이다. 이러한 전자기기는 사람이 하는 일을 대신 해주고 사람이 생활하는 데 편리하도록 사용하기 위해서 개발된 것인데 오히려 사람의 시간을 빼앗고 정신도 빼앗고 가족 간의 대화마저도 빼앗는 아이러니한 세상에 우리는 살고 있다. 특히, 스마트 기기는 사람의 생각하는 힘도 빼앗고 기억도 빼앗고 있는 상황이 되었단다.

휴대전화가 없을 때는 대부분 전화번호를 종이에 적어두었고 중요한 전화번호는 기억하고 있어서 기억 속에 있는 번호를 꺼내어 전화를 걸곤 했었는데 지금은 기억할 필요가 없으니 전화번호를 기억하지 못하는 것이 당연시되고 있다. 솔직히 이 편지를 쓰는 아버지도 너희들 전화번호를 기억하지 못한다. 부모도 자식의 전화번호를 기억하지 못하고 자녀도 부모의 전화번호를 기억하지 못하는 시대가 되었구나. 이것을 전문 용어로 '디지털 치매(digital dementia)'라고 한다는구나. 이 글을 읽으면서 지금 네가 기억할 수 있는 전화번호가 몇 개나 되는지 생각해보면 너 역시 이 범주에서 벗어나지 못하고 있음을 깨닫게 될 것이다.

지하철이나 버스를 타면 사람들 대부분이 스마트폰에 고개를 숙이고 있어서 체형이 거북목(turtle neck) 모양으로 변해가고 있는 현실이다. 집에서도 눈을 뜨면 가장 먼저 찾는 것이 스마트폰이고 또 스마트폰을 들여다보고 있는 시간이 많아지다 보니 그렇지 않아도 가족 간의 대화가 단절되어 가는 상황에서 더 많이 단절되고 자신만의 공간에 자신을 점점 더 깊이 몰아넣고 있는 것이 아닌가 생각된다. 너는 중고등학교 시절에 스마트폰을 사용하지 않았지만 요즘 태어나는 아이들은 2~3살 어린 시절부터 부모가 던져준 스마트 기기를 친구삼아서 놀고 있으니 정서발달은 고사하고 부모의 정을 배울 기회마저 갖지 못하는 것이 아닌가 생각된다.

사랑하는 아들아!

그래서 오늘은 전등, TV, 컴퓨터, 스마트폰을 끄고 하루 저녁 온전히 촛불을 켜보라는 조언을 하고 싶다. 밝은 조명 아래서 생활하다가 갑자기 전등을 끄게 되면 답답하고 어두워서 책 읽기도 쉽지 않을 것이다. 그러나 마음을 가라앉히고 30분만 차분하게 앉아 있으면 우리 몸이 새로운 환경에 적응을 하게 되기 때문에 책도 읽을 수 있고 마음의 안정도 찾을 수 있을 것이다. 네가 기억할지 모르겠으나 실제로 네가 어렸을 때 우리 가족이 몇 번 시도해본 적이 있었단다. 그런데 너희들이 너무 어릴 때 몇 번 시도하다가 중단했기 때문에 실제로 큰 감동은 경험하지 못했을 것으로 생각된다.

전등을 끄고 촛불을 켜면 전등을 밝게 켰을 때는 듣지 못하던 소리를 들을 수 있고, 보지 못하던 것을 볼 수 있을 것이다. 느끼지 못했던 것을 느낄 수 있고 냄새 맡지 못했던 신선한 공기 냄새까지도 맡을 수 있다고 하는구나. 사람의 오감은 눈을 통해서 보면서 느끼기 때문에 눈에 보이는 것이 다른 감각에도 영향을 미칠 수 있는데 눈으로 들어오는 정보가 적으니 그만큼 다른 감각에 미치는 영향도 적어지는 것은 당연한 일일 것이다.

사람의 감각 중에 어느 한 부분을 잃게 되면 다른 부분이 강해진다고 하는구나. 앞을 보지 못하는 사람은 귀가 예민해져서 다른 사람이 듣지 못하는 소리를 들을 수 있다고 한다. 듣지 못하는 사람은 촉감이나 눈으로 보는 감각이 훨씬 발달한다고 한다.

전등을 켰을 때는 눈으로 사물을 보겠지만 촛불을 켜면 마음으로 사물을 보게 되므로 전등을 켰을 때 보지 못하던 새로운 것을 볼 수 있다는구나. 촛불을 켜면 촛불 주변만 밝기 때문에 촛불에 집중하게 되므로 덤으로 집중력도 높일 수 있다고 한다. 그래서 가끔 마음이 심란하고 집중이 안 될 때, 정신적으로 피곤하고 혼란스러울 때 전등을 끄고 촛불을 켜보기 바란다.

촛불을 켰을 때 얻을 수 있는 가장 큰 이점은 그동안 생각하지 못하던 것을 생각할 수 있다는 점이다. 사람의 눈에 보이는 것은 실제로는 물체에서 반사되는 빛이라고 하는구나. 나뭇잎이 녹색으로 보이는 것은 나뭇잎이 녹색을 반사하기 때문이고, 밤하늘이 캄캄한 것은 반사하는 빛이 없기 때문이다.

그런데 촛불을 켜면 물체가 반사하는 빛이 아주 적기 때문에 눈에 들어오는 정보량이 그만큼 적고 정보량이 적으니 뇌가 처리해야 할 일이 그만큼 줄어들게 된다. 처리해야 할 일이 줄어드니 뇌는 다른 일을 더 할 수 있게 되기 때문에 평소에 생각하지 못하던 것을 생각할 수 있게 되는 것이다. 이처럼 전등을 끄고 촛불을 켜면 평소에 놓치고 있는 많은 것을 들을 수 있고 더 많은 것을 볼 수 있고 더 깊게 생각할 수 있는 새로운 경험을 하게 될 것이다.

사랑하는 아들아!

전등을 끄고 촛불을 켜서 클래식 음악을 듣는 네 모습을 상상해보기 바란다. 일부러 시간을 내어 클래식 음악을 듣기는 쉽지 않은 것임을 너도 잘 알 것이다. 저녁 시간에 왜 그리 할 일이 많은지, 왜 그리 자유 시간은 빨리 가는지…. 잠깐 쉬었다고 생각했는데 잠자리에 들어야 할 시간이 되었고 또 내일 일을 준비도 못 한 채 잠을 청하는 경우도 많았을 것이다. 그러다 보니 종일 시간에 쫓겨서 생활해왔는데 저녁 시간마저도 여유로운 시간을 갖지 못한 것은 아마도 전자기기 때문이 아닐까 생각한다.

아버지는 네가 1주일에 한 번이라도 전등을 끄고 촛불을 켜기를 기대한다. 그런데 전등만 끄고 TV, 컴퓨터, 스마트 폰은 켜두면 안 되겠지? 어느 날 하루 저녁은 오롯이 전등과 함께 모든 전자기기를 꺼두기 바란다. 그렇게 하면 그동안 생각하지 못했던 무엇인가 생각날 수도 있고, 그동안 잊고 지냈던 사람이 생각날 수도 있고, 너무 편협하게 생각했던 네 생각의 폭이 넓어질 수도 있고, 생각의 깊이가 깊어질 수도 있을 것이다.

노트에 무엇인가 끄적거려 보면 네가 그동안 생각했던 것이 무엇이고 놓친 것이 무엇인지 자연스럽게 드러날 것이다. 그저 하얀 백지 위에 생각나는 단어를 쓰면 되는 일이다. 그러다 보면 너도 모르게 수많은 단어가 쓰일 것이고 그 단어 중에는 별 의미 없이 흘려보내야 할 단어도 있겠지만 중요하게 다뤄야 할 단어도 있을 것이고, 오랫동안 네 머리를 억누르고 있어서 네 마음을 답답하게 만들었던 단어도 있을 것이다.

혹시 조금 더 생각해야 할 내용이 있다면 마인드맵으로 구체화해 볼 수도 있을 것이다. 마인드맵은 아버지가 지금까지 20년 이상 학생들에게 활용하도록 가르쳤던 것인데 마인드맵을 잘 활용했던 학생들은 모두 자신의 일을 충분히 잘 해내던 학생들이었고, 재학 중의 결과도 물론 좋았지만 졸업 후의 결과도 무척 좋았던 것을 알고 있다. 특히, 암기하기 어려운 내용은 마인드맵으로 정리해두면 훨씬 쉽게 기억될 수 있고 또 결론을 내리기도 쉽다는 것을 알았으니 수시로 잘 활용하면 좋겠다.

사랑하는 아들아!

네가 촛불을 벗 삼아 책을 읽게 되면 밝은 전등 아래서 읽었던 것과 전혀 다른 느낌을 받을 수 있을 것이다. 책 속에 있던 어떤 단어가 네 머리에 강하게 충격을 줄 수도 있고 밝은 불빛 아래에서는 보이지 않던 내용이 보일 수도 있고, 어느 순간에 문장 뒤에 숨어있는 의미가 뇌리를 스치고 지나갈 수도 있을 것이다. 책 속의 주인공과 깊은 대화를 할 수 있을지도 모르고 저자와 교감하면서 그 책을 쓸 당시의 저자 마음을 위로하기도 하고 함께 기뻐하기도 하며 함께 아파할 수도 있을 것이다. 책을 읽고 있는 너 자신이 내면의 너와 논쟁을 벌여보는 것도 재미있는 일 중에 하나일 것으로 생각된다.

이러한 일은 나이가 들어서 30~40대가 되면 할 수 없는 일이고 지금 20대의 너만이 할 수 있는 일이라고 생각한다. 아버지도 20대의 생각을 영원히 가져갈 것으로 당시에는 생각했으나 사람의 정신과 마음과 생각은 육신의 나이와 함께 변화되기 때문에 20대 때 아버지의 생각이 틀렸음을 직접 경험해보고서야 알았다. 이것을 삶의 지혜라고 해도 틀린 말은 아닐 것이다. 아버지는 20대의 젊은 시절을 경험해 보았기 때문에 아는 것이고, 너는 아직 50대의 나이 든 시절을 경험해보지 않았기 때문에 모르는 것이다. 따라서 아버지가 오늘 하고 싶은 이야기는 아직 경험하지 못한 네가 경험해 보았던 사람들의 지혜를 간접적으로 경험함으로써 부족한 부분을 보충하면 좋겠다는 것이다.

사랑하는 아들아!

촛불을 켜고 미래의 네 배우자에게 편지도 써보고, 20년 후의 너 자신에게 글을 남겨보는 것도 의미 있는 시간이 될 것이다. 밝은 전등 아래서는 떠오르지 않던 사랑의 단어가 생각날 것이고 순간적으로 시인이 되어 한 편의 시가 탄생할 수도 있을 것이다. 그리고 그 편지를 밀봉해두었다가 실제로 20년 후에 읽어본다면 어떠한 느낌일까? 더구나 네가 쓴 편지를 네 배우자와 함께 읽는 모습은 상상만으로도 즐겁고 신나고 사랑스러운 일이 아니겠니?

특히, 너 자신에게 쓴 편지에는 스스로에 대한 여러 가지 약속이 들어있을 수도 있고 각오를 담을 수도 있고 계획이 들어있을 수도 있는데 20년 후에 열어보면 실제로 그 20년을 어떻게 살아왔는지 반성할 수 있을 것이고 그 이후의 20년을 다시 한 번 계획하는 기회를 가질 수 있을 것으로 생각한다.

사랑하는 아들아!

그런데 이 모든 것에 우선하여 전등을 끄고 촛불을 밝히는 가장 중요한 이유는 너 자신을 영적으로 돌아보기 위한 것이라고 생각한다. 한 주 동안 받은 은혜에 감사하고 기쁘고 슬펐던 일, 억울하고 힘들었던 일을 돌아보면서 모든 것을 잘 견뎌온 너 자신에게 감사하고 그렇게 인도하신 하나님께 감사한 시간을 가질 수 있을 것이다.

그뿐만 아니라 너를 괴롭혔거나 너에게 해를 가한 사람들을 마음으로 용서하는 것도 촛불환경이 자연스럽게 인도해줄 것이다. 촛불을 켜면 마음이 너그러워질 것이고 네가 당했던 불이익과 해악을 온유와 용서로 승화시키는 영적 각성이 내면에서 일어나리라 믿는다. 촛불 켜는 밤은 다른 사람을 옹졸하게 대했던 자신을 반성하고 충실하게 생활하지 못했던 자신을 돌아보는 영적 회개의 시간으로 너를 인도하리라 기대한다.

전등을 끄고 촛불을 켜는 여유를 평소에 가지는 것은 쉽지 않으나 주말에 계획하면 그렇게 어려운 일도 아닐 것이다. 주말 하루 저녁에 촛불을 켜면 조급했던 마음에 여유를 갖게 될 뿐만 아니라 20~30년 후의 계획을 세울 수도 있을 것이다. 그리고 지나온 20여 년 동안 잘못했거나 실수했던 자신을 돌아보고 반성하는 시간을 가질 수도 있을 것이다.

그동안 우리는 생각하는 여유를 갖지 못하고 너무 바쁘게 살아왔던 것이 사실이다. 따라서 전등을 끄고 촛불을 켬으로써 바쁜 일을 한쪽으로 밀어놓게 되고, 의도적으로 생각을 멈추게 되고, 천천히 생각할 수 있도록 함으로써 우리의 정신과 마음에 신선하고 맑은 여유를 선물하면 좋겠다. 아비지는 우리 아들이 언젠가는 아버지의 말대로 자주 이러한 시간을 가질 것이라고 믿는다. 그리고 몇 년 후에는 촛불을 통하여 볼 수 있었던 것, 생각할 수 있었던 것, 경험했던 새로운 것을 촛불을 켜고 우리 서로 나눌 수 있는 시간이 오기를 기다리고 바라며 이만 줄인다.

촛불을 켜고 평소에 보지 못하는 것들을 볼 수 있는

아들이 되기를 기도하는 아버지가…

# 3장

## 너의 판단력을 키워라

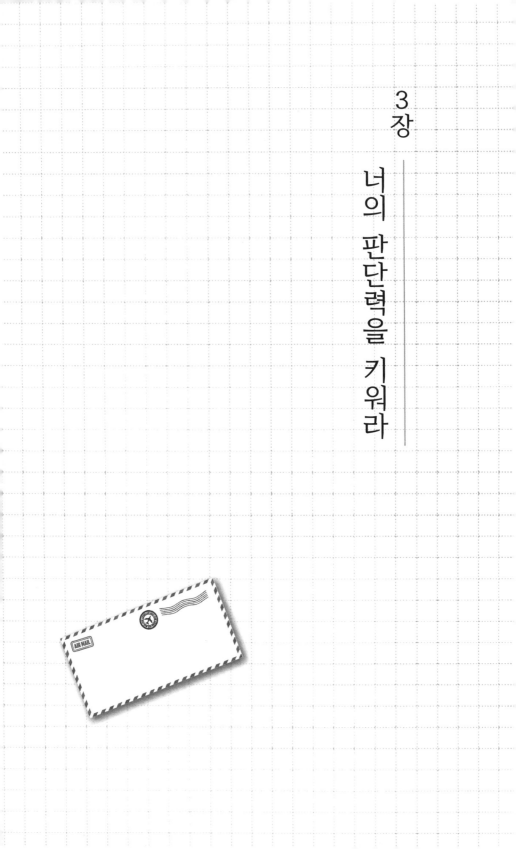

하루를 시작하면서 중요하고 시급한 일, 중요하지만 시급하지 않은 일, 중요하지 않지만 시급한 일, 중요하지도 않고 시급하지도 않은 일을 구분하여 일의 우선순위를 정하는 것은 네가 살아가면서 항상 선택해야 하는 일이다.

Dear. My son

# 11. 상황 판단 능력을 키워라

사랑하는 아들아!

2014년 4월 대한민국은 온 나라가 슬픔과 집단 트라우마에 빠져 있었다. 너도 잘 알겠지만 세월호라는 여객선이 476명을 태우고 인천을 출발하여 제주도까지 운행하는 중에 침몰하여 172명이 구조되고 304명이 사망한 사건이다.

사고가 난 지 일주일이 지났건만 아직도 생사를 알 수 없는 사람이 130여 명이라는 사실에 '이것이 대한민국인가?'라는 생각이 든다. 19세기도 아닌 21세기 대한민국에서 이러한 일이 일어났다는 것이 도무지 믿기지 않는다. 지난 일주일간 TV를 보면서 '도대체 국가가 이래도 되는 것인가?', '국가를 믿고 이 나라에서 살아갈 수 있을까?'라는 자책이 든다. 아버지는 수업을 진행할 수 없을 정도로 힘들고 괴로워서 학생들에게 솔직한 심경을 말하고 이런저런 이야기를 나누면서 시간을 보낸 적도 있었다.

더구나 말도 안 되는 것은 구조되지 못하고 목숨을 잃은 304명 중 대부분이 경기도 안산의 고등학교 학생들이라는 점이다. 너도 알겠지만 고등학교 시절은 친구들과 이야기도 나누고 운동장에서 뛰어놀기도 하고 주말이면 가까운 곳으로 여행도 갔던 꿈 많은 시기가 아니겠니? 그 찬란한 시절에 미래에 대한 설계와 세상을 살아가는 지혜를 배우고 삶에 대한 열정을 키워가야 할 어린 학생들이 목숨을 잃었다는 사실은 어떠한 이유와 명분으로도 용서되지 않는 일이다. 친구들과 즐거운 마음으로 떠난 고등학교 수학여행이 마지막 여행이 되었으니 그 참담함을 무엇으로 설명할 수 있겠느냐?

사랑하는 어린 자녀를 잃은 부모들의 마음은 또 어떻겠니? 일주일째 먹지도 못하고 자지도 못하면서 물속에 있을 자녀를 생각하고 오직 살아서 돌아오기만 기다리는 부모 앞에 싸늘한 주검으로 돌아온 자녀들을 대하는 사람들을 제대로 볼 수가 없어서 이제는 신문도 뉴스도 볼 엄두가 나지 않는다. 이전에는 겪어보지 못한 참담함에 우울증과 비통함이 온 국민의 마음을 억누르고 있는 것이 요즈음 너의 조국 대한민국에서 일어나고 있는 현실이다.

특히, 배가 기울어서 구명조끼를 입고 있는 상태에서 배 안에 물이 들어오고 있는데도 선실에 대기하라는 방송만 믿고 있다가 빠져나오지 못한 학생들 대부분이 어른들의 말을 잘 듣는 순진한 학생들이었다고 한다. 이러한 일은 수년 전에 대구에서도 한번 일어났었지…. 정신 이상자가 지하철에 휘발유를 뿌리고 불을 질러서 전동차와 지하철 역사 내부가 불에 탄 사건이었다. 전동차 내부는 물론 역사까지도 연기가 자욱한 상황에서 지하철 객차 밖으로 나오지 말고 안에서 대기하라는 방송이 나오고 있었을 때 그 말을 믿고 객차 안에 있던 사람들은 다 사망했고 문을 열고 탈출한 사람들은 살아났던 일이 있었단다.

세월호 사건에서도 마찬가지였는데 움직이지 말고 선실에 대기하라는 어른들의 방송을 듣고 대기한 학생들은 모두 사망했고 그 말을 듣지 않고 어떻게 해서든지 탈출한 학생들은 살아남을 수 있었다. 이러한 아이러니를 어떻게 설명해야 좋을지 모르겠다. 그래서 거의 한 주 동안은 정상적인 수업을 할 수 없었다. 결국 수업시간에 학생들에게 "만약 여러분이 이러한 환경에 처했다면 어떻게 했겠느냐?", "어른들의 말을 들어야 하겠느냐?", "아니 앞으로 어른들의 말은 듣지 마라", "네 본능이 말하는 대로 따라라!"라고 이야기해 줄 수밖에 없었다.

아버지는 기성세대고 어른의 나이가 되었다. 그런데 가르치는 학생들에게 '어른들이 이야기하는 것을 믿지 마라', '어른들의 말을 듣지 마라'고 말해야 하는 상황을 아버지 자신이 어떻게 이해해야 할지 전혀 모르겠구나. 그래서 결국 학생들에게 '여러분이 이러한 상황에 처하게 되었을 때 어른들의 말을 믿어야 할지 믿지 말아야 할지 스스로 판단하라'고 이야기할 수밖에 없었다.

사랑하는 아들아!

만약 너에게 이러한 일이 발생한다면 너는 어떻게 하겠느냐? 오늘은 이러한 위급한 상황에서 어떻게 하면 정확한 판단을 할 수 있을지에 대하여 이야기하려고 한다. 상황은 급박한데 어떻게 해야 할지 모르겠고, 도움을 청할 곳도 없고 너 스스로 판단하고 결정해야 할 상황이 온다면 너는 어떻게 하겠느냐?

결국, 어떻게 판단해야 할지는 네 몸과 머리가 결정해줄 것이다. 네 몸으로 체험했던 다양한 경험과 네 머릿속의 지혜와 너 자신의 본능이 판단하고 결정하게 되는 것이다. 그렇다면 어떻게 해야 정확한 판단을 할 수 있는 능력을 기를 수 있을까? 어떻게 하면 너 자신의 목숨을 구할 수 있는 지혜로운 결정을 할 수 있을까? 아버지는 그 해답을 두 가지로 나누어서 찾고 싶구나.

첫째는 운동이다. 네 몸을 잘 가꾸어서 어떠한 상황에 처했을지라도 이겨낼 강한 체력과 운동신경을 길러야 한다는 점이다. 아버지가 학교 다닐 때는 운동할 형편이 되지 못해서 아버지가 좋아하던 운동을 하지 못했지만 지금은 운동을 할 수 있는 환경이기 때문에 정기적으로 운동을 하고 있다. 그것도 아마추어 수준을 넘겨서 열심히 하고 있다. weight training만이 좋은 운동이 아니라 뛰고 구르는 운동, 때로는 격투기 같은 강한 운동, 순발력을 키우는 운동, 지구력을 기르는 운동 등을 항상 열심히 하여 네 몸을 튼튼하게 유지하면 좋겠다.

수년 전에 부산에서 있었던 일이다. 할아버지, 며느리, 손자, 손녀 이렇게 네 사람이 놀이 공원에서 관람차를 탔는데 관람차가 높은 곳에 올라갔을 때 관람차를 연결하는 고리가 떨어지는 바람에 며느리와 손녀가 수십 미터 아래로 떨어져 죽었지만 할아버지와 손자는 기적적으로 살아난 일이 있었다. 할아버지가 한 손으로 철제

기둥을 붙잡고 다른 한 손으로는 문밖으로 튕겨 나가는 손자를 붙잡고 한 시간을 버틴 끝에 구조되어 목숨을 구할 수 있었다고 한다. 그 할아버지는 평소에 열심히 운동하던 분이었기에 자신의 목숨은 물론 손자의 목숨까지도 구할 수 있었던 것이다.

비록 이러한 위험에 대처하기 위해서 운동을 하는 것은 아니지만 건강을 위해서, 평소의 활기찬 생활을 위해서 운동을 생활화하는 것이 좋다. 운동을 열심히 하다 보면 늦은 시간까지 일을 해도 덜 피곤하고 일하는 중에 능률도 오를 뿐 아니라 나태해지지 않는 장점이 있다. 더구나 자기관리를 잘할 수 있는 것은 가장 큰 이점이라고 생각한다.

아버지가 가족들과 떨어져 혼자 생활하기 때문에 운동을 거의 목숨처럼 생각하면서 하고 있다. 만약 운동을 하지 않았다면 과연 잘 견뎌낼 수 있었을까를 생각하면 그렇다고 대답할 자신이 없다. 틀림없이 나태해졌을 것이고 게을러졌을 것이고 살이 많이 쪄서 배불뚝이가 되지 않았을까 생각된다. 살이 점점 붙으면 붙을수록 점점 더 움직이기 싫어지고, 점점 더 게을러지고 음식을 탐하게 되고 결국 더 살이 붙는 악순환의 고리가 연결되는 것이다. 그 결과 건강이 나빠지고 다양한 질병에 시달리게 될 것이다. 따라서 운동은 너 자신을 지키는 수호신이라고 할 수 있을 만큼 절대적인 것이니 정상적인 생활을 유지하고 항상 활기차게 생활하기 위해서 운동은 필수적이고 절대적이고 반드시 해야 하는 것임을 명심하고 꾸준히 실천하기 바란다.

둘째는 책을 많이 읽어야 한다. 책을 많이 읽다 보면 어려운 상황에서 헤쳐 나올 수 있는 지혜를 자연스럽게 터득하게 된다. 캄캄한 암흑에서 탈출할 수 있는 길이 보이게 된다. 이러지도 못하고 저러지도 못하는 진퇴양난의 문제에서 빠져나올 수 있는 능력을 터득하게 된다. 독서의 유익이야 백만 가지(?)도 넘겠지만 가장 큰 것이 지혜를 얻는 것이리라. 사람이 평생 살면서 시간과 여건과 공간이 한정적이기 때문에 직접 체험으로 얻는 지식은 그리 많지 않을 것이다. 그렇다면 결국 책을 통한 간접 경험으로 터득할 수밖에 없다. 네가 읽는 책을 쓴 사람들은 너보다 훨씬 더 경험이 많고 오랜 기간 경험하여 터득하고 생각한 지혜를 근거로 자신의 이름을 걸고 책을 쓰기 때문에 네가 전혀 접해보지 못한 새로운 내용을 간접적으로 경험할 수 있으리라 믿는다.

특정한 책 몇 권을 읽어서 되는 일이 아니라 평소에 다양한 책을 많이 읽어서 지식을 쌓고 지혜의 폭을 넓혀야 할 것이다. 독서는 너를 지혜로운 사람, 판단력이 뛰어난 사람, 합리적인 사람, 능력 있는 사람으로 만들어줄 것이다. 대학 다니는 중에는 더 말할 필요도 없겠지만 사회에 나가서도, 나이가 들어도 책 읽는 습관을 계속 유지하기 바란다.

2017년 문화체육관광부에서 만 19세 이상 성인 6천 명을 대상으로 실시한 2017년 국민 독서 실태조사 결과를 보면 1년간 일반 도서를 1권 이상 읽은 사람의 비율은 60%를 넘지 않는다. 이것은 2015년에 비해 5.4% 포인트 감소한 것이고 연간 종이책 독서량은 성인 평균 8.3권으로 2015년에 비해 0.8권 줄어든 것으로 나타났다. 반면에 전자책 독서량은 약간 늘어났는데 책 읽을 때는 될 수 있으면 종이책으로 읽는 것이 좋다.

그렇다면 책 읽기 어려운 요인은 무엇일까? 시간이 없다는 대답이 32%, 스마트폰 사용 때문이라는 대답이 20%, 다른 여가 활동을 하기 때문이라는 대답이 16%로 나타났다고 한다. 본인의 독서량이 부족하다고 인식하고 있는 사람의 비율이 약 60%로 나타나서 그나마 독서를 하고 싶은 생각은 가지고 있는 것으로 조사되었다고 한다.


사랑하는 아들아!

위에서 이야기한 우리나라 사람들이 아무리 책을 아무리 많이 읽어도 그것은 그 사람들의 경우일 뿐 너의 일은 아니겠지? 네가 경험해야 할 것은 오직 너 자신이 경험해야 하기 때문이다. 네 일은 다른 사람이 대신해줄 수 있다. 네가 가야 할 곳에 다른 사람을 대신보낼 수는 있다. 그러나 네가 경험해야 할 것은 다른 사람이 대신경험하게 할 수는 없다. 다른 사람이 대신해줄 수 없는 것, 다른 사람에게 대신 맡길 수 없는 것이 책 읽는 것과 운동이다.

더 나아가서 네가 결혼을 하고 자녀를 낳게 되더라도 네가 책을 가까이하여 네 자녀에게 본을 보이므로 자녀에게 책 읽는 습관을 심어주기 바란다. 네가 어릴 때 네 앞에서 아버지가 책 읽는 모습을 많이 보여주지 못한 것을 후회하고 있다. 네게 진심으로 바라는 것은 아버지의 후회를 너는 되풀이하지 않았으면 좋겠다. 그래도 너는 책을 많이 읽는 편이어서 점점 지혜가 쌓이고 있기 때문에 어떠한 상황에 처하든지 판단을 잘하리라 믿는다. 앞으로도 계속 정진하기를 간절히 바란다.

사랑하는 아들아!

육체적 훈련과 많은 공부를 통하여 민족을 구원한 모세의 위대한 업적이 성경에 기록되어 있다. 모세는 애굽 왕실에서 자라났으니 얼마나 좋은 교육을 받았는지 굳이 말하지 않아도 짐작하리라 믿는다. 모세는 애굽 공주의 수양아들로 자라면서 당대 최고의 선생으로부터 최고의 교육을 받았을 것이다. 그런데 책을 통한 교육만 받지 않았을 것이다. 당시에 왕족은 이웃 나라와 전쟁을 하게 되면 선봉에 서서 군사를 지휘하고 전쟁을 승리로 이끌어야 할 군대장관 역할을 수행해야 되었기 때문이다. 그렇다고 군사훈련을 통하여 육신만 단련해서는 군사들을 지휘할 수 없기 때문에 전술과 전략을 함께 배워야 했을 것이고 다른 나라의 문물도 배워야 하기 때문에 그야말로 전인교육을 받았을 것이다.

이렇게 배운 모든 것들이 최고로 발휘된 때는 이스라엘 백성 200~300만 명을 거느리고 출애굽하여 가나안 땅에 들어가기까지의 40년 동안이었다. 이 오랜 여정은 탁월한 리더십이 없으면 안 되는 것이었다. 더구나 광야는 그야말로 척박한 땅이고 음식도 물도 없을 뿐 아니라 홍해를 건너야 했고 광야에서 의식주를 해결하면서 생활하다가 다시 짐을 싸서 떠나야 하는 기약 없는 생활을 해야 했다. 더구나 노인들이 죽으면 장례도 치러야 하고 아기가 태어나면 한동안 움직이지 못하는 상황이 벌어지기도 했을 것이다. 그그뿐만 아니라 일부 사람들은 금송아지를 만들어서 이 금송아지가 자신들을 구원해낸 신이라 하였고 다시 애굽으로 돌아가자고 반란을 꾀한 무리도 있었다.

이러한 상황에서 모세는 자신이 그동안 배운 지식과 지혜와 강하게 단련된 육신으로 하나님이 자신에게 맡긴 이스라엘 백성을 인도하는 리더로서의 역할을 충실하게 감당할 수 있었던 것이다. 출애굽 이후 모세가 광야 생활을 하는 동안 상황을 판단해야 할 기회가 얼마나 많이 있었겠느냐? 200~300만 명이 움직이는 민족의 리더로서 각종 사건의 재판도 해야 하고 중요한 결정을 내려야 할 경우도 많이 있었을 것이다. 물론 그때마다 하나님께 기도하였을 것이고 참모들의 의견도 들었을 것이고 조상들의 고견도 들었을 것이지만 최종 결정은 리더의 몫이었으니 그 고뇌가 어떠했을지 짐작이 되는지 모르겠다.

그러나 모세는 잘 훈련된 리더였음이 틀림없다. 리더로서 갖춰야 할 덕목이 많이 요구되지만 그 중에서도 정확한 판단력이 반드시 필요했을 것이다. 만약 리더의 판단이 잘못 되었거나 틀렸다면 이스라엘 백성 전체가 위험해지고 큰 혼란에 빠질 수밖에 없기 때문이다. 간혹 리더가 잘못해서 집단 전체에 문제가 생기는 경우를 종종 보게 되는데 이것은 리더로서 자격을 충분히 갖추지 못했기 때문이다.


사랑하는 아들아!

지금 젊을 때 운동 습관을 들이면 나이 들어서도 꾸준히 운동을 할 수 있다고 한다. 일정 수준 이상의 운동을 꾸준히 하게 되면 자연적으로 몸이 기억해서 운동을 안 할 수 없도록 만든다고 한다. 운동만 습관이 아니라 독서도 역시 습관이라고 한다. 오죽하면 안중근 의사는 "하루라도 책을 읽지 않으면 입에 가시가 돋아난다"고 했으며 "사귀는 벗을 보면 그 사람을 알 수 있듯이 읽는 책을 보면 그 사람의 품격을 알 수 있다"는 말이 있을까? 운동을 통해서 육신을 단련하고 독서를 통해서 지혜를 단련하여 어떠한 상황에서도 무난히 헤쳐 나올 수 있는 상황판단 능력을 키우기 바란다. 우리 아들! 화이팅!

정확한 상황 판단 능력을 가진
아들이 되기를 기도하는 아버지가…

# 12. 급한 일보다 중요한 일을 먼저 하라

사랑하는 아들아!

우리가 하루하루 살아가면서 정신없이 바쁘게 살다 보니 중요한 것은 놓치고 급한 것 먼저 해결하는 바람에 종종 후회하는 일이 있었을 것이다. 아버지도 너에게 편지 쓰는 것이 중요한 일이라고 생각하고 매주 한 번은 반드시 편지를 쓰겠다고, 그래서 우리 아들에게 편지 읽는 즐거움을 선물하겠다고 다짐했었는데 급한 일에 매달리다 보니 한동안 편지를 쓰지 못했구나. 돌이켜 생각해보면 정말 시간이 없어서가 아니라 마음의 여유를 가지지 못해서 그랬던 것이어서 후회가 된다. 그래서 오늘은 너에게 중요한 일을 먼저 하라는 교훈을 전해주고자 한다.

우리가 하는 일은 중요하고 급한 일, 중요하지만 급하지 않은 일, 중요하지 않으면서 급한 일, 중요하지도 급하지도 않은 일 등 4가지로 구분할 수 있을 것이다. 중요하고 급한 일은 응급사태, 가족

경조사, 돌발 사태 등이 있는데 이러한 일에는 잘 대처해야(deal with) 한다. 중요하고 급한 일 중에는 매일 해야 하는 일상 업무도 있다. 이러한 일은 하루를 시작하는 2~3시간 내에 해결하는 것이 좋다.

중요하지만 급하지 않은 일은 운동, 건강관리, 준비, 계획, 자기계발, 가족과의 대화, 대인관계, 봉사활동 등일 것이다. 이러한 일은 집중(concentration)해야 한다. 이것은 자신의 꿈을 이루어가는 일이다. 이러한 일에는 시간을 더 늘려야 하고 지속적으로 노력해야 한다.

중요하지 않으면서 급한 일은 대부분 NO라고 하지 못해서 한 약속, 너무 많은 외부활동, 상사가 불시에 시킨 일 등 대부분 잡일 수준일 것이다. 이러한 일은 될 수 있으면 피하는(avoid) 것이 좋다. 이러한 일은 가능하다면 다른 사람에게 이관하기 바란다.

중요하지도 급하지도 않은 일은 TV 보기, 아이쇼핑, 인터넷 게임, 인터넷 검색, 지나친 취미생활 등일 것이다. 이러한 일이 우리의 하루 생활 중에 많은 부분을 차지할지도 모른다. 급하지도 중요하지도 않은 일은 가능한 줄여야(shorten) 한다.

미국의 제34대 아이젠하워 대통령은 "What is important is seldom urgent, and what is urgent is seldom important."라고 했다는구나. 따라서 우리는 중요한 일과 급한 일을 판단할 수 있는 분별력을 가지는 것이 중요한데 이러한 분별력은 하루아침에 얻어지는 것이 아니라 지혜가 쌓이고 많은 직간접 경험으로 얻어지게 되는 것이다.

사랑하는 아들아!

네 생각에는 어떻게 하면 급한 일과 중요한 일을 분별할 수 있는 지혜를 가질 수 있을 것으로 생각하느냐? 우리가 판단하기 어려운 문제를 만나게 될 때 아버지는 그 해답을 성경에서 찾는 것이 좋다고 생각한다. 그래서 오늘은 급한 일과 중요한 일에 관하여 성경에서는 어떻게 기록되어 있는지 살펴보고자 한다.

급한 일과 중요한 일에 관하여는 누가복음에 기록된 마르다와 마리아란 이름의 자매와 예수님 사이에 나눈 대화를 보면, 마르다와 마리아가 예수님을 만나서 어떻게 행동했는지를 보면 알 수 있을 것이다. 예수님께서 마을을 지나시다가 마르다의 초청을 받고 집 안으로 들어가신 후에 마리아와 마르다가 한 행동을 누가복음 10장에 기록하고 있다.

예수님이 집에 오신다고 하니 손님을 맞은 그 가정에서는 음식 준비하느라 바빴는데, 특히 언니 마르다는 마음이 몹시 분주하였다. 아마도 예수님께 맛있는 음식을 대접하기 위해서 열심히 준비하고 있었을 것임이 틀림없다. 예수님께 음식을 대접한다는 사실에 마음이 설렜을 것이고 자신이 만든 음식을 맛있게 잡수실 예수님을 생각하면서 몹시도 기분이 좋았을 것이다. 그런데 동생 마리아는 음식 준비에는 아랑곳하지 않고 예수님의 발아래 앉아 말씀 듣기에만 열중하고 있었다.

이것을 보다 못한 언니 마르다가 예수님께 하소연하였다. "주여 내 동생이 나 혼자 일하게 두는 것을 생각지 아니하시나이까? 그를 명하사 나를 도와주라 하소서 (누가복음 10:40)"라고 기록하고 있다. 귀한 손님인 예수님을 대접해야 하는 상황에서 충분히 이해되는 말이다. 자기는 열심히 일하고 있는데 예수님 곁에 앉아서 있는 얌체 동생 마리아에게 언니의 일을 도와주도록 말씀해 달라는 요청이었다. 그런데 언니 마르다의 이 말에 예수님께서는 "마르다야! 마르다야! 네가 많은 일로 염려하고 근심하나 몇 가지만 하든지 혹 한 가지만이라도 족하니라 마리아는 이 좋은 편을 택하였으니 빼앗기지 아니하리라 (누가복음 10:41-42)"

예수님의 이 말씀은 무엇이 중요한 일이냐에 대한 것이다. '중요한 것은 예수님께 음식 대접하는 것이 아니라 예수님의 말씀을 듣는 것이다.'라는 뜻이다. 동생 마리아는 급한 일을 선택한 것이 아니라 중요한 일을 선택하였다는 것이다. 이처럼 선택이 우리의 삶을 결정하고 때로는 성공과 실패를 좌우하게 된다.

그런데 이 사건을 달리 생각하면 마리아는 정말 얌체 같고 약삭빠른 점이 있다고 볼 수도 있다. 손님을 대접하기 위해서 음식을 준비하는 것은 힘들고 귀찮은 일이기 때문에 하고 싶지 않은 일이었을 수도 있다. 그런데 예수님이 집안에 들어오셨고 예수님을 가까이에서 보면서 예수님의 말씀을 듣는 일은 일생일대에 앞으로 다시 올 수 없는 기회라고 생각한 것이다. 그래서 마리아는 예수님의 식사를 준비하는 일 대신에 예수님의 말씀을 듣는 일을 선택하기로 결정한 것이다. 그리고 예수님의 생각은 마리아가 좋은 편을 선택했다고 말씀하신 것이었다.

만약 너 같으면 이러한 경우에 어떠한 선택을 했을 것 같은지 한번 생각해보기 바란다. 다른 사람들은 손님을 대접하기 위해서 열심히 일하고 있는데 너는 아무 일도 안 하고 예수님 곁에 앉아서 예수님의 말씀을 듣게 된다면 다른 사람들이 너에게 얌체 같다고 말할 수도 있을 것이다. 심지어 부모님에게 혼날 수 있을지도 모른다. 어떻게 보면 예수님의 주변에 앉아서 말씀을 듣는 자리는 네가 낄 만한 자리가 아닐 수도 있을 것이다.

그럼에도 불구하고 마리아는 자신이 중요하다고 생각하는 일을 선택했고 다른 사람에게 비난받을 각오를 하고 예수님 말씀을 듣기로 결정했을 것이다. 마리아는 자신의 선택에 책임이 따른다는 것도 알았을 것이다. 성경에는 기록되어 있지 않지만 예수님이 떠난 후에 부모님으로부터 심한 꾸중을 들었을 수도 있다. 그리고 속으로 생각하기를 과연 자신이 잘못한 것은 아닌가 하고 반성했을 수도 있다.


사랑하는 아들아!

아버지는 네가 성경에 나타난 기록을 통해서 네가 선택을 하거나 결정을 해야 할 때 도움을 얻기를 바라고 있다. 하루하루 살아가면서 어떠한 결정을 해야 할지 쉽게 판단하지 못하는 경우가 많이 있을 것이다. 그때마다 성경에서는 이럴 때 어떻게 결정하는 것이 좋을지를 생각하고 네가 결정하는 데 참고할 수 있으면 좋겠다.

그리고 하루를 시작하면서 지혜로운 결정을 할 수 있도록 지혜를 구하고 하루 중에 결정해야 할 일들은 어떠한 것이 있는지 생각하면서 하루를 맞이하면 훨씬 쉽게 판단하고 결정할 수 있을 것이다. 따라서 하루를 알차게 보내고 싶다면 아침 일찍 마음을 가다듬고 다음의 세 가지 질문을 던져보기 바란다.

1. 오늘 해야 할 중요한 일은 무엇인가?
2. 오늘 해야 할 급한 일은 무엇인가?
3. 오늘 준비해야 할 것은 무엇인가?

오늘 해야 할 정말 중요한 일을 생각하다가 가족 누군가의 생일인 것을 깨달을 수도 있고 중요한 전화를 해야 하는 것을 생각할 수도 있고, 매우 중요한 사람을 만나야 하는 약속이 있는 날인 것을 깨달을 수도 있다.

이 질문에 답하다 보면 하루 계획을 더 쉽게 세울 수도 있고 하루를 어떻게 경영해야 할지 생각한다면 너에게 주어진 24시간을 30시간처럼 알차고 효율적으로 사용할 수 있을 뿐 아니라 쓸데없는 일에 정신을 빼앗기는 일도 그만큼 줄어들 것이다. 그런데 이러한 과정 없이 급하고 정신없이 하루를 시작한다면 하루를 마무리하면서 반드시 후회하게 될 것이다.

그 결과 더 효율적으로 지낼 수 있었는데 그렇게 하지 못했던 점도 발견할 것이고, 반드시 해야 할 일을 마무리하지 못해서 내일로 미루게 된 일도 있을 것이고 깜빡 잊어버려서 까맣게 모르고 있었던 일도 있을 것이다. 이처럼 하루를 시작하면서 중요하고 시급한 일, 중요하지만 시급하지 않은 일, 중요하지 않지만 급한 일, 중요하지도 않고 급하지도 않은 일을 구분하여 일의 우선순위를 정하는 것은 네가 살아가면서 항상 선택해야 하는 일이다.

위의 세 가지 일 중에 오늘 꼭 해야 할 시급한 일을 생각하다 보면 실제로 그 일이 별로 급하지 않은 일임을 깨달을 수도 있다. 급한 일이라고 생각했었는데 그렇지 않다는 것을 깨닫고 그 일을 다음으로 미루게 되면 그만큼 시간을 확보할 수 있게 되고 확보한 시간을 중요한 일에 사용할 수 있기 때문에 하루 생활을 알차게 할 수 있게 된다.

어차피 모든 일을 한꺼번에 할 수 없으니 우선순위를 정해서 일을 해야 한다. 우선순위를 정해서 일을 해야 한다면 중요한 일을 먼저 하고 급한 일을 나중으로 미루기 바란다. 급한 일을 먼저 하다 보면 실수를 할 수 있기 때문이다.

그런데 사람들이 실수를 가장 많이 하는 것은 급한데 중요하지 않은 일과 급하지 않은데 중요한 일 중에 우선순위를 결정할 때일 것이다. 많은 사람들이 급한데 중요하지 않은 일부터 하는 경향이 있다고 한다. 이 두 가지가 한꺼번에 너에게 다가왔다면 너는 어떠한 일을 먼저 해야 한다고 생각하느냐? 급한데 중요하지 않은 일부터 하는 잘못을 범하지 않기 바란다.

아버지도 젊을 때는 급한 일부터 했는지도 모르겠다. 그러나 이제 나이가 들고 보니 여유가 생겼고 일의 우선순위를 바라볼 수 있는 분별력이 있기 때문에 급하지 않은데 중요한 일을 먼저 할 것으로 생각한다.


사랑하는 아들아!

너에게 편지 쓰는 일도 마찬가지다. 이 일은 아버지에게 있어서 중요한 일이다. 그런데 급한 일은 아니다. 때로는 다음으로 미루고 싶은 생각이 드는 것도 사실이다. 지금 당장 메일을 체크하고 문자에 답을 해야 하는 일은 급한 일이다. 그런데 그렇게 중요한 일은 아닌 것이 대부분이다. 그래서 급한 일인 메일이나 문자를 보내는 것을 먼저 하다 보면 컴퓨터에 시간을 빼앗겨서 결국 너에게 편지 쓰는 일이 다음 날로 미루게 될 가능성이 아주 높아진다. 다음 날로 미루다 보면 일주일 이상 미뤄질 수도 있고 어찌하다 보면 2~3주 미뤄질 수도 있을 것이다. 이처럼 급한 일을 먼저 하다 보면 정작 중요한 일은 우선순위가 나중으로 밀릴 가능성도 있기 때문에 중요한 일을 먼저 하라는 것이다.

따라서 아버지는 너에게 편지 쓰는 일을 먼저 하는 것이 올바른 순서라고 생각하고 있다. 그리고 가끔은 너에게 편지를 쓰다 보면 마음이 평온해지고 쓸데없는 일에 시간을 빼앗기지 않기 때문에 다음 일도 제대로 할 수 있을 것이라고 생각한다. 무엇보다도 너에게 편지를 쓰고 있는 시간은 아버지에게 있어서 소중하기도 하지만 즐거운 시간이기도 하다는 것을 항상 느끼게 된다. 아버지는 너에게 편지를 쓰면서 쓰는 즐거움을 느끼고, 너는 아버지의 편지를 읽으면서 읽는 즐거움을 느낀다면 SNS에서는 맛보지 못한 깊은 즐거움의 맛을 공유할 수 있기를 기대한다.

그리고 너에게 한 가지 바람이 있다면 네가 아버지의 나이만큼 되었을 때에 네 아들에게도 종종 편지를 보내서 너 역시 쓰는 즐거움을 맛보고 네 아들도 읽는 즐거움을 듬뿍 선물하는 멋진 아들이 되기를 바란다. 사랑한다~ 멋진 아들아!

중요한 일을 먼저 하는 아들이 되기를 기도하는 아버지가…

# 13. 미래를 보는 통찰력을 키워라

사랑하는 아들아!

오늘은 네가 앞으로 세상을 살아가면서 많은 사람이 보지 못하는 것을 볼 수 있고 30~40년 후의 미래를 예측할 수 있는 능력을 길렀으면 좋겠다는 마음으로 이 편지를 쓴다. 사람들 대부분은 보이는 대로 볼 뿐 아니라 보이는 것만 보는 경향이 있다는 것은 너도 잘 알 것이다. 그런데 지난 역사를 되돌아보면 보이지 않는 것을 보았던 특별한 사람들이 있었고 이들로 인해 역사가 바뀐 경우가 많이 있단다.

미국 땅 알래스카는 원래 러시아 땅이었는데 1867년에 러시아로부터 매입한 것이라고 한다. 그 땅은 약 172만㎢ 넓이로서 미국 전체면적 983만㎢의 17%에 해당하는 넓이로 미국에서 가장 넓은 주라고 한다. 알래스카는 텍사스보다 약 2.5배 넓으며 남한의 17배, 남북한 합한 면적의 8배 정도 되는 어마어마하게 넓은 땅이다. 이 땅을 살 때 당시 돈으로 720만 달러를 지불하였으니 에이커 당 2센트도 안 되는 싼값이었는데, 그 당시 물가를 생각해도 공짜로 받은 것이나 다름없었다고 한다. 1 에이커는 약 4,000㎡로서 1,200평 정도 되는 땅이니 물가 상승률을 감안한다고 해도 상상할 수 없을 정도로 싼 값으로 얻은 땅이라고 하는구나.

그런데 당시 알래스카 땅을 매입하겠다고 하자 의회에서는 물론 모든 언론과 국민들의 반대가 심했다고 한다. 알래스카 매입을 추진하던 당시 국무장관 윌리엄 스워드는 온갖 비난과 손가락질을 무릅쓰고 이 땅 매입을 추진했다고 한다. 당시 알래스카는 그저 얼음과 눈으로 뒤덮인 쓸모없는 땅이라고 생각했기 때문이었다.

이 땅 매입을 반대하던 사람 중에는 "이렇게 큰 아이스박스가 왜 필요합니까? 정말로 얼음이 필요하다면 미시시피 강의 얼음을 깨다 장관의 집에나 채우시오!"라고 직접 대놓고 반박하는 의원들도 많았다고 한다. 우여곡절 끝에 투표에 부친 결과 한 표 차로 법안이 통과되었다고 한다. 그런데 법안이 통과되고 나니 여론이 더 악화되기 시작했다. 쓸모없는 땅을 매입하기 위해서 엄청난 예산을 낭비했다고 비난하고 심지어 다시 매입 취소 법안을 만들려는 움직임까지 있었다고 한다.

그래서 이 땅을 '알래스카'라는 이름 대신에 매입을 추진한 장관의 이름을 넣어서 '스워드가 한 멍청한 짓(Seward's Folly)'이라고 부르기도 했다고 하는구나. 그런데 이렇게 조롱당하면서 매입한 땅이 100년도 지나기 전에 어마어마한 유전과 광물이 있다는 사실이 밝혀졌을 뿐 아니라 러시아와 대치하는 냉전 시대에 군사적으로 무척 중요한 가치가 있음이 확인되었고 알래스카로 인하여 미국이 국가적으로 얻은 경제적 이익만 살펴보아도 계산할 수 없는 천문학적인 액수라고 한다.

매입을 추진하던 스워드 장관은 반대하는 사람들을 설득하면서 "나는 눈 덮인 알래스카를 보고 그 땅을 매입하려는 것도 아니고 우리 세대를 위해서 매입하려는 것도 아닙니다. 나는 그 땅 밑에 감추어져 있는 무한한 보물을 바라보고 사려고 합니다. 나는 우리 후손들을 위해서 그 땅을 사려고 합니다."라는 말을 했다고 한다. 스워드 장관에게는 남들이 보지 못하는 것을 볼 수 있는 능력이 있었고 100년 후의 미래를 볼 수 있는 탁월한 통찰력이 있었던 것이다.

통찰력을 가지라고 이야기하고 싶은 아들아!

비슷한 이야기가 또 있어서 너에게 소개하고자 한다. 미국 플로리다 주에 가면 테마파크로 세계 최대 규모인 디즈니월드가 있다. 디즈니월드는 평생 꿈을 가지고 있던 '월트 디즈니'라는 사람의 통찰력이 있었기 때문에 건설될 수 있었다고 한다. 그러나 불행하게도 월트 디즈니는 디즈니월드의 개장을 보지 못하고 1966년에 죽게 되었다. 그가 죽은 지 5년 후인 1971년에 디즈니월드가 개장되었는데, 개장식을 하면서 많은 사람이 월트 디즈니의 죽음을 안타까워했다고 한다.

중요한 직책을 맡고 있었던 한 직원이 월트 디즈니의 부인인 릴리 디즈니 여사에게 "디즈니 씨가 오늘 개장하는 장면을 보았으면 얼마나 좋아하셨을까요? 개장식을 보지 못하고 돌아가신 것이 안타깝습니다." 그 말을 들은 부인은 "그이는 이미 오늘의 개장식을 보았습니다. 그래서 이곳에 디즈니 월드가 건설된 것입니다!"라고 대답했다고 하는구나.

평범한 사람은 건물이 다 세워진 후에야 건물을 볼 수 있지만 통찰력이 있는 사람은 건물이 세워지기 전, 아무것도 없는 황량한 사막이나 산에서도 건물을 볼 수 있는 것이다. 아니 건물만 보는 것이 아니라 그곳에 모여드는 사람도 볼 수 있고 그곳을 통하여 사회가 어떻게 변하는지도 볼 수 있으며 그곳을 통하여 어떠한 영향력이 행사되는지를 미리 볼 수 있는 눈을 가진 사람이다. 이러한 사람은 보통 사람들이 보지 못하는 점을 볼 수 있는 통찰력을 가진 사람이고 미래를 내다볼 수 있는 눈을 가진 사람이라고 할 수 있다.

사랑하는 아들아!

성경에도 이와 비슷한 이야기가 기록되어 있다. 믿음의 조상이라고 일컬어지는 아브라함과 그 조카인 롯의 이야기가 창세기에 자세히 나타난다. 아브라함과 롯의 일행이 함께 거주하기에는 공간이 부족했기 때문에 아브라함의 가축을 돌보는 목자와 롯의 가축을 돌보는 목자들 사이에 다툼이 자주 발생하고 있었다. 그래서 아브라함이 롯에게 말하기를 "우리는 한 친족이라 나나 너나 내 목자나 네 목자나 서로 다투게 하지 말자. 네 앞에 온 땅이 있지 아니하냐! 나를 떠나가라 네가 좌하면 나는 우하고 네가 우하면 나는 좌하리라. (창세기 13:8-9)" 이 말을 들은 롯은 망설임 없이 소돔과 고모라 땅을 선택하게 된다. "롯이 눈을 들어 요단 지역을 바라본즉 소알까지 온 땅에 물이 넉넉하니 여호와께서 소돔과 고모라를 멸하시기 전이었으므로 여호와의 동산 같고 애굽 땅과 같았더라"라고 성경에는 기록되어 있다.

그 결과가 어떠했는지는 성경을 읽어보면 알 수 있다. 롯이 선택한 소돔과 고모라는 물질적으로 풍부했을지 모르지만 영적으로는 타락한 땅이었고 죄악이 들끓는 땅이었으며 동성애가 만연한 땅이었다. 소돔, 고모라 사람들은 롯을 방문한 천사들이 타지에서 온 사람인 줄 알고 그들과 동성애를 하기 위하여 내놓으라고 협박하면서 롯의 집을 에워싸고 위협하는 행동을 서슴지 않았던 사람들이었다. 결국, 소돔과 고모라는 유황불이 쏟아져 멸망하게 되었음을 너도 잘 알 것이다.

왜 롯이 소돔, 고모라 땅을 선택하였을까? 당시에 소돔과 고모라는 얼핏 보기에 무척 풍요로운 땅이었을 것이다. 물질적으로 풍성했고 요단강이 흐르는 지역이었기 때문에 물이 넉넉하게 있어서 가축을 키우기에 좋은 땅이었을 것이다. 그런데 롯은 그 땅에 사는 사람들이 여호와 앞에 악하고 큰 죄인이었던 것(창 13:13)을 보지 못했던 것이다. 영적 분별력이 없었기 때문에 눈에 보이는 것만 보고 선택하였고 그 결과 하나님이 유황불로 멸망시킬 때 아내마저 소금 기둥으로 변하는 참담한 결과를 맞이하게 된 것이다. 영적 통찰력과 분별력이 있어야 이 세상을 정확하게 볼 수 있는 것이다.

어떻게 하면 분별력과 통찰력을 가질 수 있을까? 분별력을 사전에서 찾아보니 "서로 다른 일이나 사물을 종류에 따라 가려내는 능력", "세상 물정에 대하여 옳고 그름 정도를 적확하게 판단하는 능력"이라고 설명하고 있더구나. 영어로는 'discrimination', 'distinguish', 'discernment' 정도로 번역되는 단어일 것이다. 그리고 통찰력은 "사물이나 현상을 훤히 꿰뚫어 보는 능력"이라고 설명하고 있는데 이에 적당한 영어 단어는 'insight'라고 할 수 있을 것이다.

분별력을 갖추는 것은 지혜를 갖추는 것이다. 지혜가 곧 분별력이다. 분별력은 판단력보다 더 깊은 개념이며 일반적인 사물을 구분하는 것뿐만 아니라 옳고 그름을 판단하는 것, 더 나아가 미래를 예측하는 능력도 포함하고 있다. 어떤 사람이 천방지축 나댄다거나 아는 것이 별로 없는데도 말이 많고 편협한 사고에 갇혀서 전체를 균형 있게 보지 못하는 사람을 분별력이 없다고 한다.

통찰력은 분별력에 더하여 다양한 경험과 깊은 사고력을 바탕으로 어떤 대상에 대하여 창의적이고 종합적인 판단으로 결론 내릴 수 있는 능력이라고 할 수 있을 것이다. 따라서 분별력은 어느 정도 접근이 가능할지 모르겠으나 통찰력을 갖추는 것은 쉬운 일이 아닐 것이다.

그럼에도 불구하고 성공한 리더는 분별력은 물론이고 통찰력을 갖추었기 때문에 리더로서의 역할을 잘 감당할 수 있었던 것이다. 물론 그러한 리더도 실수가 있었고 잘못 판단한 경우도 있었겠지만 많은 경우 훗날 역사가들이 평가하면서 정확한 결정이었다, 탁월한 선택이었다고 평가하는 경우가 많이 있다.

사랑하는 아들아!

오늘 아버지는 너에게 영적 분별력과 영적 통찰력을 갖기를 바라는 마음으로 이 편지를 쓰고 있다. 그런데 돌이켜 생각해보면 아버지도 분별력과 통찰력을 제대로 갖추었느냐고 묻는다면 그렇다고 확실하게 대답하기가 망설여지는 것이 사실이다. 그러나 한 가지 확실한 것은 어떻게 하면 영적 분별력과 영적 통찰력을 갖출 수 있을까 하는 방법에 대해서는 안다고 대답할 수 있다.

그 해답은 성경에 있다고 생각한다. 성경을 읽고 묵상하므로 성경 말씀을 통하여 우리의 영적 눈이 열리면 자연스럽게 영적 분별력이 생길 것이고 더 나아가 영적 통찰력도 갖추게 될 것이다. 영적 눈이 열리면 세상을 바라보는 세계관이 바뀌게 되고 세계관이 바뀌게 되면 모든 사물을 성경에 비추어 바라보고 해석할 수 있는 영성이 갖춰지는 것이라고 생각한다.

성경을 읽고 묵상하면 성경의 진리를 마음과 정신에 새기게 되고 더 나아가 성경 말씀을 암송하면 위기의 순간에 말씀이 너를 주장하게 될 것이다. 영성이 충만할 때 너의 육신과 영혼에는 하나님의 영이 함께할 것이고 너에게 영적 분별력과 영적 통찰력이 필요할 때 성령의 능력이 인도하리라 믿는다. 말씀의 은혜와 성령의 은혜로 영성이 항상 충만하기를 기도한다.

미래를 보는 통찰력을 가진
아들이 되기를 기도하는 아버지가…

# 14. 성경을 완전히 독파하라

주 안에서 사랑하는 아들아!

오늘따라 유난히 하늘이 맑고 푸르구나. 이 푸른 하늘을 바라보면서 말로는 차마 하지 못하는 지나간 날 아버지의 허물을 편지를 통해서 아들과 함께 나누면서 아들은 아버지가 경험했던 허물을 경험하지 않았으면 하는 마음이 간절한 하루다. 그뿐만 아니라 저 창공을 마음껏 날아서 세계 곳곳으로 다니면서 네 능력을 마음껏 발휘하고 세상을 긍정적으로 변화시키는 사람으로 성장해 나가기를 바라는 마음을 이 편지에 담아서 보낸다.

오늘은 성경을 많이 읽는 아들이 되기를 바라는 마음으로 편지를 쓰고자 한다. 이 편지를 다른 사람이 읽는다면 아버지는 너처럼 젊은 나이에도 성경을 많이 읽었기 때문에 아들에게 이러한 이야기를 하는 것이 아닌가 생각하겠지만 전혀 그렇지 않다. 부끄러운 이야기지만 아버지는 서른 살이 넘도록 성경을 처음부터 끝까지 한 번도 통독하지 못했단다. 그랬던 아버지가 20대의 아들에게 성경을 완전히 독파하라는 편지를 쓰는 것이 적절하지 않다고 생각되지만, 하나님이 사랑하는 아들은 아버지가 저질렀던 잘못을 되풀이하지 않았으면 좋겠다는 마음으로 글을 쓴다. 그리고 이 편지로 인하여 너에게 성경 읽는 습관이 길러지기를 기대하는 마음이 간절하다.

아버지가 성경 통독을 시작하게 된 것은 우연한 기회에 동료 교수님과 이야기를 나누면서 성경을 많이 읽었던 분에게 일어났던 사건에 관하여 들은 후의 일이다. 그분은 서울에 있는 새문안교회의 이인수 장로라는 분이었다. 이 분은 육사 출신으로 대령 계급일 때, 5•16 군사 쿠데타가 일어났고 '국가재건최고회의' 의장의 비서실장으로 일하게 되었다고 한다. 이처럼 중요한 자리에 있다 보니 무척 바쁘게 지낼 수밖에 없었고 주일에도 교회에 가지 못하는 날이 점점 잦아졌다고 하는구나.

그러던 어느 날 한밤중에 이유도 없이 체포되어 어디론가 끌려가서 모진 고문을 당하게 되었고 반혁명분자라는 죄목으로 사형선고를 받고 감방에 갇히는 상황이 되었다. 그런데 아무리 생각해도 자신은 감방에 갇힐 만큼 큰 잘못을 저지른 적이 없었다. 그동안 오해가 풀리면 틀림없이 석방될 것이라고 자위했던 마음은 없어지고 마음 깊은 곳에서 분노가 치밀어 오르기 시작하였다. 그러나 군사 법정에서 사형선고를 받았으니 어떻게 해 볼 도리가 없었다. 면회도 할 수 없었고 누구 한 사람에게 도움을 구할 수도 없었다.

온갖 실권을 통해서 영향력을 행사하던 실력자가 한순간에 날개가 꺾여 가장 비참한 상황에 처하게 된 것이다. 그가 갇혀 있는 감방은 천장이 낮기 때문에 앉으면 고개를 들 수도 없고 누우면 다리를 뻗을 수도 없는 비좁은 곳이었다고 한다. 더는 어찌할 수도 없는 상황에서 이인수 장로는 지난날 신앙생활을 제대로 하지 못한 것을 회개하였단다. 한 가지 깨달은 것은 항상 바쁘다고 입버릇처럼 이야기하면서 제발 좀 바쁘지 않았으면 좋겠다고 하던 말이 생각이 났다고 한다.

그러던 중에 "내가 항상 바쁘다고 하니까 하나님이 나를 바쁘지도 않고 시간도 많은 곳으로 보내 주셨구나!"라는 생각이 들어서 그것도 회개하고 성경을 읽기 시작했다고 한다. 그러나 감방에서 성경읽는 것이 쉽지 않았을 것이다. 그럼에도 불구하고 열심히 성경을 읽은 그가 성경 50독을 하였을 때, 사형에서 무기로 감형이 되었고 70독을 했을 때 15년으로 감형이 되었으며 100독을 하니 석방되었다고 한다. 그리고 자신의 지난날을 회개하면서 감옥에서 성경을 읽으며 만난 예수님을 열심히 간증하러 다니셨다고 하는구나. (『언제까지나 당신과 함께』에서 발췌.)

사랑하는 아들아!
이 이야기를 들은 후 아버지도 그동안 교회는 다녔지만 성경을 읽지 못했던 것을 회개하면서 그날부터 성경을 읽기 시작했다. 두 달 만에 처음부터 끝까지 읽었는데 성경을 처음 읽다 보니 무슨 뜻인지도 모르고 무작정 읽었다. 그래도 어떻게 읽는 것이 효율적인지를 생각하면서 성경 용어 사전을 구입하여 모르는 단어가 나오면 찾아보면서 열심히 읽기 시작하였다. 성경을 읽으면서 처음으로 깨달은 것이 성경에는 재미있는 부분도 많이 있다는 것이었다.

아버지는 성경 읽는 것도 전공 논문 읽는다고 생각하면서 집중해서 열심히 읽었다. 본격적으로 성경을 읽기 시작한 것은 교수로 부임받은 이후였는데 주로 아침 일찍 출근하여 수업이 시작되기 전까지 한두 시간씩 꾸준히 읽었다. 특히, 아침 시간은 집중하기도 좋았고 학생들이 등교하기 전이니 조용해서 좋았다. 그리고 아침 일찍 직장에 출근한다는 것은 그 자체로서 즐거움이었다. 특히 아버지는 집이 걸어서 10분 거리에 있었기 때문에 버스를 타고 4~50분씩 걸려서 출근하는 다른 사람들에 비해 훨씬 효율적으로 시간을 활용할 수 있어서 좋았고 남들보다 시간을 알차게 활용하고 있다는 만족감도 크게 느낄 수 있었다.

성경을 읽다가 만나게 되는 모르는 단어는 성경 사전으로 해결할 수 있었지만 문맥이 이해 안 되는 부분이라든지, 사건의 배경이나 역사적 의미 등은 해결할 방법이 없었다. 하는 수 없이 신학 교수님들에게 수시로 전화해서 개인지도 받듯이 자세한 설명을 들어서 해결하곤 했다. 아버지는 성경 읽기와 성경공부에 도움을 받을 수 있는 신학 교수님을 가정교사로 두고 성경을 읽기 시작했으니 얼마나 알차게 공부할 수 있었는지 지금도 감사하고 있다.

그리고 본격적으로 성경을 읽기 시작하면서 얼마나 재미있고 즐거웠는지 모른다. 최적의 환경과 조건을 갖춘 상태에서 성경을 읽었으며 즐기면서 재미있게 읽다 보니 점점 성경을 통독하는 횟수가 늘어났고 읽는 속도도 빨라졌고 읽는 것 자체가 재미있어지는 것이었다.

그러던 어느 날, 기독교 신문에서 성경 통독 훈련이라는 광고를 보게 되었다. 3박 4일간 성경 전체를 통독한다는 광고를 보고 10초도 망설이지 않고 신청하겠다고 결정을 하였단다. 마침 방학 중이어서 경기도 어느 기도원까지 찾아가게 되었는데, 3박 4일 동안 오로지 성경만 읽는 훈련이었다. 마음을 단단히 먹고 기도도 많이 하고 참석했었지만 무척 힘든 훈련이었다.

평소에는 그렇지 않았는데 성경을 읽기 시작하면 어찌 그리 잠이 많이 오는지…. 성경 읽기를 리드하는 분은 열심히 읽고 있는데 꾸벅꾸벅 졸고 있는 경우도 많았단다. 약 40~50명이 참석하여 식사 시간, 화장실 가는 시간을 제외하고는 바닥에 앉아서 성경을 읽는 프로그램이었다. 두세 시간만 지나면 온몸이 뒤틀리고 허리도 아프고 어깨도 아프고 잠은 오고….

둘째 날은 너무 힘들어서 그만 포기하고 내려갈까 하는 생각이 들기도 했단다. 그런데 주위를 둘러보니 아버지만 그렇게 졸고 있는 것이 아니라 다른 분들도 아버지와 똑같이 졸고 있었다. 혼자만 졸고 있는 것이 아니라는 사실에 부끄럽지만 위안을 받은 것도(그래서는 안 되는데…) 사실이다. 아마 누군가 포기하고 내려갔다면 아버지도 포기하지 않았을까 생각한다. 그런데 아무도 포기하지 않는 것이었다. 한 사람도 포기하는 사람이 없으니 아버지 혼자 포기할 수 없어서 억지로 견디게 되었다. 더구나 눈은 성경을 읽고 있는데 머릿속에는 온갖 잡생각이 밀려오고 한참 지난 후에 정신을 차려보면 이미 반 장 이상 지나간 후여서 어디를 읽고 있는지 찾느라 허둥대기도 했단다.

그런데 둘째 날 저녁이 지나고 셋째 날이 되니 상황이 완전히 달라지는 것이었다. 전날 저녁까지 그렇게 아프던 허리와 어깨가 이제 아프지 않은 것이었고 그렇게 많이 졸리고 잠이 쏟아졌는데 잠이 오지 않고 정신이 맑아지는 것을 느낄 수 있었다. 그렇다고 잠을 많이 잔 것이 아니라 겨우 5시간 정도 잤는데 완전히 다른 사람이 된 것 같았고, 딴 생각이 들던 머리도 맑아져서 성경 읽기에 집중할 수 있었단다. 실로 놀라운 일이 아닐 수 없었다. 그러다 보니 성경 읽는 도중에 글씨만 읽는 것이 아니라 여기에는 왜 이 단어를 사용했을까, 이 사건이 일어났을 때 사람들은 무슨 생각을 했을까 등등 다양한 생각을 하면서 읽게 되었단다.

아버지가 참가했던 성경 읽는 프로그램은 진행자 한 사람이 앞에 앉아서 육성으로 성경을 읽어 나가고 참가자들은 눈으로 따라 읽는 방법으로 진행되었다. 따라서 진행하는 사람은 빨리 읽어야 할 뿐 아니라 정확하게 읽을 수 있어야 하는데 그렇다고 한 사람이 3박 4일 동안 계속 읽을 수는 없는 노릇이어서 몇 사람의 진행자가 돌아가면서 읽는 것이었다. 그 중에 한 분은 초등학교만 졸업하고 공장 노동자로 일하던 젊은 여성이었는데, 교회에 나와서 예수님을 영접하고 성경 읽는 달란트를 받아서 아주 정확하고 빠르게 읽을 수 있는 분이 있었다. 너도 성경을 읽어보았으면 알겠지만 역대상 1장~11장을 소리 내어 읽을 경우 틀리지 않고 정확하게 읽기가 무척 어려운 내용인데 그분은 한 번도 틀리지 않고 읽어내는 것이었다. 초등학교만 마친 분이라고는 도저히 생각할 수 없을 정도로 정확하고 분명한 발음으로 빠르게 성경을 읽는 것을 보고 책 읽는 것도 달란트로 받을 수 있구나 하는 것을 느꼈다.

그리고 셋째 날 새벽에는 참가한 모든 사람이 한 사람씩 돌아가면서 한두 장씩 소리 내어 읽는 순서가 있었는데 마침 그때가 시편을 읽을 때였단다. 그런데 시편을 읽으면서 읽는 사람도 울고 참가한 사람들도 울고 그 자리에 있던 모든 사람이 눈물바다가 되는 놀라운 일이 일어났단다. 우느라고 성경을 읽지 못하는 상황이 되어서 진행하는 분이 받아서 읽다가 조금 진정되면 다시 읽게 하였는데 실로 성령의 능력으로 큰 은혜의 시간이 되었단다. 결국, 3박 4일을 모두 마치며 단기간에 성경을 일독했다는 뿌듯하고 감사한 마음을 한가득 안고 종강예배를 드렸단다.

성경 일독을 해냈구나 하는 마음을 가지고 집으로 내려오는 길은 구름 타고 날아가는 기분이었단다. 성경 읽으면서 받았던 은혜가 너무 커서 그 이후에도 몇 번 더 참석하였고 나중에는 성경 읽는 속도가 빨라져서 2박 3일 동안에 일독하는 프로그램에 참가하기도 하였고 이 프로그램에 참가했던 것을 계기로 성경 읽는 재미를 크게 붙이게 되었단다.

그런데 한 20독쯤 하였을 때로 기억된다. 그때쯤 되니 성경 읽는 것이 너무나 재미있고 즐겁게 느껴졌단다. 재미가 있으니 '종일 성경만 읽을 수 없을까?'라는 생각이 들었단다. 아버지는 방학 중이라도 학기 중에 못했던 실험도 해야 하고 논문도 써야 하고 학생 지도도 해야 하기 때문에 종일 성경을 읽을 수 있는 시간을 가지는 것은 쉬운 일이 아니었단다.

그런데 어느 날 문득 한 가지 생각이 드는 것이었다. '종일 아무것도 안 하고 성경만 읽을 수 있는 곳이 없을까?', '다른 사람의 간섭을 받지 않고 자유롭게 성경을 읽을 수 있으면 얼마나 좋을까?', '그런 곳이 있으면 성경만 읽으면서 지낼 수 있을텐데….'

사랑하는 아들아!

잘 생각해보니 기도원에 가면 종일 성경만 읽을 수 있겠다는 생각이 들기도 했다. 그러나 기도원에 가면 기도원 사용료를 내야 하고 식대를 지불해야 하니 돈이 드는 것이었다. 그러던 어느 날 문득 그런 곳이 한 곳 있다는 생각이 들었다. 그런데 그곳은 모든 것이 공짜였고 아무도 간섭하지 않은 곳이었고 조용하여 성경을 읽기에 최적의 장소라는 생각이 들었다. 그곳은 바로…… '감옥'이었다. '감옥에 들어가면 종일 성경만 읽을 수 있겠구나!'라는 생각이 들었단다. 물론 성경을 읽기 위해서 감옥에 갈 수는 없지만 그러한 생각을 할 만큼 성경 읽는 것이 재미있고 즐거웠고 신나게 성경 말씀을 읽었던 적도 있었단다.

그 이후에는 매년 꾸준히 성경을 읽었는데 어떤 해는 10독 이상 읽은 적도 있었지만, 매년 그렇게 열심히 읽은 것은 아니어서 한 번도 못 읽은 해도 있었단다. 그래도 평균적으로 1년에 2~3독은 읽었던 것 같다. 그런데 놀라운 것은 성경을 많이 읽은 해에는 연구업적도 많았고 책도 여러 권 집필해서 돌아보면 열매가 많았다는 것이다. 반면에 성경을 한 번도 읽지 못한 해에는 무척 바쁘게 지내기는 한 것 같은데 무엇 때문에 그렇게 바빴는지도 알 수도 없고 열매도 성경을 많이 읽은 해에 비하면 보잘것없이 부족한 것이었다. 그리고 내린 결론은 우선 성경을 많이 읽으면 연구와 강의와 교재 집필 모두 잘할 수 있었다는 것이었다.

상식적으로 생각해보면 성경 읽는데 매일 2~3시간씩 투자하면 실제로 활용할 수 있는 시간이 그만큼 줄어들게 될 것이고 결국 연구도 강의도 소홀해지는 것이 일반적이라고 할 수 있다. 그런데 하나님의 법칙은 그렇지 않았다. 아버지가 성경을 읽고 말씀을 묵상하는 데 시간을 사용하면 그 이후의 시간에 깊이 집중할 수 있도록 인도하시는 것이었다. 이처럼 시간을 조절하시는 것은 전적으로 시간을 창조하신 하나님만이 하실 수 있는 하나님의 은혜임을 아버지는 체험적으로 깨달을 수 있었다.


사랑하는 아들아!

네가 무슨 일이든지 잘하고 싶으면 우선 성경을 많이 읽기 바란다. 될 수 있으면 '언제까지 1독을 하겠다', '올해는 몇 번 읽겠다.'라고 목표를 정해놓고 읽으면 좋겠다. 그러기 위해서는 공부하듯이, 따로 시간을 내서 집중하여 성경을 읽어야 할 것이다. 이러한 이야기를 들으면 성경 전체를 깊이 묵상하지 않고 빨리 읽는 것만이 능사냐라고 반문할 것이다. 성경 말씀은 그렇게 읽는 것이 아니라 말씀에 숨어있는 하나님의 뜻을 발견하고 그 뜻대로 살아가는 것이 더 중요하다고 생각할 것이다. 네 생각이 전적으로 맞다.

그래서 성경을 읽을 때는 전체를 통독하는 것도 중요하고 하루하루 주시는 하나님의 뜻이 무엇인지 깨닫기 위해서 아침 이른 시간에 한두 구절을 깊이 있게 묵상하는 것도 반드시 필요하기 때문에 이 두 가지 모두 적절하게 균형을 맞추는 것이 중요하다고 생각한다. 매일 성경 말씀을 묵상하지만 1년 내내 성경 전체를 한 번도 통독하지 않는 것도 좋지 않다고 본다. 그렇다고 소설책 읽듯이 빠르게 성경을 읽어서 1년에 여러 번 통독은 하는데 매일 묵상하지는 않는 것도 좋지 않다고 본다. 어느 한쪽으로 치우치지 말고 항상 성경 말씀을 가까이하면서 하나님의 뜻을 깨닫는 영적 분별력을 길러 나가기를 기도한다.

우리는 매일 아침에 세수를 하고 샤워도 하고 매일 밥도 먹는데 영의 양식인 성경을 매일 읽지 않는다면 우리에게 많은 문제가 생길 것이 틀림없다. 우리가 매일 씻지 않는다면 우리 몸은 더러워질 것이고 우리가 매일 밥을 먹지 않는다면 우리 몸은 얼마 가지 않아서 모든 기력을 잃게 될 것이다. 이처럼 우리가 매일 성경을 읽지 않는다면 우리의 영은 더러워지고 우리의 영은 얼마 못 가서 기력을 잃게 될 것이다. 그러는 사이에 우리의 영에서는 이름 모를 잡초가 자라게 될 것이고 사단이 자리잡게 될 것이다. 매일 몸을 씻고 밥을 먹듯이 매일의 양식인 성경을 읽고 깊이 묵상하여 우리의 영에 자라게 될 잡초가 발을 붙이지 못하게 하기 바란다. 우리의 영에 자라는 잡초를 제거하는 것은 성경 말씀이기 때문이다.

성경에서 진리를 발견하는
아들이 되기를 기도하는 아버지가…

# 15. 읽은 글에서 교훈을 발견하라

사랑하는 아들아!

오늘은 신문이든지 소설이든지 어떤 글을 읽든지 읽은 글에서 무엇인가 발견하기를 바라는 마음으로 이 편지를 쓴다. 사실 글에서 교훈을 발견하라고 하면 너무나 교과서 같은 이야기고, 선생님이 학생에게 하는 이야기 같고 아버지가 아들에게 쓰는 편지 같지 않아서 망설였지만 아래의 글이 너무 참신하고 산뜻해서 너와 나누고 싶은 마음이구나. 아래의 글은 아버지의 글이 아니라 어느 작가가 쓴 글이란다.

대학 1학년이었던 겨울 어느 아침, 나는 부산행 버스를 탔다. 가진 거라곤 차표를 사고 남은 돈 만 원과 소지품이 든 배낭뿐이었다. 사연을 밝히면 이렇다. 학교가 싫어 숱한 나날 땡땡이를 쳤고, 계절 학기를 받지 않으면 유급시키겠다는 학교 측의 협박 편지를 받았고, 청춘의 고뇌를 이해할 리 없는 아버지가 회초리를 들고 열을 냈으며, 어머니는 아버지를 말리는 대신 내게 잘못을 빌라고 재촉했다. 얻어터진 나로서는 빌고 싶지 않았다. 싫다는 대학에 강제 입학시킨 장본인, 어머니가 더 원망스러웠다.

행선지가 왜 하필 부산이었던가. 그즈음, 서면의 모 클럽에서 댄서로 일하던 중학교 친구로부터 놀러 오라는 편지를 받았다. 나는 놀러 가서 눌러앉을 작정이었다. 일자리를 구하고, 돈을 모아 방을 얻고, 하고 싶은 공부도 하고…. 한나절 만에 꿈이 깨졌다. 물어물어 찾아간 클럽에 그녀가 없었다. 직장을 옮겼단다. 진짜인지 아닌지 안에 들어가 확인하겠다고 했다가 보이에게 배 터지게 욕만 먹었다. '이건 또 어디서 굴러온 땅거지야~.'

물론 내 행색이 섹시하지는 않았다. 꼬질꼬질한 운동화, 되는대로 껴입은 옷에 털모자. 그렇기는 하나 기본적인 미모는 존중해야 마땅한 것 아닌가? 서면을 빙빙 돌았다. 오늘 당장 어디서 자야 하나. 주민등록증도 없는 미성년자인데. 자정이 돼서야 신분증을 요구하지 않는 여관을 찾아냈다. 배가 고팠지만 주머니엔 여관비를 내고 남은 2천 원뿐이었다. 피곤했지만 편히 잘 수도 없었다. 복도에선 남자의 고함과 여자 비명, 병 깨는 소리와 쫓고 쫓기는 발소리가 난무하는데, 내 방문 잠금장치는 고장 나 있었다. 나는 문고리를 붙들고 벌벌 떨며 악몽 같은 밤을 보냈다.

동트자마자 해운대행 버스를 탔다. 겨울 바다는 현기증 나게 스산

하고 미치도록 추웠다. 집이 그리웠으나 이젠 자력으로 갈 수가 없었다. 광주행 차표를 사기엔 돈이 턱없이 부족했다. 뿔 세우고 기다릴 아버지가 무섭고, 잘못했다고 빌라고 할 어머니도 싫었다. 나는 공중전화 부스에서 수화기를 들었다 놨다 하며 시간을 보냈다.

그러던 순간 "여보세요" 하는 어머니의 목소리가 들려왔다. 처음엔 환청인 줄 알았다. 알고 보니 손가락이 저 혼자 저지른 일이었다. "너 어디야?" 묻는 말에 왈칵 울음이 터졌다. 여긴 해운대고, 돈이 없어 이틀째 굶었는데 엄마는 내가 걱정되지 않느냐고 울먹거렸다. 수화기 저편이 잠깐 고요해졌다. 무서운 침묵이었다. 살 떨리는 순간이었다.

"지금 서 있는 곳에서 뭐가 보이는데?" 마침내 어머니가 입을 열었다. C 호텔이 보인다고 하자 그리로 들어가라고 말했다. 커피숍에 앉아 케이크든, 커피든 시켜 먹으면서 기다리라고…. 어머니는 해 질 무렵에야 나타났다. 지난밤 이야기를 듣고 나서는 기가 찬다는 표정으로 나를 일으켜 세웠다. 집이 아니라 바로 그 호텔, 어느 방으로 데려갔다. 나는 머뭇머뭇 따라 들어가서 걸음을 멈췄다. 숨도 함께 멈췄다. 커다란 창으로 바다가 밀려 들어오고 있었다.

지난밤, 나를 냉대했던 도시가 품을 활짝 열어 보이고 있었다. 반원을 그리며 뻗어 나간 해안선, 불이 들어오기 시작한 건물들, 달맞이 언덕으로 집결하는 납빛 구름, 갈매기가 떼 지어 나는 수평선 위로 저녁해가 내려앉았다. 바다는 주황빛으로 달아올랐다. 해수면 밑에서 용암이 들끓는 것처럼…. 춥고 황량하던 창밖 세상이 마술을 부린 양 붉고 뜨거웠다. 흐느낌 같은 한숨이 흘러나왔다. 어머니는 왜 여기로 왔을까? 설마 저 마법 속으로 나를 데려가려고?

어머니는 나를 욕실로 밀어넣었다. 땟국을 빼고 나서 간 곳은 호텔 뷔페였다. 다음은 거지 취급을 받은 클럽… 전날의 보이가 떨떠름한 얼굴로 나를 맞았다. 이번엔 손님으로. 우리는 클럽 문이 닫힐 때까지, 춤추고, 소리 지르고, 맥주를 마셨다. 어머니는 건배를 할 때마다 혀 꼬부라진 소리로 이렇게 외쳤다. "넌 내 딸이야. 알지?" (소설가 정유정)

사랑하는 아들아!

아버지가 어느 신문에서 본 글이다. 워낙 잘 쓴 글이고 교훈을 얻을 만한 글이기에 보낸다. 이 글을 읽으면서 '참 잘 썼구나!', '정말 멋진 어머니구나!'라는 생각이 들었단다. 실제로 아버지에게 이러한 일이 일어난다면 과연 그 어머니처럼 행동했을까 생각하니 솔직히 그 순간에 그러한 멋진 판단을 할 수 있을지 잘 모르겠다. 앞으로 네 주변에서 이러한 일이 일어날지 모르겠으나 만약 일어난다면 너 역시 이렇게 판단하고 행동하기 바라는 마음으로 이 글을 동봉한다.

글을 잘 쓴다는 것은 정말 좋은 달란트라고 생각한다. 아버지도 은퇴하면 바다가 보이는 언덕 위에 황토집을 짓고 응접실 통유리 너머의 수평선을 바라보면서 글을 쓰고 싶은 생각이다. 구수한 향기가 몽글몽글 피어오르는 벽난로 위의 따뜻한 보리차를 마시면서 잔잔한 클래식 음악을 듣고 한때 문학 소년이었던 그 감정을 되살려 추억을 그리며 살고 싶은 마음 간절하다. 이것이 과연 이루어질 수 있을지 없을지는 모르겠지만 아버지의 간절한 소망이다.

아버지의 중학교 때 목표는 소설가나 시인이 되는 것이었다. 그때는 각종 문학상에서 항상 입상하였고 학교에서 발간하는 교지에는 매년 한두 편의 글이 실리곤 했었지. 선생님께서 글 잘 쓴다고 칭찬도 많이 하셨고 전국규모의 대회에서도 여러 번 상을 받았으니 그럴 만도 했단다. 그런데 글 쓰는 것도 재미있었지만, 생물 공부가 더 재미있었단다. 고등학교 생물 선생님이 아버지의 운명을 송두리째 바꿔놓으셨지…. 생물 공부가 너무나 재미있어서 전공으로 선택하지 않고는 도저히 배길 수 없어서 생물학을 공부하겠다고 다짐하게 된 것이다.

물론 생물 공부를 택해서 후회는 없지만 글쓰기에 대한 미련은 계속 남아있었다. 그리고 요즈음에도 매년 수십 권의 책을 읽고 있는데 이제는 문학작품보다는 학생들에게 도움이 될 만한 말을 전해줄 수 있는 내용의 책을 중심으로 읽고 있어서 문학적 감각이 많이 무디어지기는 했지만, 그래도 아버지가 좋아하는 일이니 앞으로 꾸준히 글을 쓰고 싶은 생각이 있단다. 그런데 왜 지난 30년간 이런 생각을 못 하고 오직 식물학 연구에만 집중했고 전공 책 집필하는 것에만 신경을 써왔을까? 물론 연구업적이 중요했고 논문 한 편이 중요하기 때문이었지만 그래도 틈틈이 시간을 내서 글을 썼더라면 좋았을 텐데… 하는 아쉬움도 남는다.

우리가 어떤 직업을 가지는 것이 좋은지에 대하여는 한 가지 기준이 있다고 생각한다. '자신이 즐기면서 할 수 있는 일을 직업으로 선택하면 좋다'고 한다. 그래야 그 일을 하면서 즐겁고 기쁘게 몰두할 수 있을 것이라고 생각한다. 그런데 가장 좋아하는 것은 취미로 남겨두고 두 번째로 좋아하는 것을 직업을 택하면 더 좋다고 한다. 그래야 가장 좋아하는 것을 평생 취미로 즐기면서 생활할 수 있다고 한다.

사랑하는 아들아!

대학에 입학하는 학생들 면접을 하면서 최근에 읽은 책 중에서 기억에 남는 책이 있으면 언제 읽었고 어떠한 내용이었는지 말해보라고 하면 책을 읽은 학생이 거의 없다는 것에 깜짝 놀라곤 했었다. 사실 문학작품이나 인문학 책을 읽어도 대학 입시에 도움이 안 되니 굳이 읽을 필요를 느끼지 못한다고 한다. 그리고 혹시 수능시험에 출제될 만한 책들은 이미 출판사에서 요약본을 만들어서 팔기 때문에 요약본을 읽고 암기하는 편이 점수 받기가 훨씬 쉽다는 말에 더 이상 할 말을 잃었다. 문학 작품을 찬찬히 읽지 않고 요약본을 읽어서 내용을 암기하면 혹시 수능 시험에 점수 몇 점 더 받을 수 있을지 모르겠으나 생각의 깊이가 깊어지고 폭이 넓어지는 독서의 힘은 전혀 기대할 수 없을 것이다.

그리고 책을 읽을 때 거푸 두 번 읽기 바란다. 두 번 읽으면 한 번 읽을 때보다 훨씬 더 많은 내용을 기억하게 되고 훨씬 오래 기억에 남는다고 한다. 그리고 독서 일지를 만들어서 책의 제목, 저자, 출판사 등 기본 사항도 기록하고 내용을 요약해두고 읽은 책에서 어떠한 내용을 깨달았는지, 너의 삶에 어떻게 적용할 수 있을지 간단하게라도 적어두면 그 책은 너에게 많은 것을 되돌려 줄 것이다. 그리고 이러한 독서일지가 오랜 기간 쌓이게 되면 엄청나게 큰 재산이 될 것이 틀림없다. 그뿐만 아니라 네가 직접 메모한 내용이기 때문에 10~20년 후에 다시 읽어본다고 하더라도 기억날 것이고 그 책을 읽을 당시의 감정을 되살릴 수 있을 것이다.

사랑하는 아들아!

책 읽기는 할 수 있는 한 죽을 때까지 계속해야 하는 일이다. 그만큼 가치 있는 일이고 만족감을 느낄 수 있는 일이고 즐거움을 경험할 수 있는 일이다. 더구나 읽은 책에서 얻은 풍부한 지식은 너의 삶에 지혜로 승화되어 나타나게 될 것이다.

그런데 책을 읽기만 할 것이 아니라 앞으로 차근차근 준비하여 책을 쓰기도 했으면 좋겠다. 차분히 생각하고 준비하다 보면 어떠한 책을 써야 할지, 책의 내용을 어떻게 구성하면 좋을지 스스로 깨닫는 때가 올 것이다. 좋은 원고만 준비된다면 출판하는 것은 문제가 안 될 것이다. 될 수만 있다면 사람들에게 오래 기억되고 많은 사람이 읽을 수 있는 책을 준비하기 바란다. 책을 집필하는 것은 능력이 뛰어난 사람들이 하는 것이 아니라 책을 집필함으로써 너도 능력 있는 사람이 되는 것이다. 그런데 한 가지 명심할 것이 있다. 네가 쓴 책이 하나님의 영광을 위하고 하나님을 높여드리기 위한 책이어야 할 것이다. 앞으로 열심히 살자꾸나~ 우리 아들! 파이팅이다! 사랑해~!

글 속에서 교훈을 발견하는
아들이 되기를 기도하는 아버지가…

# 4장

너의 삶을 열정으로 이끌어라

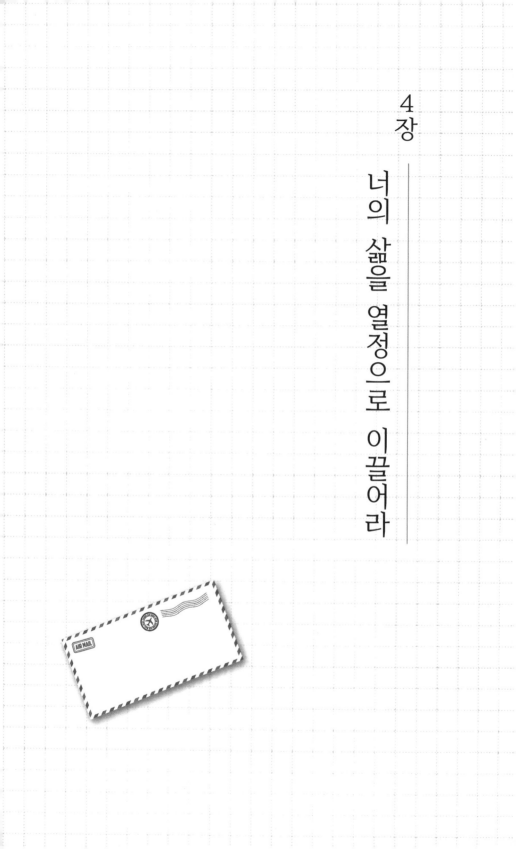

오늘 너에게 주어진 하루의 삶에 최선을 다하며 젊은 패기를 잃지 않는 멋진 청년의 삶을 살아가길 기대한다. 아버지가 살아오면서 후회되는 것, 부족했던 것을 사랑하는 아들에게 전해줌으로써 아버지가 경험한 지혜를 물려주고 싶은 마음으로 이 편지를 맺는다.

Dear. My son

# 16. 버킷 리스트를 적어두고 실천하라

사랑하는 아들아!

아버지가 너에게 편지를 보낸 지가 꽤 오래되었구나. 아들에게 아버지의 편지를 읽는 즐거움을 주기 위해서 최소한 1주일에 한 번은 편지를 쓰려고 했는데 어찌 된 영문인지 지난달에는 한 통의 편지도 너에게 보내지 못한 것 같구나. 특별히 바쁜 일도 없었는데도 불구하고 편지를 보내지 못해서 미안한 마음이고 혹시라도 네가 우편물 찾는 곳을 기웃거렸는데도 아버지의 편지를 발견하지 못해서 쓸쓸하게 돌아섰을 발걸음을 생각하니 어떠한 시간을 내서라도 앞으로는 1주일에 한 통의 편지는 꼭 쓰도록 마음에 다짐을 했단다.

너는 추운 지역에 살면서 공부도 열심히 하고 운동도 열심히 하는 모습에 참 든든하고 보기가 좋구나. 아버지가 너만 했을 때는 운동할 수 있는 여건이 되지 않았기 때문에 할 수 없었단다. 만약 여건이 되었다면 아버지도 열심히 운동했을 것이라는 생각이 든다.

어쩌다 운동할 기회가 있어도 운동 후에 씻을 수 있는 시설이 없어서 땀 냄새 풍기면서 지냈던 그런 시절이었기에 운동할 엄두를 내지 못했단다. 물론 한순간이라도 공부하는 시간을 빼앗길 수 없어서, 시간 여유가 있으면 아르바이트하러 가야 했기 때문에 규칙적인 운동은 하지 못했단다.

그런데 곰곰 생각해보니 대학생활을 그저 자취방–강의실–도서관–아르바이트로 이어지는 생활을 하다 보니 문득 아버지의 젊은 시절에 꼭 하고 싶었는데 하지 못했던 것이 무엇인지, 그래서 후회가 남는 것이 어떠한 것인지를 생각하게 되었단다. 그러다가 '나의 Bucket List는 무엇이었나?'를 생각하게 되었단다.

솔직히 말하면 아버지가 대학에 다닐 때는 그러한 단어가 있는 줄도 몰랐고 아버지뿐만 아니라 부유한 가정에서 태어난 친구들도 아마 그러한 용어를 모르고 지냈을 것으로 생각된다. Bucket List 라는 단어는 2007년 12월 15일 할리우드에서 처음 개봉된 영화 「The Bucket List」 때문에 널리 알려진 단어니까 40년 전에는 그런 개념 자체도 없었던 때였단다.

그 당시에는 그런 것을 생각할 여유가 없었던 시절이었고 공부를 열심히 해서 실력을 쌓아야 목표를 이룰 수 있다는 생각으로 연애도 못 하고 취미 생활도 못 하고 오직 공부만 했던 것 같다. 설령 그런 단어를 알았다고 하더라도 그것은 여유 있는 집안에서 태어난 학생들에게나 해당되는 것이라는 생각을 했을 것 같구나.

그래서 지금이라도 한 번 생각해보고 싶은 것은 '나의 Bucket List가 무엇이었나?' 정도는 생각해 볼 수 있을 것 같아서 40년을 돌아가서 한 번 생각해 보고 사랑하는 아들은 너의 Bucket List를 적어두고 하나씩 하나씩 실천해나가기를 바라는 마음으로 이 편지를 쓴다.

사랑하는 아들아!

지금 너의 Bucket List는 무엇인지 생각해보았는지 모르겠다. 30살이 되기 전에 네 Bucket List를 만들어보기 바란다. 구체적으로 적어두고 가끔 업데이트하면서 새로 추가할 것은 추가하고 지울 것은 지우고 또 실천한 것은 실천한 대로 표시하면서 생활하다 보면, 먼 훗날 아마도 40년 후쯤 아버지가 너에게 한 것처럼 너도 네 아들에게 Bucket List에 관한 이야기를 들려줄 수 있지 않을까 생각된다.

생각해보면 Bucket List는 어쩌면 젊은이만이 가질 수 있는 특권이 아닌가 생각된다. 나이 50이 넘은 사람이 그때까지 없었던 Bucket List를 새로 적을 수 있을까? 물론 나이가 들면서 세대에 따라서 내용이 달라질 수 있겠지만 40~50대에 자신의 Bucket List를 적는다는 것은 절대 쉽지 않은 일이다. 따라서 젊은 시절에, 먼 훗날 지나간 과거를 돌아보면서 후회하지 않고 열심히 살았다고 자평하기 위해서라도 지금 너의 Bucket List를 적어두고 실천하기 위해서 노력하기 바라는 마음 간절하다.

얼마 전에 한국의 철강회사에서 근무하는 직원들을 대상으로 조사한 것 중에 10개만 추려보겠다.

- 혼자서, 또는 사랑하는 사람과 세계 일주 여행 떠나기
- 다른 나라 언어 하나 이상 마스터하기
- 악기 하나 마스터하기
- 국가가 인증하는 자격증 따기
- 국내 여행 완전 정복하기
- 나보다 어려운 누군가의 후원자 되기
- 우리 가족을 위해 내 손으로 집짓기
- 오직 혼자서 한두 달간 자유여행 떠나기
- 생활 속 봉사와 재능 기부하기

이 외에도 열다섯 가지가 더 있는데 사랑하는 사람을 위하여 최고의 밥상 차리기, 히말라야 트레킹하기, 아프리카 사파리 체험하기, 자전거로 하루 30km 달려보기… 등 그야말로 사람 냄새가 물씬 풍기는 그런 내용들로 이루어져 있더구나. 누군가 아버지에게 '당신의 Bucket List가 무엇이냐?'고 물었다고 하더라도 위의 내용 중에 몇 가지는 들어갔을 것으로 생각된다.

또 다른 어떤 사람이 적은 Bucket List는 '낯선 여행지에서 낯선 여자와 사랑에 빠지기, 세상에서 가장 아름다운 여인과 키스하기, 자전거 타고 콘크리트 없는 동네 달려보기, 거칠어진 엄마의 손 마사지해주기, 월급 받으면서 1년만 푹 쉬기, 맨발로 흙 위 걸어보기, 몽골 초원에서 유목민처럼 생활하기, 평생 고생한 아내와 손잡고 산책하기, 태평양의 아름다운 섬으로 여행하기, 좋아하는 사람에게 내 마음 표현하기, 어머니 무덤가에서 한 달간 살아보기, 턱뼈가 빠

지도록 실컷 웃어보기' 등이 있을 수 있다.

그런데 누구든지 자신의 Bucket List는 자기의 가슴을 뛰게 하는 도전과 소원을 적을 때 더 큰 의미가 있으리라 생각된다. 물론 사람마다 다를 것이고 처한 상황에 따라 얼마든지 바뀔 수도 있다. 죽음을 목전에 둔 사람은 사랑하는 사람과 오붓하게 오솔길을 걷는 것이 될 수도 있다. 바쁜 일상에 쫓겨 여유를 잃고 사는 사람은 일상에서 빠져나와 가까운 곳으로 여행을 떠나는 것이 되기도 하고, 오랜 투병 생활 끝에 회복하여 건강을 되찾은 사람은 날씨 좋은 가을날 잔디밭에 누워 하늘을 바라보는 것이 Bucket List가 되기도 한다.

이처럼 Bucket List는 각자가 처한 상황, 간직하고 있는 꿈, 도전하고 싶은 욕망에 따라 일상의 사소한 일이 될 수도 있고 많은 시간이 걸리는 큰일일 수도 있다. 그런 의미에서 Bucket List는 절망적인 상황에서도 꿈을 꾸고 꿈을 실천하면서 희망을 나누는 일인 동시에 행복으로 이어지는 꿈의 목록이라고 할 수 있다.

그뿐 아니라 Bucket List는 스스로 실천하겠다고 약속한 꿈인 동시에 꿈의 목적지에 이르기 위해 추진해야 할 도전 목록이다. 꿈은 도전할 때 현실로 나타나고 도전을 통해 달성되기 때문에 Bucket List를 적어두고 구체화할수록 달성될 가능성이 높아지게 된다.

Bucket List를 달성하는 순간 느끼는 감동은 말로 표현하기 어려운 희열의 순간일 것이다. 동시에 Bucket List를 실천하면서 지금까지 경험하지 못한 소중한 교훈을 배울 수 있다. 그리고 Bucket

List는 하고 싶은 일을 더하는 '플러스 리스트'인 동시에 목록을 수정하고 지우는 '마이너스 리스트'이기도 하며 이미 달성한 목록을 저장하는 '저장 리스트'이기도 한다.

사랑하는 아들아!

너도 꼭 하고 싶은 것들이 많이 있겠지만 막연하게 '하고 싶다'라고 생각만 하지 말고 구체적으로 너만의 Bucket List를 만들어서 책상 앞에 붙여두거나 너만의 공간에 새겨두기 바란다. 그래야 구체화할 수 있고 기회가 오면 그 List를 생각하면서 하나하나 이루어나갈 수 있을 것이기 때문이다.

사람이 살아가면서 눈앞에 있는 급한 일을 우선하다 보면 중요한 일은 놓치게 된다. 당장 급한 일을 우선적으로 해야 한다고 생각하는 순간 중요한 일은 우선순위에서 점점 멀어지게 되고 결국에는 기억에서 잊혀질 수도 있다. 따라서 급한 일도 해야 하지만 중요한 일 먼저 하는 것이 좋다. 너에게는 Bucket List를 만들어두는 일이 급한 일은 아니지만 중요한 일인 것은 분명하다.

아버지가 지금 알고 있는 것을 네 나이에 알았더라면 아버지의 인생이 어떻게 변했을까? 아마도 지금보다는 훨씬 더 알차고 멋있게 살고 있지 않을까? 사람이 무엇인가를 가장 빠르고 정확하게 배울 수 있는 방법은 실패한 사람의 실패 경험담을 듣는 것이다. 실패할 당시에는 몰랐지만 훗날 생각해보니 실패한 원인을 찾을 수 있고 실패 경험담을 들으면서 실패하지 않는 방법을 배울 수 있기 때문이다.

아버지는 Bucket List가 무엇인지도 모른 채 젊은 시절을 보낸 실패가 있었기에 너에게 아버지의 실패를 되풀이하지 않기를 바라는 마음으로 너의 Bucket List를 적어둘 것을 권한다. 그 List를 하나하나 성취해나가는 기쁨을 맛보고 훗날 네 아들에게도 네가 성취한 경험과 실패 경험을 들려줄 수 있다면 대를 이어가며 인생의 깊이를 나눌 수 있을 것 같다는 생각이 든다.

사랑하는 아들아!

오늘 너에게 주어진 하루의 삶에 최선을 다하며 젊은 패기를 잃지 않은 멋진 청년의 삶을 살아가길 기대한다. 아버지가 살아오면서 후회되는 것, 부족했던 것을 사랑하는 아들에게 전해줌으로써 아버지가 경험한 지혜를 물려주고 싶은 마음으로 이 편지를 맺는다.

앞만 보고 열심히 달릴 수밖에 없었던 지난날에는 잘한 것보다 잘못한 것이 너무 많아서 때로는 얼굴이 화끈거리기도 하고 부끄럽기도 하지만 아버지의 잘못을 아들이 되풀이하지 않기를 바라는 마음 가득하다. 무엇보다도 하나님의 사랑에 아버지의 사랑을 더하여 3월 첫 월요일 저녁에 보고 싶은 아들에게 보낸다. 사랑해~~~♥♥♥.

버킷리스트를 이루려고 노력하는
아들이 되기를 기도하는 아버지가…

# 17. 현장에 직접 가서 보라

사랑하는 아들아!

날씨가 점점 더워지고 있구나. 이때쯤이면 나른하고 졸려서 활기차게 생활하지 못하는 경우가 있는데 그럴수록 체력관리 잘 함으로써 하루를 즐겁게 시작하고 활기차게 생활하고 감사한 마음으로 마무리하기 바라는 마음이다.

오늘은 네가 무슨 일을 하든지 그 일과 관련된 현장을 확인하라는 뜻을 담아서 편지를 쓴다. 우리가 어떤 일을 맡지 않았다면 모를까 일단 맡았으면 열정을 가지고 적극적으로 임해야 할 것이다. 그렇게 할 때 자신에게 떳떳하고 다른 사람에게 당당한 모습으로 보여줄 수 있으리라고 믿는다. 성공한 사람들이 보여주는 공통된 특징 중에 한 가지는 이들이 열정적으로 생활했다는 것이다. 그뿐만 아니라 현장을 중요시했고 현장의 의견을 들었고 현장을 확인했다는 점이다.

현대그룹을 세계적인 기업으로 성장시킨 정주영 회장은 한국경제를 발전시키는 데 중요한 역할을 한 기업가의 표본이었다. 그는 아무것도 없는 허허벌판에 세계적인 조선소를 세웠고 80달러의 국민소득을 3만 달러로 올리는 데 결정적인 역할을 하였다. 그가 얼마나 열정적으로 일했는지를 단적으로 보여주는 일화는 수도 없이 많이 있다.

경부고속도로를 건설하는 현장에서는 트럭을 개조한 차에서 새우잠을 자면서 공사현장을 감독하였고, 터널을 뚫다가 암반이 무너지면 자신이 직접 착암기를 잡고 바위를 뚫기까지 했으며 대통령을 만난 자리에서 꾸벅 졸기까지 할 만큼 며칠씩 밤새워 일했다고 하는구나. 그래서 일부 대학 경영학과에서는 '정주영학'이라는 과목까지 만들어서 가르치고 있다고 한다.

아버지는 오늘 정주영을 뛰어넘는 "망우동 정주영"이라고 불리는 자동차 딜러가 있어서 너에게 소개하고자 한다. 2005년 이후 12년 연속으로 기아자동차 판매왕에 오른 정송주라는 사람인데 1년에 400대 이상의 자동차를 판매했다고 하는구나.

전 세계적으로 가장 많은 자동차를 판매하여 기네스북에 오른 사람은 쉐보레의 딜러 죠지 라드인데 13년 연속 판매왕 기록을 가지고 있다고 한다. 그러나 정송주 씨는 이 사람의 기록을 넘어설 것이 확실시되고 있다. 그는 자신의 명함에 정주영이라는 이름을 새겨서 사람들이 쉽게 기억하도록 하였고 매일 한 시간 일찍 출근하고 한 시간 늦게 퇴근하며 주택가를 돌면서 전단지를 돌린 결과 한 달에 한 번씩 구두 굽을 갈았다고 한다.

그가 처음부터 자동차를 많이 판매한 것은 아니었다. 자동차 딜러를 시작한 첫 3개월 동안에 딱 한 대밖에 팔지 못했다고 한다. 그러나 특유의 열정과 열심으로 자신이 돌아다니는 망우동 지역의 영업지도를 만들기 시작하였고 자신이 집중 공략할 지역을 난이도별로 표시하였다. 자신이 방문했던 곳은 반드시 지도에 이름을 표기함으로써 자신만의 영업 전략을 차별화하였다고 한다.

그렇게 현장에 직접 나가서 사람들을 만나고 자동차를 구매할 사람들로부터 자동차 이야기를 들으면서 어떻게 하는 것이 좋은지를 몸으로 부딪쳐서 깨우쳤다고 한다. 그가 가장 먼저 한 일은 사람들이 모이는 장소를 찾아다녔다는 것이었다. 처음에는 등산 가방을 메고 산으로 갔는데 산에는 일자리를 잃은 사람들이 가장 많이 찾는 곳이기 때문에 사람들을 만나서 이야기하기 쉬운 곳이기 때문이었다.

그뿐만 아니라 식당, 낚시점, 등산용품점, 체육관 등을 가리지 않고 부지런히 다니면서 사람들을 만났다고 한다. 처음 만난 사람들에게 차를 팔려는 노력을 하지 않았다고 하는구나. 편하고 진솔하게 마음을 나누다 보니 차를 한 대, 두 대 팔 수 있었는데, 특히 등산과 낚시를 다니는 분은 주변에 아는 분이 많은 편이어서 자연스럽게 소개로 이어졌다고 하는구나.

그다음에는 자동차에 대하여 공부를 열심히 했다고 한다. 자동차를 다루는 엔지니어나 자동차 정비사만큼의 실력을 갖추고 정부의 과세정책과 미래의 자동차 동향 및 다른 나라의 자동차에 이르기까지 많은 공부를 하고 나니 어떠한 질문에도 대답할 수 있었다고 한다. 어떤 고객은 그의 해박한 자동차 지식에 감동하여 자동차를 구매하기도 했다는구나. 특히, 자동차 동호회 활동을 하는 고객은 아는 것이 많은 만큼 전문적인 내용까지도 질문을 하였지만 많은 시간을 투자하여 공부한 그는 막힘이 없었다. 자동차 전문가 이상의 설명을 들을 사람들은 그를 자동차 전문가로 인정해주었고 주변 사람들을 여러 명 소개해주기도 했다는구나.

정주영 회장이 평소에 자주 사용하는 말이 있다. "이봐! 해봤어?"라는 말인데 당신이 직접 해보았느냐는 말이다. 무슨 일이든지 직접 해보고 현장에 나가보아야 하는데 사무직에 있는 많은 사람들은 현장에 나가보지도 않고 안 된다거나 부정적인 대답을 할 때 정주영 회장이 사용했던 말이다. 현대건설은 정주영 회장이 직접 건설 현장에 나가서 시멘트 포대를 옮기고 삽질을 하였기 때문에 건설회사로 한국에서 가장 건실하고 튼튼한 기업으로 성장할 수 있었다.

사랑하는 아들아!

사람은 가끔 현장 감각을 잃어버릴 때가 있다. 수만 명이 일하는 회사의 CEO가 직접 현장에 나가보면 문제가 무엇인지 눈에 보일 것이다. 그 CEO도 말단부터 단계를 거쳐서 승진했다면 지난 수십 년 동안 다양한 문제점을 직접 접했던 경험이 있기 때문에 더 쉽게 파악할 수 있을 것이다.

현장에 답이 있다. 범죄를 수사하는 수사관은 범죄현장을 잘 보존해야 증거를 찾을 수 있듯이 무슨 일을 하든지, 어떠한 계획을 하든지 현장에 나가보는 것은 매우 중요한 일이다.

예를 들면 새로 호텔 커피숍을 개장한다고 하자. 사람들이 많이 찾는 커피숍에 1주일 동안 매일 가서 종일 그곳에서 어떠한 일이 일어나는지 살펴보면 분명히 답을 찾을 수 있을 것이다. 오래 전에 어떤 사람이 호텔리어의 꿈을 가지고 공부를 하다가 현장에 나가서 직접 경험해보아야겠다고 생각하고 전국 어디를 가든지 특급 호텔의 커피숍을 유심히 돌아보았다고 하는구나.

종업원의 응대는 어떠한지, 분위기는 어떠한지, 손님들은 커피숍을 어떻게 이용하는지, 심지어 온도와 습도까지 측정하여 분석하였고 그 결과를 책자로 만들어서 면접장에 가지고 갔다고 한다. 그러면서 왜 우리 호텔에 입사하려고 하느냐는 면접관의 질문에 자신이 준비한 자료를 근거로 현재 국내 특급호텔 커피숍의 현황, 문제점과 장단점, 앞으로의 방향, 서울과 지방의 차이 등등 커피숍에 관한 모든 내용을 보고했으며 자신이 지원한 호텔 커피숍의 방향까지도 제시했으니 호텔의 입장에서는 즉석에서 만장일치로 이 지원자를 채용하게 되었다고 한다. 만약 이 사람을 뽑지 않으면 유능하고 열정적인 인재 한 명을 놓치게 될 것이고 경쟁회사에 빼앗기게 될 것이 분명한 상황이었던 것이다.

결국, 이 사람은 자신이 해야 할 일의 방향을 알았고 어떻게 하는 것이 좋은 방법인지를 분명하게 알았던 것이다. 그런데 알았다고 되는 것이 아니라 실천하는 끈기가 있어야 가능한 일이었을 것이다. 취업을 준비하는 학생으로서 특급호텔의 커피숍에 가서 커피를 마실 만큼 경제적으로 여유 있는 상황은 아니었을 것이다. 그러니 커피숍에 가서 몇 시간씩 앉아서 이것저것 관찰만 하고 차 한 잔 시키지 않은 손님을 좋아할 종업원은 없을 것이다. 그러나 자연히 눈치가 보였을 것이다. 더구나 젊은 학생으로서 특급호텔 커피숍에 가는 것이 어울리지 않는 상황임이 분명하지만 목적이 분명했으니 이러한 어려움을 극복하고 자신이 원하는 바를 이뤄내게 되었을 것이다. 그 사람이 인터뷰한 내용 중에서 "앞으로 특급호텔 커피숍의 커피를 싫도록 마셔야 할 텐데 지금부터 마실 필요가 없었다"는 내용으로 마무리한 기사를 읽었던 기억이 있다.

사랑하는 아들아!

비슷한 시기에 또 다른 한 경우가 있어서 마저 소개하고자 한다. 1980년대 부산은 신발의 메카라고 할 만큼 신발산업이 번성했던 시기에 부산에서 일어났던 일이다. 어떤 대학생이 신발 디자인이 정말 하고 싶어서 오직 신발회사에만 취업하고 싶었다고 한다. 그래서 1년 동안 사람들이 많이 다니는 거리에 가서 사람들의 신발만 관찰하였다고 한다. 무려 수십만 켤레의 신발을 관찰 분석하고 통계자료로 정리하여 수백 페이지짜리 책자로 만들었고 그 책자를 가지고 직원채용 공고도 나지 않은 회사로 찾아가서 자신이 분석한 자료를 보여주면서 자신을 채용하라고 요청했다는구나.

결과가 어떻게 되었을 것이라고 생각하느냐? 그를 만난 인사부 직원은 윗사람에게 소개하였고 윗사람은 디자인 실장에게 데리고 갔으며 디자인 실장은 사장에게 보고하여 그날 바로 채용되었다는 기사를 신문에서 읽었던 적이 있다. 그 사람은 신발 디자인을 위해서 현장을 찾은 것이고 현장에 답이 있다는 격언을 직접 몸으로 터득한 것이니 회사가 안 뽑을 수 없는 사람이었다고 소개하고 있었다.

이처럼 현장에 나가서 현장의 목소리를 들으면 시행착오를 줄일 수 있고 앞으로 어떠한 방향으로 나갈지도 알 수 있고 지금 하고 있는 일의 문제점도 보일 것이고 개선해야 할 방향까지도 마련할 수 있을 것이다.

비단 이러한 방법은 회사의 비즈니스에만 국한된 것은 아닐 것이다. 또 다른 전설이 하나 있는데 부산의 D 대학 경영학과 학생이 국내 가장 입사하기 어려운 S 전자에 당당히 합격한 예가 있어서 너에게 알려주려고 한다. 그 학생은 대학을 5년 동안 다닌 끝에 졸업을 했고 졸업하기 전에 이 회사에 취업할 수 있었다고 한다. 그런데 이 학생은 1학년 때 모든 과목에 F를 받아서 1학년 성적이 없는 성적표를 제출했다고 한다.

그것을 본 면접관이 "지원자는 1학년 성적이 전혀 없는데 어떻게 된 것인가요?"라는 질문에 "예~~. 저는 1학년 때 아무것도 안 하고 놀기만 했습니다. 정말 후회 없이 놀았고 잘 노는 방법을 배우기 위해서 노는 방법을 가르쳐주는 곳에 찾아다니기까지 했기 때문에 학교에 가지 못했습니다. 그러다가 2학년 때 군대에 갔고 군대에 가서 깊은 산 속에서 보초를 서다가 이래서는 안 되겠구나 생각하고 제대한 후에는 교수님 바로 앞 왼쪽 자리를 놓치지 않으려고 정말 열심히 노력했습니다.

그래서 제대한 후 2학년에서 5학년까지 4년 동안 딱 두 번 그 자리를 놓쳤던 적이 있는데 한 번은 타고 가던 버스가 교통사고가 났을 때였고 한 번은 설사가 나서 중간에 내려서 화장실에 가는 바람에 놓쳤습니다. 저를 뽑아주시면 4년 동안 공부했던 것처럼 앞으로 40년 동안 회사에서 가장 먼저 출근하여 일할 것이고 또 1년 동안 터득한 잘 노는 방법을 활용하여 제가 근무하는 사무실이 회사에서 가장 잘 노는 사무실로 만들 자신이 있습니다."라고 대답했다는구나.

물론 그 사람은 지방대학 출신 학생으로서 입사하기 거의 불가능한 회사에 당당히 합격하였다는 신문의 전면 특집 기사를 읽었고 아버지가 가르치는 학생들에게 종종 이야기해주곤 했었다. 이 학생의 경우도 앞에서 이야기한 두 명의 취업자와 방향은 달랐지만 공부하는 교실, 즉 현장에 충실한 것이라고 생각된다. 그 학생이 아니라고 하더라도 누구든지 이 학생처럼 공부했다면 똑같은 결과를 얻었으리라 생각한다.


사랑하는 아들아!

이처럼 현장이 중요하다. 현장에 답이 있으니 우선 현장에 나가보기 바란다. 네가 어디서 무슨 일을 하든지 현장이 없는 일은 없을 것이다. 목회를 하게 된다면 자주 교인들의 목소리를 듣기 위해서 노력해야 할 것이고 교인 중에 어떠한 어려움이 있는지, 필요한 것은 없는지, 아픈 사람은 없는지, 하고 싶은 이야기가 무엇인지, 신앙생활을 하면서 고민은 없는지 등등 앉아서 기다리지 말고 적극적으로 찾아다녀야 비로소 보이는 것들을 놓치지 말기 바란다.

네가 만약 변호사 일을 하게 된다면 고객이 의뢰한 사건을 변호함에 있어서 사건 현장을 반드시 찾아가기 바란다. 특히, 형사사건이나 큰 문제가 생긴 사건의 경우 사건이 일어난 시간을 전후해서, 사건이 일어난 계절과 시기에 현장에 가보지 않고 변론을 하는 것은 좀 과장하면 '눈 가리고 아웅'하는 것이라고 할 수 있을지도 모르겠다.

네가 만약 다른 사람을 가르치는 일을 하게 된다면 너에게 배우는 사람들과 가르치는 현장이 아닌 곳에서 그들의 진솔한 이야기를 듣고 그들의 속마음을 보기 바란다. 너도 모르는 너만의 습관이나 버릇은 없는지, 네가 자주 사용하는 언어 중에 교정할 부분은 없는지, 네가 표현하는 내용 중에 좀 다른 방법으로 바꾸면 훨씬 더 효율적일 수 있는 부분은 없는지 살펴보기 바란다.

새로운 책을 쓴다면 네가 쓸 책과 비슷한 내용의 책이 몇 권이나 발행되었고 어떠한 내용인지 알아보아야 할 것이고 관련된 책을 수십 권 읽어보고 분석하는 것이 우선이다. 어떤 시험에 도전할 때는 시험공부를 시작하기 전에 과거 수년 동안의 기출문제를 먼저 풀어보고 공부 계획을 세우는 것이 지름길이다. 비즈니스를 시작하게 된다면 그 비즈니스 현장에 가서 최소한 1년 이상 현장체험을 해보기 바란다. 결혼을 하려면 상대방을 최소한 1년 이상 만나보고 마음을 정하는 것이 좋을 것이라고 생각한다.


사랑하는 아들아!

나이가 들면서 너 자신의 일에 전문성이 길러질수록 현장이 더 중요하다. 젊은 사람은 현장 감각이 뛰어나지만 나이 든 사람일수록 현장 감각이 점점 둔해지기 때문이다. 무슨 일을 하든지, 어떠한

일을 계획하든지 우선적으로 현장을 중시하는 아들이 되기를 기대
한다.

발로 뛰는 아들이 되기를
기도하는 아버지가…

# 18. 시간을 아껴서 사용하라

사랑하는 아들아!

어느 젊은 사형수가 있었다. 사형을 집행하던 날 형장에 도착한 그 사형수에게 최후의 5분이라는 시간이 주어졌다. 28년을 살아온 그 사형수에게 마지막으로 주어진 최후의 5분은 비록 짧았지만 너무나도 소중한 시간이었다.

마지막 5분을 어떻게 쓸까? 그 사형수는 고민 끝에 결정을 했다. 자신을 알고 있는 모든 이들에게 작별 기도를 하는 데 2분, 오늘까지 살도록 인도해주신 하나님께 감사하고 곁에 있는 다른 사형수들에게 한 마디씩 작별 인사를 나누는 데 2분, 나머지 1분은 눈에 보이는 자연의 아름다움과 지금 최후의 순간까지 서있게 해준 땅에 감사하기로 마음을 먹었다.

눈에서 흐르는 눈물을 삼키면서 가족들과 친구들을 잠깐 생각하며 작별인사와 기도를 하는데 벌써 2분이 지나버렸다. 그리고 자신에 대하여 돌이켜보려는 순간 '아~! 이제 3분 후면 내 인생도 끝이구나.' 하는 생각이 들자 눈앞이 캄캄해졌다. 지나가버린 28년이란 세월을 아껴서 사용하지 못한 것이 정말 후회되었다.

'아~! 다시 한 번 인생을 더 살 수만 있다면…' 하고 회한의 눈물을 흘리는 순간! 기적적으로 사형집행 중지명령이 내려와서 간신히 목숨을 건지게 되었다고 한다. 구사일생으로 풀려난 그는 사형집행 직전에 주어졌던 그 5분간의 시간을 생각하며 평생 '시간의 소중함'을 간직하고 살았으며 하루 하루, 순간순간을 마지막처럼 소중하게 생각하며 열심히 살았다고 하는구나. 이 사형수는 러시아의 유명한 언론인이자 소설가인 도스토옙스키였다고 한다.

그는 사형에서 풀려난 이후 마지막 5분을 생각하면서 한순간도 시간을 헛되이 사용하지 않았다고 한다. 그리하여『죄와 벌』,『카라마조프의 형제들』,『영원한 만남』 등 수많은 불후의 명작을 발표하였고 세계 문학사상 가장 위대한 소설가라는 명성을 얻게 되었다고 한다.


사랑하는 아들아!

그런데 시간이 무엇인지 한번 생각해본 적이 있느냐? 시간이 무엇일까? 시간의 본질과 정체성이 과연 무엇일까? 1분 2분…, 한 시간 두 시간…, 하루 이틀…, 한 달 두 달…. 이것이 시간일까? 시계가 없어서 시간이 흘러가는 것을 측정하지 못한다면 시간이 가지 않는 것일까? 1분 2분…, 한 시간 두 시간…, 하루 이틀…, 한 달 두 달…. 이러한 것이 없어도 시간은 흘러가고 있다. 봄 여름 가을 겨

울은 시간이 흘러가면서 보여주는 현상일 뿐, 그 자체가 시간은 아닐 것이다.

물리학자들이 밝혀낸 것은 "시간이 무엇인지 잘 모르겠다"는 것이라고 한다. 시간이 흘러가고는 있는데 그 본질이 무엇인지 모른다는 뜻이다. 그런데 비록 시간이 무엇인지는 잘 모르지만 시간에 대하여 두 가지는 알 수 있다고 한다. 한 가지는 "언제인지는 모르지만 시간이 시작되는 시점이 있었다"는 것이고 다른 하나는 "시간의 길이는 절대적이지 않다"는 말이다.

시간이 시작되는 시점이 있었다는 말은 시간이 처음 어떻게 존재하게 되었는지를 설명하는 것이다. 이 세상의 모든 것은 존재의 원인이 있다. 너는 네 어머니와 아버지로 인하여 이 세상에 존재하게 되었고 모든 생물은 부모가 있어서 이 세상에 태어날 수 있었다. 마찬가지로 모든 물건은 그 물건을 만든 사람이 있었기 때문에 이 세상에 존재할 수 있었던 것이다. 해, 달, 별도 마찬가지고 모든 물질도 마찬가지일 것이다. 산소, 수소, 공기, 물, 백금, 다이아몬드가 존재하게 된 것도 역시 그 이유가 있을 것이다. 시간도 마찬가지다. 시간을 존재하게 한 그 무엇이 있었기 때문에 존재하게 된 것이다.

시간이라는 것이 지금 여기 있고 시간이 지금 이 순간에도 흘러가고 있으니 존재론적 의미에서 생각해보면 모든 것이 존재하게 된 것은 존재하게 하는 요인이 있었기 때문에 결국 시간도 그 존재하게 되는 요인이 있었고 시간의 시작점이 있었다는 것이다. 시간의 시작점이 있었는데 그 시점이 언제인지 알 수는 없다는 것이 물리학자들의 의견이다.

그렇다면 우리는 이것을 어떻게 생각해야 할까? 너는 아무것도 없는 '완전한 무', '절대적 무'에서 하나님이 모든 것을 창조하셨다는 성경의 창조론을 믿을 것이다. 그런데 잘 생각해보면 '아무것도 없는 완전한 무'라는 것을 이해하기가 쉽지 않다. '아무것도 없다'는 상황이 우리 인간의 머리로는 쉽게 이해되지 않는 것이다. 우리는 모든 것이 존재한 상태에서 태어나기 때문에 존재하는 모든 것은 당연한 것으로 여기고 있기 때문일 것이다.

그런데 성경은 "태초에(in the beginning)"라는 단어로 시작하고 있다. 그 뜻은 아무것도 없는 절대적인 무로부터 시간이 시작되는 시점이 있었고 그 시점을 "in the beginning(태초에)"이라고 기록하고 있다. 시간이 우연히 존재하게 되었다든지, 시간은 원래부터 있었다든지 하는 말은 시간이 어떻게 존재하게 되었는지를 설명하는 말은 아닐 것이다. 성경에서는 하나님이 시간을 만드셨다고 기록하고 있다. 하나님께서 시간을 만드시고 시간이 흘러가도록 하신 것이다. 우리는 시간이 어떻게 흘러가는지 알 수 없다. 그러나 시간을 시작하게 하신 분은 어떻게 하면 그것이 흘러가게 하는지 알 수 있을 것이다.

그렇다면 "시간의 길이가 절대적이지 않다"는 말은 무슨 뜻일까? 한 시간은 60분이고 하루는 24시간인 것은 사실이다. 사실 시간의 물리적 길이는 항상 일정하고 시간이 흘러도 똑같은 것이 사실이다. 그런데 "시간의 길이가 절대적이지 않다"는 말은 시간이 누구에게나 똑같은 길이로 적용되지는 않는다는 것이다. 너도 이런 경험이 있으리라 생각한다. 어떤 날은 시간이 정신없이 빨리 가고 어떤 날은 천천히 가는 것 같은 느낌 말이다. 하루가 똑같은 24시간인데 어떤 날은 빨리 가는 것처럼 느껴지고, 어떤 날은 천천히 가는 것처럼 느껴졌을까? 그것은 바로 시간의 길이가 절대적이 아니라는 것을 보여주는 것이다.

어떻게 하면 하루 시간이 천천히 흘러가도록 할 수 있을까? 어떻게 하면 하루가 24시간이 아니라 26시간인 것처럼 사용할 수 있을까? 너에게 주어진 시간이 천천히 흘러가서 다른 사람보다 매일 2시간씩 더 사용할 수 있다면 너에게 어떠한 일이 일어날까? 매일 2시간씩 저축한다면 1년 동안 무려 700시간 넘게 쌓일 것이다. 그 정도의 시간을 투자한다면 너는 다른 사람들이 하지 못하는 많은 일을 할 수 있을 것이고 다른 사람보다 더 큰 업적을 남길 수도 있을 것이다.

그런데 우리가 시간을 아껴서 사용한다면 하루에 두 시간 정도는 충분히 저축할 수 있을지도 모른다. TV를 보는 시간, 특별한 목적 없이 인터넷을 사용하는 시간, 아무것도 안 하고 빈둥거리는 시간. 이처럼 별생각 없이 헛되게 보내는 시간을 모으면 하루에 2시간은 족히 될 것이다. 때로 빈둥거리는 시간도 필요하지만 매일 빈둥거린다면 생활 습관을 고치는 것이 좋다.

사랑하는 아들아!

어떻게 하면 시간을 알차게 활용할 수 있을까? 아버지의 생각으로 몇 가지 방법을 너에게 알려주고자 한다.

첫째, 계획을 세우기 바란다. 머릿속으로만 생각하는 것은 시간을 효율적으로 사용하는 방법이 되지 못한다. 처음에 이것을 하고 다음에 저것을 한다는 생각만으로는 일이 제대로 되어질 수 없다. 대부분의 스트레스와 비효율성은 계획을 세우지 않고 일을 할 때 나타나는 부작용이다. 이렇게 일을 하면 업무 집중도가 현저하게 떨어질 뿐만 아니라 추진력도 떨어지는 것은 당연한 일이다.

따라서 이번 주에 해야 할 일이 무엇인지, 오늘 해야 할 일이 무엇인지 적어보기 바란다. 디지털 도구를 사용할 수도 있지만 종이에 손글씨로 기록을 하는 것이 좋다. 왜냐하면, 손으로 쓰는 동안 그 글씨를 보면서 머릿속으로는 재배치하는 과정이 일어나기 때문에 디지털 기기에 입력하는 것보다 손으로 쓰는 것이 훨씬 더 구체적이고 오래 기억된다고 한다. 왜냐하면, 우리는 어릴 때 처음 글씨 쓰는 것을 배우면서 종이에 쓰는 것부터 배웠기 때문이라고 한다. 다시 말하면 무엇을 할 것인가를 기록하는 순간 이미 우리의 뇌는 조준해야 할 과녁이 무엇인지 정확하게 정리하게 된다.

짧게는 한나절의 계획이 있고 하루의 계획도 세울 수 있지만 주 단위로 계획을 세우면 지키기 어렵지 않다. 우리의 생체 리듬이 주 단위로 돌아가기 때문이다. 또 길게는 4~5년 단위로, 10년 단위로 장기 계획을 세우면 비록 그 계획이 지켜지지 않는다고 하더라도 왜 지켜지지 않았는지를 점검할 수 있기 때문에 계획을 세우지 않는 것에 비해 훨씬 더 효율적으로 시간을 활용할 수 있다.

둘째, 규칙을 만들어라. 일하는 동안 큰 규칙, 작은 규칙을 세워서 큰 규칙은 장기간의 계획에 적용하고 작은 규칙은 단기간의 계획에 적용한다면 훨씬 더 효율적일 것이다. 예를 들면 '스마트폰의 SNS는 하루에 두 번만 확인한다', '개인용 e-mail은 아침에 한 번만 열어 본다', '토요일 오전에는 반드시 운동한다' 등등의 규칙을 세우면 아주 특별한 일이 없으면 그 원칙을 지키게 되는 것이다.

사람이 아무리 철저하게 자기 관리, 시간 관리를 한다고 하더라도 반드시 허점이 있게 마련이다. 네가 아무리 규칙을 잘 만든다고 하더라도 규칙대로 할 수 없는 경우가 반드시 일어나게 된다. 따라서 규칙은 주기적으로 수정하고 보완해야 한다. 그러나 규칙이 없다면 시간을 알차게 활용한다는 것은 거의 불가능하다고 보면 된다. 자고 싶다고 자고 놀고 싶다고 논다면 장기적으로 세운 계획을 이룰 시간은 절대적으로 부족하게 되고, 결국 해야 할 일은 미뤄지게 되며 이러한 것이 점점 쌓이게 되면 결국 장기계획에 차질이 생기게 되고 장기계획에 차질이 생기면 인생 전체에 차질이 생기는 것과 마찬가지일 것이다.

셋째, 자투리 시간을 잘 활용하라. 아버지가 가장 못한 것이 자투리 시간을 활용하는 것이었다. 예를 들면 수업 중간에 한 시간 여유가 있다든지, 버스를 타고 어디엔가 도착했는데 예정보다 한 시간 일찍 도착했다든지, 사람을 만나기로 했는데 상대방이 한 시간 늦는다고 연락이 왔다든지 하는 경우다. 이럴 때 너는 어떻게 그 자투리 시간을 활용할 생각이니?

아버지는 그 시간을 그냥 흘려보냈던 것 같다. 그리고 이처럼 짧은 공백이 생길 경우 집중하지 못하는 약점이 있어서 늘 아쉽게 생각하는 대목이다. 그런데 주변에 보면 이러한 자투리 시간을 알차게 활용하는 사람들이 많이 있음을 알게 된다. 그리고 자투리 시간을 알차게 활용하는 분들은 대부분 성공한 사람들이다.

그래서 될 수 있으면 자투리 시간에 할 일을 항상 준비하고 다니는 것도 좋은 방법일 것이다. 자투리 시간에 할 수 있는 가장 좋은 일은 책 읽는 것이다. 지하철 안에서, 기차나 비행기를 타고 이동하면서, 누군가 사람을 기다리는 중에 책을 읽는다면 1년 동안 수십 권의 책을 읽을 수 있을 것이다. 이것이 평생 쌓이면 따로 책 읽는 시간을 내지 않아도 많은 책을 읽게 되는 결과를 얻을 수 있을 것이다.

사랑하는 아들아!

우리는 시간을 조절할 수 없다. 시간의 길이를 조절하는 것은 시간을 창조하신 하나님의 영역에 속하는 것이기 때문이다. 성경에서는 "세월을 아끼라 때가 악하니라(엡 5:16)"라고 말씀하고 있다. 시간을 아껴서 사용하라는 말이다. 그런데 그 앞에는 "너희가 어떻게 행할지 자세히 주의하여 지혜 없는 자같이 하지 말고 오직 지혜 있는 자같이 하여"라고 기록하고 있다. 시간을 아껴서 사용하는 것은 지혜 있는 자가 하는 일이라는 뜻이다. 시간을 아껴서 사용하면 지혜를 얻을 수 있다는 뜻으로도 해석될 수 있을 것이다.

비록 사람이 시간을 조절하지는 못하지만 각자 자신에게 주어진 시간이 천천히 흘러가게 하거나 빠르게 흘러가게 하는 일은 전적으로 자신에게 달려있기 때문에 시간을 천천히 흘러가게 하는 방법으로 활용의 묘를 살리기 바란다. 시간을 헛되이 사용하지 않으면 우리가 느끼는 시간은 천천히 흘러가게 될 것이다. 시간을 아껴서 하루를 26시간으로 사용하는 멋진 아들 되기를 기도한다.

하루를 26시간으로 살아가는
아들이 되기를 기도하는 아버지가…

# 19. 과거를 기록으로 남겨라

사랑하는 아들아!

오늘은 무척 화창한 날씨에 마음도 화창하고 그 덕분에 몸 상태도 최고의 컨디션을 유지하고 있구나. 이런 날이면 젊은 청년의 시절로 돌아가서 운동장에서 뛰놀고 싶은 마음이 가득하단다. 그런데 아버지의 젊은 시절을 돌아보니 열심히 운동하고 재미있게 놀았던 기억은 있는데 운동할 때 어떠한 생각으로 운동했는지 모르겠구나. 또 친구들과 열심히 놀 때 무슨 생각으로 놀았는지도 모르겠고 그 당시의 마음이 어떠했는지를 확인할 길이 없단다. 그래서 오늘은 네가 살아가면서 느끼는 네 감정의 조각들과 중요한 일들을 너의 관점에서 기록으로 남겨놓기를 바라는 마음으로 이 글을 쓴다.

기록은 역사라고 생각한다. 사람이 살아가는 80여 년의 삶을 마치고 이 세상을 떠나면서 자신의 이름이 새겨진 역사는 남기고 떠나야 하지 않을까? 그래서 우리 속담에 "호랑이는 죽어서 가죽을 남기고 사람은 죽어서 이름을 남긴다."라는 말이 있는 것 아니겠니? 그런데 실제로 일어났던 수많은 일 중에 기록으로 남은 역사가 얼마나 될까? 사람이 살아가면서 일어나는 일 중에서 의미 있다고 생각되는 극소수만이 역사라는 이름으로 남아서 후세에게 읽히고 있을 것이다. 네가 살아온 흔적은 너 자신에게나 네 후손에게 있어서는 중요한 역사임에 틀림없지만 기록으로 남기지 않으면 역사가 될 수 없는 것이다. 따라서 앞으로는 기록으로 남겨서 훗날 누군가 읽고 보고 들을 수 있도록 너 자신이 역사를 기록한다고 생각하고 살아가기를 기대한다.

네가 살아가고 있는 삶을 역사로 남기는 것은 단지 후세 사람들을 위해서만은 아니라 너 자신을 위한 것이 될 수도 있다. 왜냐하면, 네가 살고있는 지금의 현실이 역사가 된다고 하면 결코 소홀하거나 의미 없는 삶을 살지 않을 것이기 때문이다. 만약 어떤 사람이 식목일 날 동사무소에서 나누어준 나무 다섯 그루를 심으면서 '나는 지금 지구 한 부분을 푸르게 만들고 있는 중이다!'라고 생각한다면 그것은 위대한 역사가 될 수 있지만 '왜 귀찮게 쉬는 날 나무를 심으라고 하는 거야?'라고 생각하면서 마지못해서 했다면 그것은 역사가 될 수 없을 것이다.

사랑하는 아들아!

세상을 어떠한 시각으로 바라보고 살아가느냐 하는 것은 이처럼 하찮은 일이 될 수도 있고 역사가 될 수도 있을 것이다. 따라서 네가 살아가면서 역사의식을 가지고 너의 행적을 기록으로 남기기 바란다.

어떻게 하면 네가 효율적이고 정확한 기록으로 남길 수 있을까? 그리고 어떻게 하면 네가 남긴 역사가 다른 사람에게 읽힐 수 있을까? 예전에는 단순하게 붓이나 펜으로 종이에 기록하는 방법 외에는 달리 방법이 없었지만 최근에는 음성으로 녹음하는 방법도 있고 스마트 기기를 사용하여 남기는 방법도 있고 컴퓨터를 사용하여 기록하는 방법도 있고 사진이나 영상자료로 남기는 방법도 있을 것이다. 이러한 기록을 보관하는 방법도 네 주변에 보관하기도 하지만 최근에는 클라우드에 남기는 방법도 있을 것이다.

앞으로 얼마나 더 효율적인 기록장치가 사용될지 알 수 없지만 그래도 기본이 되는 것은 종이에 남기는 방법일 것이다. 스마트 기기에 기록을 남겼다고 하더라도 결국에는 인쇄된 책으로 남길 때 읽는 사람에게 더 큰 감동을 줄 수 있기 때문이다. 가상의 공간에 저장해둔 디지털 역사를 꺼내어 볼 때와 타임캡슐에서 발견한 수백 년 전의 종이에 저장된 역사를 꺼내어 볼 때의 감동은 차원이 다를 것이라고 생각한다.

물론 컴퓨터에 기록한 역사는 쉽게 꺼내 볼 수 있는 이점이 있다. 반면에 종이에 기록된 역사는 한 장 한 장 넘기면서 맛보는 깊은 맛이 있을 것이다. 손으로 종이에 기록하는 것은 뇌의 활동을 자극시킬 수 있다는 이점이 있는 동시에 훗날 역사를 읽는 사람에게 기록한 사람의 마음과 정신을 한꺼번에 전달해줄 수 있어서 좋다. 컴퓨터로 현대화 사회에서 손 글씨로 종이에 기록하는 것은 쉬운 일이 아니겠지만 디지털 자료를 책으로 만들어서 도서관에서 보관하도록 하는 것은 그 자체로도 네 흔적을 남기는 것이기 때문에 큰 의미가 있다고 생각한다.

특히 네가 경험한 것이나 책에서 느낀 감동을 역사라는 이름으로 기록해둔다면 비록 그 기록이 역사가 될 만큼 오랜 시간이 지나지 않아 자신이 돌아볼 때도 큰 의미를 가지는 것이라고 생각한다. 너 자신이 그 하루를 어떻게 보냈는지, 이미 과거가 된 어제라는 시간에 어떠한 생각을 했으며 어떻게 시간을 보냈는지도 중요한 역사가 될 수 있으리라 생각한다. 기록의 역사로 남긴다면 말이다.

사랑하는 아들아!

성공한 사람들의 공통점은 기록하는 습관을 가진다는 것이다. 누구나 다 알고 있는 일이지만 누구나 다 할 수 있는 일은 아니다. 적자생존(適者生存)이라는 말이 있다. 원래 이 말은 생물학 용어로서 환경에 적응하는 생물이 살아남는다는 진화론적 개념이 들어있는 말이다. 그러나 이 말을 '적는 자가 생존한다'라는 의미로 사용하는 사람이 있더구나. 아버지가 어떤 분을 만난 적이 있는데 이분은 서울에서 중소기업을 운영하는 분인데 자신은 살아오면서 30대 이후부터 40년 동안 모든 것을 기록으로 남겼다고 하더구나. 언제 어디에서 누구를 만나서 어떤 음식을 먹었는지까지도 기록하고 있었는데 이 정도 되면 집착이라고 할 수 있지만 의미 있는 순간이나 중요한 일은 기록으로 남기는 것이 좋겠다.

특히, 어떠한 일이 분명한 목적을 가지고 장기간에 걸쳐 어렵게 이룩한 것이라면 반드시 기록으로 남기는 것이 좋으리라 생각한다.

활자로 기록하는 것이 어려우면 인스타그램에 사진을 남기는 것도 역사를 기록하는 일이요, 페이스북에 사소한 감정의 편린을 남기는 것도 역시 역사를 기록하는 일일 것이다.

네가 남기는 기록의 역사는 어떻게 활용되느냐에 따라 큰 영향을 발휘할 수도 있을 것이다. 사소한 일기도 좋고 편지라면 더 좋고 독후감이라면 훨씬 더 좋을 것이다. 그러나 이러한 기록은 일정한 방향성을 가지고 남기는 것이 좋을 것이다. 예를 들면 친구와의 우정을 다양한 내용으로 기록으로 남기는 것도 의미 있고 가족 간의 소소한 재미를 따뜻한 마음으로 남기는 것은 읽는 사람들로 하여금 포근하고 안정된 마음을 느끼게 할 것이다. 네가 자녀를 키우면서 경험했던 시행착오와 실수를 기록한 것은 네 아들이 아들을 키울 때 교과서로 사용할 수 있을 만큼 소중한 기록이 될 것이다.

직장에서 중요한 일을 맡아서 할 때 공식적으로 기록으로 남기지 못한 후일담을 기록하는 것은 10년이 채 지나지 않아서 반드시 찾는 곳이 나타날 만큼 중요한 역사일 수 있다. 기억은 지워지지만 기록은 지워지지 않는다. 기억은 실수가 있지만 기록은 실수가 없다. 기억은 증거가 되지 못하지만 기록은 증거가 된다. 기록은 이처럼 많은 이점이 있다. 기록의 역사는 잊혀질 만큼의 시간이 지난 뒤에라도 다시 꺼내 보면 기록할 당시에 느꼈던 감동 이상의 감동을 너 자신에게 선물하게 될 것이다.

역사는 과거의 기록이다. 그러나 기록은 미래의 역사도 될 수 있을 것이다. 현재를 살아가는 자신이 미래를 살아갈 자신에게 보내는 기록을 미래에서 읽으면 그것은 과거에 기록한 미래의 역사가 될 것이다. 따라서 우리는 현재에 미래의 역사를 기록하는 희열과 기대감도 맛볼 수 있을 것이다.

기록으로 남겨지지 않은 역사는 역사가 될 수 없다. 자연에서 일어난 모든 과정도 자연에 고스란히 기록되어 있다. 이것을 자연의 역사라고 한다. 지금의 자연을 보면 과거의 역사를 알 수 있다는 말이다. 과거 언젠가 큰 격변이 있었다면 그 격변을 경험한 자연에는 반드시 흔적이 남는다. 그 흔적이 지층이든지 화석이든지 지구 어딘가에 흔적이 남아있게 되고 이 흔적을 살펴보면 과거에 어떠한 일이 있었는지 알 수 있는 과거의 역사가 된다. 따라서 자연은 거대한 기록을 가지고 있는 역사책이다. 자연은 이러한 기록을 거대하게 남기지만 사람은 그렇게 큰 기록을 남길 수 없다. 그저 작은 기록이라도 남겨서 역사의 한 귀퉁이에 작은 흔적이라도 남기는 것이 삶의 흔적일 것이다.

유명한 사람은 살아있을 때나 혹은 죽은 후에 전기(biography)나 평전을 남기게 된다. 후세 사람들이 그 사람의 전기를 읽고 도움이 된다면 그것도 의미 있는 일이 될 것이다. 그러나 유명한 사람이 아니라고 해서 전기를 남기지 못하는 것은 아닐 것이다. 다른 사람들이 인정해줄 만큼 큰 업적을 남기지 않았다고 하더라도 특정한 방향을 가지고 자신이 살아온 삶의 철학을 담아서 '나는 이렇게 살았다!'라는 기록을 남긴다면 이것은 유명한 사람들의 전기 못지않은 전기가 될 것이다. 비록 시골에서 농사짓고 살아온 농부라고 하더라도 최선을 다하여 열심히 생활했고 후세에 귀감이 될 만한 분이라면 충분히 전기를 남길 수 있고 그분의 삶은 역사가 될 수 있을 것이다.

사랑하는 아들아!

기록이 얼마나 중요한지를 볼 수 있는 특별한 인물이 한국 기독교 역사에 있어서 너에게 소개하고자 한다. 전북 김제에 기역자 형태의 금산교회가 있다. 테이트(최의덕 1862~1929) 선교사가 1904년 김제 용화마을에 선교를 할 때, 이 마을의 부자였던 조덕삼이라는 분이 자신의 집 사랑채를 예배당으로 제공했고 이것이 금산교회의 출발이었다. 그의 집에는 이자익이라는 머슴이 일하고 있었는데, 어린 시절 공부를 전혀 하지 못했지만 주인 아들인 조영호와 함께 공부하면서 천자문을 줄줄 외울 정도로 총명했다고 한다. 머슴 이자익은 주인 조덕삼의 배려로 신앙 생활도 같이할 수 있었고 주인과 머슴이 함께 교회의 집사가 되었으며 1907년 장로를 선출하는 투표에서는 주인을 제치고 머슴이 장로로 선출된 것이다.

당시에는 신분질서가 명백한 시절이어서 있을 수 없는 일이었지만 조덕삼은 "우리 금산교회 성도님들은 훌륭한 일을 했습니다. 저희 집에서 일하는 이자익은 저보다 신앙의 열의가 훨씬 높습니다. 그를 장로로 뽑아주셔서 감사합니다."라는 인사말을 남기게 되었다. 주인을 누르고 장로로 선출된 머슴을 조금도 미워하는 표정이 아니었으며 장로가 된 자기 집 머슴 이자익이 설교할 때 조덕삼은 교회 바닥에 꿇어앉아서 설교를 들었다고 한다.

몇 년 후 주인도 장로가 되었는데 기역자 모양으로 교회를 건축하도록 자신의 땅을 헌납했다고 한다. 당시에는 기역자 중심에 강대상이 놓였고 양쪽 날개 부분에 남자와 여자가 따로 앉도록 했으며 예배 도중 남녀가 얼굴을 바라볼 수 없도록 중간에 휘장을 쳤었다고 한다.

　그리고 주인 조덕삼 장로의 배려로 이자익은 신학교를 졸업하여 목사가 되었고 1915년 금산교회 2대 목사로 부임하게 되었는데 적극적으로 청빙한 사람이 조덕삼 장로였다고 한다. 자기 집 머슴이었던 이자익을 담임목사로 깍듯이 예우했고 이로 인해 많은 사람들에게 존경받았다고 한다. 금산교회 이야기는 100년 전 양반과 머슴의 엄격했던 신분질서를 초월한 희생과 섬김이 예수님의 사랑을 실천한 기록으로 남아있는 현장이기 때문에 매주 많은 방문객이 찾는 역사가 된 것이다.

　잠시 잠깐 스쳐 지나가는 기억들을 간단하게 기록해둔 메모 한 장은 하찮은 기억 조각에 불과하지만 이 한 조각이 후세의 역사를 바꾼 경우가 많이 있다. 위대한 발명품 중에는 순간의 기억을 기록으로 남겨서 체계화한 것도 있고 순간에 떠오르는 아이디어를 기록으로 남겼다가 큰 업적을 남긴 사람들도 있다.

　기록은 결정하기 어려운 삶의 우선순위를 결정하는 데 도움을 줄 수 있다. 판단이 서지 않을 때, 확신이 서지 않을 때 기록으로 남기기 바란다. 그 기록이 너 자신의 삶을 의미 있게 바꿔줄 것이고 네 미래를 아름답게 변화시켜줄 것이다. 네 기록의 역사 한 모퉁이에 아버지의 작은 흔적이라도 한 조각 남아있다면 더 이상 바랄 것이 없겠다.

　　　　　기록을 중요하게 생각하는 아들이 되기를 기도하는 아버지가…

# 20. 위기의 순간에 오는 기회를 잡아라

사랑하는 아들아!

네가 지난번에 어렵고 힘든 일을 잘 이겨냈다는 소식을 듣고 '역시 우리 아들이구나! 네가 아버지의 아들인 것이 자랑스럽다!'라는 생각이 들었다. 그런 마음이 들었지만 말로 표현하지 못하고 여기 책을 통해서 그때의 마음을 전하고 싶구나. 너도 이번에 힘든 상황을 통해서 많은 것을 느꼈고 다시 한 번 생각해보는 기회를 가지게 되었겠지만 힘든 상황을 이겨낸 후에는 오히려 새로운 길이 열리고 더 크게 성장하고 발전하는 기회가 너에게 주어진다는 것을 깨달았을 것이다.

남아프리카의 다이아몬드 광산 개발 초기에 있었던 일이다. 어떤 농부가 다이아몬드 광산을 발견하여 일확천금의 기회를 잡으려는 꿈을 가지고 모든 토지와 집을 팔아서 고향을 떠났다고 한다. 그는 전국을 이 잡듯이 뒤졌지만, 다이아몬드 광산을 발견하지 못해서 전 재산을 모두 탕진하였고 결국에는 자살로 생을 마감하고 말았다고 한다.

그런데 그 농부의 땅을 산 사람은 열심히 일하여 잘 가꾸었는데 어느 해에 홍수가 나서 경작하던 밭이 두 동강이 나고 말았단다. 망연자실하여 홍수가 쓸고 간 곳을 복구하는 일을 하다가 잠시 앉아서 쉬는 시간에 발밑에서 반짝거리는 돌을 발견하여 하나를 주워다가 거실 식탁에 놓아두었다는구나. 며칠 후 이웃집 사람이 놀러 왔다가 우연히 그 돌을 보더니 이렇게 큰 다이아몬드를 어디서 구했느냐며 깜짝 놀랐다고 한다.

그 말을 들은 주인은 자신의 두 동강 난 밭 자락에서 보았던 반짝이던 돌멩이를 생각하며 흥분의 도가니에 휩싸이게 되었고 그것이 다이아몬드라는 것을 처음 알게 되었다는구나. 그리고 두 사람은 그 길로 밭에 가서 땅을 이곳저곳 파 보았더니 수없이 많은 다이아몬드가 묻혀 있는 다이아몬드 광산이었다고 한다. 그 밭은 세계에서 제일 큰 다이아몬드 광산으로 개발되었고 밭 주인은 홍수로 두 동강 난 토지로 인해 일약 세계적인 부자가 되었다고 한다.

다이아몬드 광산으로 탈바꿈한 두 동강 난 토지 이야기는 우리에게 많은 교훈을 선사해주고 있단다. 처음 토지의 주인은 자신의 밭이 세계 제일의 다이아몬드 광산인 줄도 모르고 그 땅을 헐값에 팔아버렸고 한 개의 다이아몬드도 구경하지 못했을 뿐 아니라 전 재산도 탕진하고 불행하게 삶을 마감하고 말았다. 반면에 홍수로 인한 위기 상황에도 꿈을 잃지 않고 재기의 노력을 한 농부는 일약 부자가 된 이야기를 통하여 '위기가 곧 기회'라는 교과서적 교훈을 한 번

되새기게 되는구나.

사랑하는 아들아!

네가 만일 땅을 샀던 농부라면 홍수로 두 동강 난 밭을 다시 원래대로 되돌리기 위한 노력을 할 수 있었을까? 그 농부는 밭이 두 동강 났을 때 그것이 기회인 줄 모르고 그저 열심히 일했을 뿐이지만 그 위기가 기회로 바뀐 것이었단다. 위기를 한자로 위기(危機)라고 쓰는데 그 뜻은 '위험한 기회'라는 말이다. 다시 말하면 위기는 위험하기만 한 것이 아니라 동시에 기회가 되기도 한다는 말이다. 사람들 대부분은 자신에게 위기가 다가오면 그 위기를 피할 생각을 하지만 기회가 된다는 생각은 잘 하지 않는 것 같다. 그러나 위기일수록 침착하게 잘 대처하면 너에게 큰 기회로 다가올 것이라고 생각한다.

사람이 나이가 들어가면 이러한 생각을 하기는 쉽지 않다. 젊은 이의 특권은 한 번 넘어져도 다시 일어날 수 있고 한 번 실패해도 다시 성공할 수 있다는 점이다. 그래서 아버지는 오히려 너에게 위기를 즐기라고 권하고 싶구나. 그저 편안과 안정 속에 안주하지 말고 모험을 즐기며 새로운 것에 도전하기를 기대한다. 실패를 두려워하여 도전하지 못하는 일이 없었으면 좋겠다.

우리는 자신도 모르는 사이에 다가온 기회를 기회인 줄도 모르고 놓치는 경우도 종종 있고 기회가 오지 않았다고 원망하면서 지내는 경우가 있는 것이 사실이다. 그런데 그것이 기회였는지 아닌지를 판단하고 기회일 경우에만 행동한다면 결코 자신에게 다가온 기회를 잡지 못할 것이라 생각한다. 그저 묵묵히 맡겨진 일을 성실하게 하다 보니 나중에 그 문제가 해결된 이후에, 그 일이 잘 해결되어 성공한 이후에 그것이 진정한 기회였다는 것을 깨달아 알게 되는 것이리라.

성경에 보면 위기를 기회로 바꾼 사람들의 진정한 승리가 많은 곳에 기록되어 있다. 그 중에 대표적인 사람이 요셉이라는 청년이다. 요셉은 야곱의 12명 아들 중에 막내로 태어나서 부모의 사랑을 한몸에 받으면서 자랐는데 사랑을 많이 받은 만큼 형들에게서 질투와 미움도 많이 받았다. 결국, 아버지의 심부름으로 형들을 찾아갔는데 형들에게 죽임을 당할 뻔했다가 장사꾼들에게 노예로 팔려가게 되었다는 이야기를 너도 잘 알 것이다. 부모의 사랑을 많이 받고 자란 요셉에게 노예 생활은 정말 견디기 힘들었을 것이다. 육체적 어려움보다 형들에게 배신당한 정신적인 충격이 얼마나 컸을지 너도 짐작할 수 있을 것이다. 보통 사람이라면 배신감과 복수심으로 모든 것을 포기하고 체념하며 살았을 지도 모를 일이다.

그러나 요셉은 전혀 다른 인생을 살았다. 이집트의 군대장관 보디발의 집을 잘 관리했지만 부인의 성적 유혹을 뿌리쳤다가 성폭행 미수범으로 몰려 감옥에 갇히게 되었으니 이 얼마나 기가 막힌 이야기겠니? 더구나 성적인 유혹을 뿌리쳤지만 파렴치범으로 몰려있는 상태니 얼마나 억울하고 원망스러웠겠니? 그러한 상황에서 감옥에 갇혀있음에도 불구하고 신실하고 성실한 자세를 잃지 않았단다. 왕의 신하가 꾼 꿈을 해석해주며 자신의 억울함을 풀어달라고 했지만 왕의 신하는 감옥에서 나간 후에는 요셉을 잊어버렸단다. 요셉에게는 감옥에서 나갈 수 있었던 기회가 사라진 위기의 순간이 아닐 수 없었을 것이다.

그러한 순간에도 불구하고 요셉은 인간적 배신감이나 복수심에 사로잡히지 않고 계속 하나님을 의지하면서 성실하게 살았다. 자신의 장래가 어떻게 될지 알지 못했지만 어느 순간에도 신앙과 인격은 변함이 없었고 위기 때마다 당황하지 않고 하나님을 바라보면서 살았음을 알 수 있다. 우리는 위기가 다가오면 인간적인 수단과 방법으로 위기를 벗어나려고 할 때가 있다. 그렇게 할 경우 순간적으로는 위기에서 벗어날 수 있을지 모르지만 하나님께서는 기뻐하시지 않으시리라 생각된다.

요셉은 절체절명의 위기상황에서도 하나님만 의지하면서 살았기에 결국 이집트를 총괄하는 국무총리에 오를 수 있었고, 자신의 민족을 구원해내는 큰 도구로 사용될 수 있었다. 요셉을 보면서 순간순간 이어지는 생활에서 중요하지 않은 순간이 하나도 없다는 사실을 너도 알게 되었을 것이다. 위기는 네가 원하지 않는 상황에서 슬며시 너에게 다가와서 너를 최악의 순간으로 밀어넣을 수도 있다. 그러나 위기를 극복하면 오히려 놀라운 기회가 될 수 있고 인생의 새로운 전환점을 맞이할 수도 있다.

위기가 찾아왔을 때 가장 중요한 것은 위기를 대하는 태도일 것이다. 위기를 부정적으로만 생각하지 말고 긍정적으로 생각하는 태도가 중요한 것이다. 위기를 자연스럽게 받아들여야 하며 기회가 될 수도 있다는 긍정적인 믿음을 가지기 바란다. 우리가 하루하루 살아가는 것 자체가 위기를 통과하고 있는 것이라고 해도 과언은 아닐 것이다.

위기는 동전의 양면 같아서 변화가 커지면 위기의 크기도 그에 따라 커지게 된다. 큰 변화에는 큰 위기가 있고 큰 위기 뒤에는 항상 큰 기회가 따라오기 마련이다. 삶을 적극적으로 사는 사람들은 기회가 오기를 기다리지 않고 기회를 만들려고 하는 사람들이다. 남들보다 먼저 변화를 감지하고 그 뒤에 숨어있는 기회를 찾아서 활용하는 능력을 가진 사람이 사회를 이끌어가는 리더의 능력을 가진 사람일 것이다. 따라서 기회가 온다고 표현하기보다 기회는 만들어진다고 표현하는 것이 옳을 수도 있을 것 같다. 뜻이 있는 사람들은 사소한 일도 결코 사소하게 보아 넘기지 않고 사소한 일에서 기회를 발견하는 사람일 것이다.

사소한 일에서 기회를 발견하지 못한 경우는 메이시스 백화점 회장의 예가 적절할 것 같다. 뉴욕의 메이시스 백화점 회장이 20세기 대표적 경영학자인 피터 드러커 박사에게 자문을 구하러 왔다. "우리 백화점의 주력 상품은 패션인데 패션보다 가정용품이 더 잘 팔리고 있어서 문제가 되는데 어떻게 하면 좋겠습니까?" 그 말을 들은 드러커 박사는 잘 팔리는 것을 팔면 되지 무슨 걱정이냐?"고 반문하고 주력 상품을 가정용품으로 전환하도록 조언했다고 한다. 그런데 백화점 회장은 그 조언을 듣지 않았고 20년 동안 계속 패션 상품을 늘리고 가정용품을 오히려 축소하는 노력을 했다고 한다. 너는 그 결과가 어떻게 되었으리라고 생각하니?

20년에 걸쳐 패션 고객은 패션 고객대로 메이시스 백화점을 외면하게 되었고 가정용품 고객들도 역시 백화점을 멀리하는 경향을 나타내 보여주었다고 한다. 더는 버틸 수 없는 상황이 된 이후에야 가정용품에 관심을 가지기 시작했고 백화점의 매출도 점점 증가하였다고 한다. 백화점에서 가정용품 판매가 증가하면 새로운 변화가 일어난 것으로 보고 그 변화에 적극적으로 대처해야 하는데 메이시스백화점 회장은 패션이라는 고정관념에 빠져서 그 변화를 깨닫지 못한 것이다.

위기가 없는 곳은 무덤뿐이라는 말도 있듯이 위기는 우리가 살아 있는 한 겪지 않을 수 없다. 위기를 좋아할 사람은 없지만 잘 선용하면 위기가 우리 삶의 전환점이 될 수 있다. 또 우리가 변화하고 성숙할 수 있도록 도와주는 좋은 도구가 될 수 있다. 무엇보다 위기를 통해 삶의 우선순위를 새롭게 발견할 수 있으며, 가장 중요한 것이 무엇이고 가장 가치 있는 것이 무엇인가를 생각하게 된다.

위기를 통해 자신의 삶을 성찰하고 혹시 균형이 깨져 있는 부분이 있는지를 돌아보는 기회가 될 수 있다. 무엇보다도 네 신앙을 돌아볼 수 있는 계기로 삼아야 한다. 하나님은 네가 감당하지 못할 만큼 큰 시험을 주시지 않는 분이다. 네가 잘 극복하면 오히려 너에게 축복이 되는 시험 외에는 다른 것을 주시지 않는 분이시기 때문이다. 그러나 네가 나태해 있을 때, 너의 신앙에 문제가 있을 때, 네가 바른 길로 가지 않을 때 하나님은 너를 그냥 버려두지 않으시는 분이시다. 그 순간에 하나님은 너에게 시련을 주시고 너에게 위기를 주시는 분이신 것을 분명히 깨달아 알았으면 좋겠다.

그렇다고 위기가 저절로 기회가 되는 것은 아니다. 위기로 인하여 위험에 처할 수도 있고 위기 때문에 모든 것을 잃을 수도 있다. 위기가 기회가 되려면 위기에 잘 대응해야 한다. 무엇보다 위기의 때에 하나님의 도우심을 구해야 한다. 위기 때의 기도는 간절하고 위기 때의 기도는 회개가 동반된다. 위기 때의 기도는 너의 영적 눈을 열어줄 것이고 영의 눈이 열리면 위기 속에 담긴 하나님의 보물을 발견하게 되고 위기를 극복할 수 있는 해결책을 발견하게 될 것이다.

　사랑하는 아들아!

　위기 때에 너를 위해 기도해줄 사람들에게 많이 기도 요청하기 바란다. 기도는 위기를 기회로 바꾸어주실 것이고 인생 역전을 경험하도록 도와줄 것이다. 기도의 빚은 많이 질수록 좋다는 말도 있다. 기도의 빚을 많이 지기 바란다. 너를 위해서 정말로 기도해주실 분들에게, 믿음의 동료와 선배들에게, 너의 신앙의 멘토에게 기도를 요청하고 수시로 너의 상태를 알려주기 바란다. 너의 기도에 응답하시는 하나님의 사인과 네가 받은 은혜를 서로 나누기 바란다. 그래야 너를 위해 기도하는 분들도 구체적으로 기도할 수 있기 때문이다. 위기를 위기로 남겨두지 말고 위기 뒤에 따라오는 기회로 전환시켜서 인생의 귀중한 전환점으로 삼고 항상 승리하는 삶을 살아가기 바란다.


위기를 발전의 기회로 삼는

아들이 되기를 기원하며…

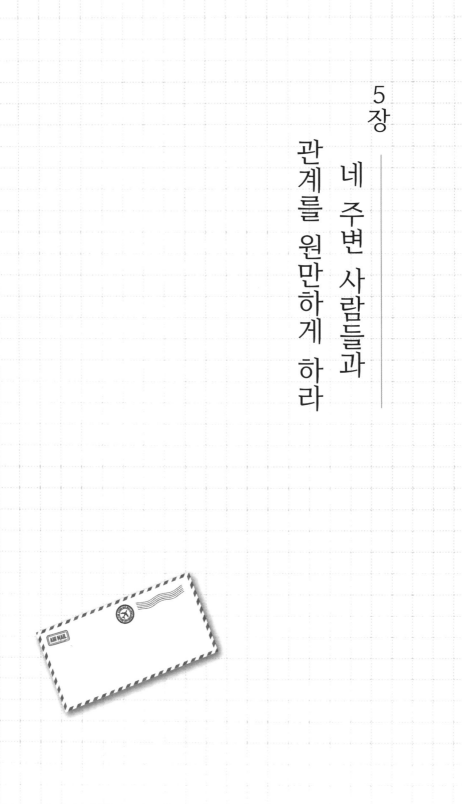

# 5장

네 주변 사람들과
관계를 원만하게 하라

네 주변 사람들에게 '사랑한다!'라는 표현을 많이 하는지 생각해보기 바란다. 그리고 주변 사람들을 마음과 정성을 다해서 섬기고 사랑을 실천하기 바란다. 네가 베푼 사람의 마음보다 훨씬 큰 것으로 네게 다시 돌아올 것이다.

Dear. My son

# 21. 사람을 읽는 기술을 터득하라

사랑하는 아들아!

한 해가 시작된 것이 엊그제 같은데 벌써 두 달이 훌쩍 지나갔구나. 정말로 요즈음은 시간이 너무 빨리 지나가는 것을 느끼고 있단다. 예전에 보낸 편지에서 시간에 대해 이야기한 적이 있는데 기억할지 모르겠구나. 그 편지의 요점은 한 시간 두 시간, 하루 이틀…, 한 달 두 달…, 이러한 것이 시간이 아니며 시간의 본질이 무엇인지 알 수 없으나 시간이 시작되는 시점이 있다고 했었다. 그리고 시간의 시작점을 "태초"라고 하며 시간은 태초부터 계속 흘러가고 있다는 내용에 대하여 편지를 보냈다.

오늘은 시간의 흐름을 잘 살피면 중요한 정보를 알 수 있다는 내용에 대하여 이야기하고자 한다. 상대방이 거짓을 말하는지 진실을 말하는지는 상대방이 반응하는 시간의 흐름을 관찰하면 가능하다고 한다. 예를 들면 포커게임에서 블러핑을 하는지 아닌지 알기 위해서는 상대방의 행동에 나타나는 시간 간격을 관찰하는 것이 표정을 관찰하는 것보다 더 정확하다고 하는구나. 어떤 사람이 포커게임에서 평소 타이밍보다 약 0.5초 느리게 배팅을 한다면 블러핑하고 있을 가능성이 높다고 한다.

표정을 통해서 상대방의 카드를 예측하는 것은 정확하지 않는데, 그 이유는 고수들의 경우 포커페이스(porker face)를 잘 관리하기 때문이다. 사람을 만나서 이야기를 할 때 표정은 웃고 있지만 마음속은 그렇지 않은 경우가 있는데 이러한 경우 표정만으로 판단하게 되면 실패할 가능성이 높다고 한다. 그러나 대부분의 일반인들은 진실을 말하거나 진심으로 행동할 때와 거짓으로 말하거나 속이는 행동을 할 때는 말이나 행동에 시간 간격이 나타나고 시간 간격을 세밀하게 관찰하면 진실인지 거짓인지를 알 수 있다고 하는구나. 왜냐하면, 우리가 진실이 아닌 말이나 행동을 하려면 마음이 먼저 결정을 하고 마음이 결정되면 말이나 행동이 뒤따라 나오기 때문에 두 가지 사이에는 필연적으로 시간 간격이 존재하기 때문이라고 한다.

사랑하는 아들아!

만약 네가 다른 사람을 만나서 어떠한 이야기를 나누는 중에 너의 질문에 대해 상대방이 평소보다 느리게 대답하거나 머뭇거린다면 그 사람의 생각을 의심해보는 것이 좋을 것이다. 대개 거짓을 말하는 사람들은 '하나, 둘, 셋!'을 빨리 세는 정도의 시간적 간격을 보여준다고 하는구나. 그런데 네가 상대방이 거짓을 말하고 있다는 것을 깨달았다면 그 이후에 너는 어떻게 행동해야 할까? 그럴 경우에 너는 상대방의 모든 말을 믿는 것처럼 행동해야 한다. 그래야만 상대방은 계속 거짓말을 할 용기를 얻어서 더 큰 거짓을 말하게 되고 언젠가는 스스로 거짓말임을 드러내고 말 것이다.

그런데 상대방이 교묘하게 너를 속이려고 한다면 너는 상대방의 표정을 세심하게 관찰해야 할 것이다. 사람의 얼굴에는 43개의 근육이 서로 협동하여 1만 개가 넘는 다양한 표정을 만들어낸다고 한다. 진실을 나타내는 표정과 거짓을 나타내는 표정 사이에는 큰 차이가 나타난다고 하는구나. 따라서 표정을 통해서 상대방이 진실을 말하고 있는지, 거짓을 말하고 있는지 알 수 있는 셈이지. 아무리 포커페이스를 잘 나타내는 사람도 아주 미세한 표정변화는 숨길 수 없다고 하는구나. 이것을 micro expression이라고 하는데 입 모양을 예로 들어서 설명하면 다음과 같다.

만약 상대방이 네게 말하면서 입꼬리가 내려간 모습을 자주 보여준다면 거짓을 은폐하려는 모습일 수 있다. 사람의 자연스러운 입모양은 입꼬리가 위로 올라간 모습이다. 입꼬리가 위로 올라간다면 네 말도 잘 듣고 있고 진실을 말하고 있을 가능성이 높다고 한다. 입꼬리가 위로 올라가면 자연스럽게 얼굴 근육도 위로 올라갈 수밖에 없고, 얼굴 근육이 위로 올라가면 자연스럽게 표정이 밝아지게 되므로 거짓을 말할 때는 이러한 표정이 나올 수 없다고 한다. 자신도 모르게 손으로 입을 가린다면 거짓을 말하고 있을 가능성이 높고, 한쪽 입꼬리만 위로 올라간다면 네가 자신의 말에서 거짓을 파악했다는 것을 알아차렸을 가능성이 높다고 한다.

말하면서 주먹을 입에 대고 헛기침을 하거나 침을 삼키는 행동을 반복하면 무엇인가 걱정을 하고 있을 가능성이 높다고 하는구나. 근심하는 마음이 있으면 우리 몸에서 교감신경이 활성화되고 교감신경이 활성화되면 침 분비가 억제되므로 목이 마르게 되고 목이 마르면 자연히 잔기침을 하거나 침을 삼키게 된다. 교감신경은 위급한 상황일 경우 이에 대처하는 기능을 담당하고 부교감신경은 우리 몸을 편안한 상태로 유지시키려는 기능을 담당하기 때문에 신경이 담당하는 이러한 기능은 자연적으로 밖으로 나타날 수밖에 없는 것이란다.

사랑하는 아들아!

이러한 분야를 학문적으로 발전시킨 사람들이 심리학자인데 아버지도 대학 초년에 심리학에 관심이 많아서 한때 체계적으로 공부해볼까 하는 생각도 했단다. 심리학자들에 의하면 사람이 거짓말을 할 때 나타나는 증거가 많이 있고 이러한 것은 이란인도 알고 있으면 다른 사람과 대화에서 중요한 메시지를 파악할 수 있다고 한다.

1. 말하는 도중 눈동자가 떨리거나 눈을 비비는 경우 거짓말을 하고 있을 가능성이 높다고 한다. 눈을 보면 마음을 알 수 있다고 하는데 거짓말을 하면 자동적으로 눈이 떨리게 되고 자신의 마음과 표정을 감추기 위해서 눈을 비비는 행동을 한다는구나.
2. 거짓말하고 있는 입을 숨기기 위해 손으로 입을 가리는 경우가 많다고 한다. 두뇌는 거짓말하는 것을 막기 위해 손으로 입을 막고 엄지손가락으로 뺨을 누르라는 등의 명령을 내린다고 한다. 손가

락 몇 개나 주먹 쥔 손을 입에 대는 모습, 말하는 중에 헛기침을 하는 경우도 거짓말하는 입을 감추기 위한 동작이라고 한다.

3. 코나 귀를 만지는 경우도 마찬가지인데 거짓말하고 있는 입에 관심이 모이는 것을 막기 위해서 자신도 모르게 하는 행동으로서 코 밑을 가볍게 문지르거나 만지게 되고 귀를 만짊으로써 다른 말을 듣지 않겠다는 마음이 나타나기도 한다. 피노키오는 거짓말을 하면 점점 코가 길어지는 것으로 묘사된 것을 너도 잘 알 것이다.

4. 칼라나 넥타이를 만지는 경우도 마찬가지라고 한다. 사람이 거짓말을 하면 얼굴이나 목에 가벼운 경련이 일어나고 이것을 진정시키거나 감추기 위해 와이셔츠 칼라나 넥타이를 만진다고 한다. 또 상대방에 대해 확신이 서지 않거나 의심스러울 때는 목을 긁는 경우도 있다고 한다.

5. 움직임이 잦거나 제스처가 클 때는 거짓말하는 상황에서 벗어나기 위한 행동일 가능성이 높다고 한다. 가끔은 머뭇거리거나 손발을 움직이거나 자세를 바꾸기도 하고 손을 움켜쥐거나 주머니에 넣기도 하고 고개를 자주 끄덕이기도 한다는구나.

6. 말을 많이 하는 경우도 거짓을 말할 가능성이 높은데 사실이 밝혀질지도 모르는 불안감 때문이라고 한다. 거짓말을 하면 상대방에게 추궁당할까 걱정되어 다음 이야기로 빨리 넘어가려고 하고 상대방의 말에 민감하게 반응하는 경우도 있고 상대방의 말에 집중하지 못하거나 웃음이 줄어드는 경우도 있다고 한다.

이처럼 표정에서도 많은 것을 알 수 있고 행동이나 말이 나오는 시간적 간격을 잘 파악하면 상대방이 진실을 말하는지 거짓을 말하는지를 알 수 있기 때문에 이러한 내용을 잘 기억하여 너희들이 앞으로 세상을 살아가는 지혜로 삼았으면 좋겠다. 이 내용은 아버지의 의견이 아니라 전문가의 견해를 압축하여 정리한 것이기 때문에 전문성을 갖는 내용일 것이다. 아버지가 너만 할 때에 이러한 내용을 알았더라면 지난 세월을 살면서 훨씬 더 실수하지 않고 알차게 살았을 것 같다는 생각이 든다. 아버지의 마음은 네가 이러한 지혜를 배워서 네 삶을 더 풍요롭고 알차게 살았으면 하는 마음으로 이 글을 쓴다. 항상 강건하고 하나님이 주시는 평안함을 누리는 멋진 아들 되기를 기도한다. 사랑해~~.

사람의 마음을 읽는 기술을 터득하는
아들이 되기를 기도하는 아버지가…

# 22. 네트워크를 중요시하라

사랑하는 아들아!

오래전 이야기지만 서울 강남지역의 부자들이 사는 주택가에서는 유치원생들의 친목 모임이 활발하게 만들어지고 있다는구나. 유치원생들이 무슨 특별한 목적을 가지고 모이는 것은 아니라 같은 유치원에 다니지 않으면 만날 수 없는 친구를 사귈 수 있도록 부모들이 주선하여 만남을 가지도록 하는 것이란다. 이 모임에 참여하는 아이들의 부모는 교수, 의사, 변호사, 고위 공무원, 대기업 임원 등 모두 수준 높은 사회적 지위와 재력을 가진 사람들이라고 한다.

유치원에 다니는 아이들이야 나이가 예닐곱 살이니 단순히 친구를 사귀기 위한 목적으로 알고 있겠지만 네트워크의 중요성을 잘 알고 있는 부모들로서는 자기 자녀가 좋은 환경에서 자라는 아이들과 어울려 지냄으로써 평생 네트워크가 만들어지기를 기대하는 것이라고 한다. 유치원에 다닐 때야 모르겠지만 20~30년의 세월이 흐른 뒤에는 유치원 때 만났던 친구가 사회에서 중요한 역할을 감당하고 있는 경우라면 부모 입장에서는 미리 투자한 것이 결코 헛수고가 아니라고 생각된다.

이러한 네트워크는 비단 국내에서만 유효한 것은 아닐 것이다. 지금은 글로벌 시대이기 때문에 네가 살아야 할 세상은 오히려 아버지가 살아온 세상에 비해 네트워크가 더 중요한지도 모를 일이다. 미국 Purdue대 공대에서 졸업생을 대상으로 어떠한 요소가 연봉에 영향을 미치는지를 조사한 보고서가 있다. 성적이 우수한 그룹과 그렇지 않은 그룹 간의 연봉은 200달러밖에 차이가 나지 않았지만, 인적 네트워크가 뛰어난 그룹은 성적이 우수한 그룹에 비해 15%나 연봉이 높았다고 한다.

또한, 7살 때 친구들과 어울리는 능력이 뛰어난 아이들과 그렇지 않은 아이들을 추적하여 40년 후에 사회적, 경제적 위치가 어떠했는지를 조사한 보스턴대학 연구 결과를 보면 다른 아이들과 잘 어울리는 아이들이 훨씬 높은 사회경제적 위치를 나타내고 있었다고 한다. 그뿐만 아니라 어느 헤드헌팅 업체의 조사 결과에서는 직장인의 90% 이상이 네트워크가 중요한 것으로 생각하고 있다는 결과가 나왔다고 한다. 그리고 미국의 카네기멜론 대학에서 1만 명을 대상으로 설문 조사한 결과를 보면 자신이 실패했다고 생각한 사람들의 85%가 그 원인으로 인적 네트워크를 잘못한 것이라고 응답했다고 한다.

이처럼 개인의 능력이나 지식이 뛰어나다고 하더라도 인적 네트워크가 좋지 못하면 결코 성공하기 어렵다는 것이 분명하다고 생각한다. 그 이유는 현재의 시대와 앞으로의 시대는 지난 시대에 비해 정보와 지식이 축적되는 속도가 비교할 수 없을 만큼 빠르기 때문이고 이러한 정보를 활용하는 것이 개인의 능력과 지식으로는 감당할 수 없기 때문이라고 생각된다. 따라서 이러한 정보가 어디에 있는지를 아는 'know-where'가 'know-what'보다 중요하고 'know-how'보다는 'know-how'를 알고 있는 'know-who'가 더 중요하기 때문일 것이다. 다른 말로 설명하면 재테크를 잘하면 작은 부자는 될 수 있지만 재테크 전문가를 많이 알고 있으면 큰 부자가 될 수 있다는 것과 같은 말일 것이다.

사랑하는 아들아!

앞으로 네가 살아가야 할 세상은 개인의 힘만으로 감당하기에는 너무 크고 넓고 많은 일을 처리해야만 할 세상이라는 점을 잊지 말기 바란다. 따라서 네 미래는 어떠한 사람을 만나느냐에 달려있다고 해도 과언은 아니라고 생각한다. 아버지가 생물학 교수가 될 수 있었던 것도 중학교, 고등학교, 대학교에 이르기까지 아버지의 멘토가 되어주셨던 귀한 은사님들을 만났기 때문이었음을 너도 잘 알고 있을 것이다. 그런데 지금 생각해보면 아버지 학창시절에는 아버지가 만나는 사람들의 중요성에 대하여 잘 알지 못했던 것 같다. 다만 선생님이 가르치는 대로, 시키는 대로 따랐을 뿐이었고 돌이켜 생각해보니 좀 더 적극적으로 주변 사람들과의 네트워크를 튼튼하게 만들었더라면 좋았을 걸 하는 후회가 있다.

그런데 이러한 네트워크는 학교 친구나 선후배, 혈연이나 지연처럼 너에게 주어지는 것이 아니라 네 노력과 열정으로 단단하게 맺어지는 것이라고 생각한다. 과거에는 네트워크가 부정적인 의미로 활용되기도 했었지만 요즈음은 네가 능력이 없으면 아무리 좋은 네트워크가 있어도 도움을 받지 못하는 시대가 되었으니 그러한 점을 너무 염려할 필요는 없으리라 본다. 또 네가 아무리 능력이 있고 네 주변에 단단한 네트워크가 있으면 그 네트워크를 활용하여 더 많은 정보를 네 것으로 활용할 수 있으니 혼자 해결할 수 없는 많은 일을 해결할 수 있을 것이다.

미국에 사는 유대인들은 자신의 경제력이 얼마나 되는지를 알아보기 위하여 자신과 친한 사람 10명의 이름을 적고 그들의 연간 수입을 적은 다음 평균을 내어서 그 평균을 자신의 경제력으로 생각한다고 하는구나. 너도 한 번 계산해 보면 실제 네 수입과 크게 다르지 않은 것을 알게 될 것이다. 왜냐하면, 네 주위에 있는 사람들은 사회적으로나 경제적으로 너와 비슷한 위치에 있는 사람들이 많을 것이기 때문이다. 다시 말하면 사람의 사회경제적 능력은 자신의 네트워크와 비슷한 수준에서 결정되기 때문이라고 한다.

사랑하는 아들아!

학자들의 연구에 의하면 개인의 네트워크는 고등학교 때부터 빠르게 성장하여 대학 및 직장생활 초기에 급성장하다가 그 이후에는 점점 속도가 둔해지면서 30대 중반에 성장을 멈추는 것이 일반적이라고 하는구나. 그러나 이러한 연구는 사람의 수명이 지금처럼 길지 않을 때에 적용되는 것이고 2018년을 살고있는 지금은 자신의 나이에 0.8을 곱하는 값이 실제 활동 나이라는 연구도 있으니 네트워크가 성장을 멈추는 시기는 40대 중반까지라고 할 수 있다. 따라서 네가 20대 중반이니 앞으로도 20년 동안은 네트워크를 활발하게 만들고 단단하게 유지시킬 수 있는 기회가 있음을 이 글을 읽고 깨닫기 바란다. 옛말에 "부모 팔아서 친구 산다"는 말이 있다. 부모를 팔아시라도 친구를 살 수만 있다면 그렇게 하는 것이 네 인생을 살아가는 데 중요하다는 뜻일 것이다.

그렇다면 네트워크를 활발하게 만들고 단단하게 유지시키기 위해서는 어떻게 해야 할까? 아버지의 글을 읽는 너도 네트워크의 중요성은 인식했으리라 믿는다. 그러나 어떻게 하면 네트워크를 잘 관리할 수 있을까에 대하여는 깊이 고민하고 생각해보아야 할 것이다. 젊은 시절에는 마음을 열어놓고 사람을 만나기 때문에 네트워크가 쉽게 구축될 수 있지만 나이가 들어가면서 점점 폐쇄적이고 목적을 가지고 만나기 때문에 마음을 열기가 쉽지 않아서 네트워크를 구축하는 것도 그만큼 어려워진다고 하는구나. 사람들이 목적을 가지고 만나면 목적에 필요한 것만 보여주고 필요하지 않은 것은 보여주지 않기 때문에 당연히 관계가 깊어질 수 없을 것이고 네트워크로 이어질 가능성은 그만큼 줄어들게 될 것이다.

네트워크가 단단하게 만들어지느냐 아니냐는 얼마나 오랫동안 자주 만나느냐에 달려있는 것이 아니라 얼마나 자신의 마음을 열고 깊이 있게 만나느냐에 달려있다고 할 것이다. 네가 만약 사람을 만날 경우 100명을 1번씩 만나겠느냐, 1명을 100번 만나겠느냐? 너는 이 두 가지 중에 어느 하나를 택하라고 한다면 어느 것을 택하겠느냐? 학생들에게 이 질문을 하면 거의 대부분 100명을 1번씩 만난다고 대답한다(간혹 50명을 2번씩 만나겠다고 대답하는 학생도 있지만…).

그러나 아버지는 너에게 1명을 100번 만나라고 조언하고 싶다. 1명을 100번 만나게 되면 그 사람과 많은 것을 나눌 수 있고 100번을 만나는 과정에 깊이 가까워질 것이고 결국에는 마음을 완전히 열어놓고 모든 것을 함께 할 수 있을 것이다. 그렇게 되면 그 사람의 네트워크 내에 있는 다른 사람과도 가까워지고 더 나아가서 그중에 일부는 너의 네트워크에 들어오게 될 것이기 때문이다.

사람이 살아가면서 마음을 열어놓고 만나는 사람은 평생 기껏해야 100명 안팎이라고 한다. 정치인들이야 수천 명을 만나겠지만 정치적 효용이 있을 때 만나는 것이지 이해관계가 떨어지면 더 이상 만날 수 없는 것이 정치인들 아니겠니? 젊은 사람들이 직장생활을 시작하게 되면 이런저런 모양으로 일을 통해서 만나게 되기 때문에 순수한 마음으로 다른 사람을 만나는 것은 어렵게 된다. 그래서 네트워크가 단단하게 만들어지기가 어려운 것이다. 한국의 어느 헤드헌팅 업체가 5년 차 이상의 직장인 1,000명을 대상으로 조사한 바에 의하면 다시 신입사원으로 돌아간다면 가장 중요하게 생각하는 것이 네트워크를 구축하는 것이라고 대답했다고 하는구나. 마치 대학 3~4학년 학생들에게 다시 1학년으로 돌아간다면 가장 정신 차리고 하고 싶은 것이 무엇이냐고 물어볼 때 90% 이상의 학생들이 열심히 공부하겠다고 대답한 것과 같은 결과인 것이다.

이처럼 많은 사람이 네트워크의 중요성은 인식하면서도 네트워크를 구축하는 것을 잘 못하는 이유가 있는데 그것은 빠른 시일 내에 상대방을 자신의 네트워크에 단단히 붙잡아두려고 서두르기 때문일 것이다. 네트워크는 사람 사이의 관계이기 때문에 서두른다고 될 일도 아니고 이용하려고 한다면 더구나 끊어지기 십상이다. 그뿐만 아니라 네트워크는 숫자가 문제가 아니라 얼마나 필요한 사람이 얼마나 단단하게 연결되었느냐가 중요하기 때문에 적은 수라도 깊이 연결되는 것이 중요하다. 한 사람을 100번 만나는 것이 중요한 이유도 거기에 있다. 따라서 요즈음 유행하는 온라인상의 네트워크가 오프라인에서도 긴밀하게 연결된다고 볼 수는 없는 것이다.

이처럼 네트워크의 중요성은 너에게 있어서 아무리 강조해도 지나치지 않는다. 그런데 너의 네트워크 중에서도 가장 중요한 네트워크는 하나님과의 네트워크임은 더 말할 나위가 없다. 네가 하나님과 영적 네트워크가 긴밀하지 못한 상황에서 사람과의 네트워크가 잘 되리라고는 생각하지 않는다. 하나님과의 네트워크는 매일매일 점검해야 하며 너 자신을 먼저 돌아보아야 한다. 사람과의 네트워크는 다른 사람이 먼저 끊어버리기도 하지만 하나님과의 네트워크는 네가 끊지 않는 한 하나님이 먼저 끊는 일은 절대로 일어나지 않는다. 하나님은 언제라도 네가 자신의 네트워크에 붙어있기를 바라시는 분이기 때문이다.

네트워크를 효율적으로 구축하고 관리하기 위해서는 몇 가지를 중요하게 생각해야 할 것이다. 첫째, 네 주변의 사람들과 작은 네트워크를 소중하게 여기고 잘 관리해야 한다. 가까운 사람들일수록 소중하게 생각하고 사소한 관계일수록 정성 들여 관리하는 것이 좋다. 특히, 가장 가까운 가족이나 친척과의 네트워크부터 견고하게 유지되도록 먼저 노력하는 아들이 되기 바란다.

둘째, 네가 먼저 베풀고 네가 먼저 희생해야 단단한 네트워크가 맺어진다. 특히, 직장 내에서의 네트워크가 직장 밖에서의 네트워크보다 중요하고 같은 부서의 네트워크가 다른 부서와의 네트워크보다 더 중요한 이유가 여기에 있다. 가까운 네트워크일수록 네가 봉사하고 섬길 일이 더 많아지는 법이다. 너 자신에게는 이익이 되지만 다른 사람에게는 손해가 나는 네트워크라면 그 네트워크는 오래 지속될 수 없다.

셋째, 너 자신이 능력 있는 사람이 되어서 상대방이 너를 필요로 하도록 해야 한다. 네트워크의 수준은 너의 능력과 정비례한다고 보면 된다. 네가 능력을 길러서 다른 사람이 너의 능력을 필요로 하게 만든다면 그 네트워크의 강도는 매우 견고하게 유지될 것이다. 네가 별로 필요 없는 사람이라는 인식이 상대방에게 심어지는 순간 너와 그 사람의 네트워크는 지속될 명분을 잃게 된다. 상대방이 너에게 필요한 만큼 너도 상대방에게 필요해야만 네트워크가 잘 작동되고 유지될 수 있는 것이기 때문이다. 네트워크를 단단하게 구축하고 견고하게 유지하는 멋진 아들이 되기를 기도한다.

네트워크를 소중하게 여기는
아들이 되기를 바라는 아버지가…

# 23. 주변 사람들에게 사랑을 표현하라

사랑하는 아들아!

이제 이틀 후면 우리 민족의 최대 명절인 설이 다가오는구나. 예부터 설날 아침에는 일찍 일어나서 웃어른께 세배하고 함께 떡국을 먹게 되면 비로소 나이를 한 살씩 더 먹는 것이 우리 풍습이었다. 그래서 연세 드신 분들은 우스갯소리로 나이를 안 먹겠다고 하여 떡국을 안 드시는 분도 있었지만 떡국을 먹든지 안 먹든지 나이는 어김없이 한 살씩 더 먹게 되는 날이 설날이다. 아버지는 설날이 되면 점심시간에 맞춰서 요양원으로 할머니를 찾아뵙고 있다. 너희도 알다시피 할머니의 정신상태가 온전하지 못하기 때문에 비록 세배는 드리지 못하지만 준비해간 떡국을 정성껏 끓여서 함께 먹고 있는데 그렇게 해온 지도 벌써 7년이나 되었구나.

이제 할머니도 점점 기력이 떨어져 가시는지 말씀도 많이 하지 않으시고 반가워하시는 표현도 잘 못하시지만 기뻐하시는 표정은 얼굴에 그대로 나타나더구나. 그래서 할머니에게 갈 때마다 할머니 귀에다 대고 "어머니~~ 사랑해!!", "어머니~~ 고마워!!"라고 말하기 시작했다. 그 말을 들은 할머니의 표정이 환하게 바뀌는 것을 보고 '왜 진작 이 말을 해드리지 않았을까?'라는 후회를 하고 있다.

학생들에게 집에서 '어머니! 사랑해요~~', '아버지! 사랑합니다~~.'를 얼마나 하는지를 물어보면 여학생의 경우 약 30~40%, 남학생의 경우 10~20% 정도만 이러한 표현을 하고 있는 것을 알 수 있다. 그런데 이 수치도 최근 10년 이내의 일이고 그 이전에는 절반으로 낮았던 것을 알 수 있었다. 하기야 아버지도 할머니에게 그러한 표현을 시작한 것이 지금부터 5~6년밖에 되지 않았으니 학생들을 탓할 일이 아닐 것이다. 선생은 실천하지 못하는데 학생들에게 실천하라고 하면 따라서 할 학생들이 얼마나 될까? 아버지가 실천하지 못하면서 아들에게 실천하라고 하니 부끄럽기 짝이 없구나.

그런데 생각해보면 아버지가 할머니에게 그러한 표현을 하면 그 말을 하는 아버지 마음이 더 기쁘겠니, 그 말을 들은 할머니 마음이 더 기쁘겠니? 그것은 두말할 필요도 없이 그 말을 하는 아버지 마음이 더 기쁜 것이란다. 네 마음에 잘 이해가 안 될 수 있을지 모르겠다. 그런데 사랑하는 사람에게 선물을 준다면 주는 사람이 더 행복할까, 받는 사람이 더 행복할까? 당연히 그 선물을 주는 사람이 더 행복할 것이다.

사랑하는 사람에게 선물을 주기 위해서는 어떠한 선물이 좋을까 생각하는 단계부터 행복하기 시작해서 선물을 준비하기 위해서 한 번에 구매할 수도 있지만 이곳저곳을 돌아다니며 어렵게 구할 수도 있을 것이다. 어렵게 구할수록, 힘들게 찾을수록 선물을 준비하는 사람은 행복감을 맛보고 있는 것이다. 선물을 받는 사람은 자신이 선물을 받을 줄도 모르고 있지만 선물을 주는 사람은 자기가 준비한 선물로 인해 오랜 기간 행복한 마음을 가지게 되는 것이다.

이처럼 할머니에게 '사랑해~~~.'라고 표현한 날에는 집으로 돌아오는 발걸음이 얼마나 사뿐하고 즐거웠는지 모른다. 그래서 다른 사람에게 '사랑해', '고마워', '미안해'라는 표현을 하는 것은 어찌 보면 자신에게 더 큰 기쁨이고 즐거움이라는 것을 깨닫지 못해서 그동안 잘하지 못한 점도 있는 것 같다.

사실 아버지는 가부장적이고 엄한 할아버지 밑에서 성장했기 때문에 젊은 시절 할아버지로부터 '사랑해'라는 말을 한 번도 들어보지 못했단다. 물론 아버지도 '아버지! 사랑합니다!', '어머니! 사랑해요!'라는 말을 해본 적이 없었다. 그렇다고 할아버지가 냉정하거나 차가웠던 분은 절대 아니었다. 아버지가 서울에 있는 대학에서 공부할 수 있었던 것은 어떻게 해서든지 자식들을 가르치시려는 할아버지의 의지와 온전한 희생이 있었기 때문에 가능한 일이었다. 그래서 지금도 할아버지 생각만 하면 눈시울이 뜨거워지는 것을 경험하게 된단다.

그럼에도 불구하고 할아버지가 살아계실 때 속마음을 표현하지 못했던 것이 못내 안타깝다. 할아버지는 표현을 안 하셨다고 하더라도 '아버지! 사랑합니다', '아버지를 존경합니다'라는 말을 아들에게서 들었다면 얼마나 기분 좋으셨을까 하는 생각을 하니 표현하지 못했던 자신이 몹시 어리석었던 것을 느끼게 된다.

사랑하는 아들아!

너도 들었겠지만 식물을 키울 때 음악을 들려주면 잘 자랄 뿐 아니라 여러 가지 좋은 성분이 많이 만들어진다는 것을 알고 있을 것이다. 그뿐 아니라 욕을 들려주면 잘 자라지도 못하고 심지어 말라 죽는 경우도 있다는 것이 연구결과 밝혀졌다. 더구나 놀라운 것은 식물을 키우면서 '사랑한다!', '나는 네가 정말 좋다!', '넌 정말 예쁘고 사랑스럽다!'라는 말을 자주 해주면 식물도 그 말을 알아듣고 훨씬 더 잘 자라는 것을 볼 수 있다.

미국의 'Christoper Bird'와 'Peter Thomkins'는 식물을 사용하여 이러한 연구를 진행하였는데, 때에 따라 물과 거름을 주고 아침에 일어나면 먼저 식물에게 다가가서 "잘 잤니? 어제저녁에 춥지 않았어?"라고 다정하게 이야기하고 쓰다듬어주곤 하였단다. 저녁에 잠자리에 들기 전에는 "잘 자~~."라고 속삭여 주었다. 외출할 때면 "잠시 나갔다 올게. 두 시간 내에 돌아올 수 있을 거야."라는 말을 하고 외출을 했다고 한다. 이렇게 정성을 들여 3개월 정도 키우게 되면 식물은 자신을 아끼고 사랑하는 사람의 마음을 느낄 수 있게 된다고 한다. 그리고 자신을 사랑해주는 사람이 외출하면 돌아올 때를 목이 빠지게 기다리게 된다.

이 두 학자는 식물이 나타내는 반응을 측정하기 위해서 한 가지 실험을 실시하였다. 식물이 나타내는 미세한 반응을 측정할 수 있는 장치를 식물에 연결하고 외출하였다. 그리고 자동차 전용도로에 갑자기 뛰어들어 길을 건넌 후에 한동안 커피숍에서 앉아서 휴식을 취한 다음 낭떠러지에서 갑자기 뛰어내렸다. 그리고 한동안 길을 돌아다니다 안락하고 편안한 자동차를 타고 집으로 돌아와서 기록 장치를 확인해보았다. 기록 장치에는 실로 놀라운 반응이 나타나 있었다.

자동차 전용 도로를 무단 횡단했던 시간에는 식물의 반응이 급격히 증가하였고 낭떠러지에서 떨어졌던 시간에도 역시 급격한 반응을 나타내었다. 그리고 자동차를 타고 집으로 돌아온 시간에는 평상시처럼 조용한 반응을 나타내었다. 이 실험으로 식물은 자신을 사랑하고 아껴주던 사람이 위급한 상황에 처하게 될 때 반응을 나타내었다는 점을 알 수 있다. 멀리 떨어져있는 사람이 위급한 상황에 처한 사실을 식물은 어떻게 알 수 있었을까? 실로 놀랍고도 신비한 일이 아닐 수 없다.

또 식물이 사람을 식별할 수 있는지 알아보기 위해서도 실험을 실시하였다. 식물을 한 그씩 화분에 심고 2~3개월 정성 들여 키운 다음 밀폐된 방에 두 식물을 나란히 놓아두고 다섯 사람을 한 사람씩 방 안에 들여보냈다. 그리고 각자 식물 앞에 잠깐 서있다 나오게 하였다. 그러나 네 번째 사람에게는 두 식물 중 한 식물을 꺾어버리도록 하였다. 그리고 남아있는 식물에 반응 측정 장치를 연결한 다음 한 사람씩 그 식물 앞에 서게 했다. 첫 번째, 두 번째, 세 번째, 다섯 번째 사람에게는 아무 반응을 보이지 않았지만 자신의 친구를 죽인 범인(?)이 들어왔을 때는 급격한 반응을 나타냈다. 이 실험을 통해서 알 수 있는 것은 식물도 사람을 알아볼 수 있다는 점이다.

그런데 이 연구에서는 특이한 점이 한 가지 발견되었다. 이러한 반응은 식물을 사랑으로 키웠을 때만 나타난다는 점이다. 만약에

꽃집에서 바로 구입한 식물로 실험하면 전혀 반응을 나타내지 않지만 2~3개월 사랑으로 키운 후에 실험을 하면 반응을 나타낸다는 점이다. 따라서 식물도 자신을 사랑하는 사람에게는 특별한 반응을 보여준다는 점을 알 수 있는 것이다.

사랑하는 아들아!

1870년대 미국 필라델피아에서 일어난 일이다. 하늘에 구름이 잔뜩 낀 어느 날 오후, 갑자기 비가 세차게 내렸다. 길에 있던 사람들은 가까운 상점으로 들어가 비를 피했다고 한다. 이때 온몸이 흠뻑 젖은 다리가 불편한 할머니 한 분이 비틀거리며 백화점 안으로 들어왔다. 이때 필립이라는 젊은 사원이 할머니에게 친절하게 다가가서 말했다. "도와드릴 일이라도 있습니까?" 할머니는 빙그레 웃으며 대답했다. "괜찮아요. 여기서 잠깐 비를 피하고 갈 거예요."

할머니는 남의 건물에서 비를 피하고 있자니 미안한 마음에 백화점 안을 돌아보기 시작했다. 할머니의 표정을 살피던 필립이 또 다가와서 말했다. "할머니! 불편해하실 필요 없습니다. 제가 의자를 드릴 테니 그냥 앉아서 쉬시면 됩니다."

두 시간 뒤 비가 그치고 날이 개었다. 할머니는 다시 한 번 필립에게 고맙다는 인사를 하고는 명함을 달라고 했다. 그리고 불편한 다리를 이끌고 비 갠 후의 무지개 속으로 걸어 들어갔다. 몇 달 후 이 백화점의 사장 제임스는 편지 한 통을 받았다. 그 편지에는 필립을 스코틀랜드로 파견하여 스코틀랜드 성을 장식할 가구 주문서를 받아가게 할 것과, 그에게 카네기 소속 대기업들이 다음 분기에 쓸

사무용품의 구매를 맡기겠다는 내용이 적혀있었다고 한다.

사장은 즉시 답장을 썼다. "주문은 고맙습니다만 그 점원은 그 부문의 일을 맡고 있는 직원이 아니기 때문에 그 방면의 전문가를 파견하겠습니다."라는 내용이었다. 그러자 또 편지가 왔는데 반드시 그 젊은이여야만 한다는 내용이었고 편지에는 카네기의 서명이 들어 있었으며 그 할머니는 그 당시 미국의 억만장자였던 카네기의 어머니였다고 한다.

백화점의 사장인 제임스는 놀라움을 금치 못했다. 계산해보니 이 편지 한 통이 가져다줄 수익은 백화점의 2년 수익보다 많은 액수였다고 한다. 제임스는 바로 필립을 회사의 이사회에 추천했고 필립이 짐을 꾸려 비행기를 타고 스코틀랜드로 날아가고 있을 때, 22세의 젊은 종업원은 이미 백화점의 중역이 되어 있었고 그해에 자신의 월급보다 500배나 많은 액수의 배당을 받았다고 한다.

물론 카네기 어머니에 대하여 필립이 보여준 공경과 친절의 태도는 우리 주위에서도 얼마든지 찾아볼 수 있을 것이다. 그리고 예전에 비해 빈도가 줄어들었고 노인들도 간혹 무리한 요구로 젊은 사람들에게 불쾌감을 주는 경우가 있는 것도 사실이다. 그러나 이러한 한국 전통의 효 사상은 사회의 민주화, 급속한 경제발전, 입시 위주 교육으로 인하여 많이 붕괴되기도 했지만 너는 올바른 인성과 어른들을 공경하는 마음을 항상 잃지 않아야 할 것이다.

그 이유는 너를 사랑하는 예수님이 네 안에 있기 때문이다. 예수님이 너를 사랑하였으니 너는 당연히 주위 사람들을 사랑해야 하고 네가 사랑받은 만큼 네 주위 사람들에게 사랑을 베풀어야 한다. 이것은 예수 믿는 사람들이 반드시 지켜야 할 일이다. 네 주변에 비록 그리스도인이 아니더라도 항상 섬기며 사랑을 베풀며 살아가는 사람들을 많이 볼 것이다. 이러한 사람들이 많을수록 사회는 밝아지고 따뜻해지며 살만한 가치가 있는 아름다운 세상이 되어가는 법이란다.

사랑하는 아들아!

네 주변 사람들에게 '사랑한다!'라는 표현을 많이 하는지 생각해 보기 바란다. 그리고 주변 사람들을 마음과 정성을 다해서 섬기고 사랑을 실천하기 바란다. 네가 베푼 사람의 마음보다 훨씬 큰 것으로 네게 다시 돌아올 것이다. 그동안 보아왔던 미국 사람들은 만나면 포옹과 동시에 "I love You!"라는 표현을 정말 많이 하는 것을 너희도 알 것이다. 너도 주변 사람들에게, 가족에게, 형제에게 사랑한다는 표현을 많이 하여 상대방이 너로 인하여 기뻐하고 즐거워할 수 있으면 좋겠고 그러한 표현을 통해서 너 자신이 더 행복해지고 기뻐하는 사람이 되면 좋겠다. 사랑한다! 아들아!!

사랑을 표현할 줄 아는
아들이 되기를 기도하는 아버지가…

# 24. 상대방의 입장에서 먼저 생각하라

사랑하는 아들아!

자주 생각나는 일이지만 네가 아버지의 아들이라는 것이 자랑스럽게 느껴질 때가 많이 있다. 속 깊은 마음을 보여줄 때, 자기 관리를 잘하여 열심히 살고 있을 때, 정리정돈을 잘하여 네 방이 항상 깨끗할 때, 아버지의 마음을 헤아려줄 때, 또 공부를 잘해서 좋은 결과를 얻을 때 아버지는 네가 자랑스럽다. (네가 그런 일을 잘해서 자랑스러운 것이 아니라 무조건 자랑스러운 것이 사실이지만….)

그리고 아버지 자신을 돌아보면서 '나도 아버지에게 자랑스러운 아들이었는가?'를 생각하게 된다. 그런데 할아버지가 아버지를 자랑스럽게 생각하셨던 적도 있었지만 그렇지 못해서 많이 혼나고 회초리를 맞은 적도 여러 번 있었단다. 특히, 아버지가 어렸을 적에 시골에서 자랐기 때문에 아이들과 놀러다니느라고 저녁 먹을 시간까지도 집에 들어오지 않아서 할아버지가 찾으러 나오신 날에는 어김

없이 회초리를 맞았던 것 같다. 그러나 고등학교 때 이후에는 할아버지의 속을 썩이거나 걱정을 끼쳐드린 적은 없었던 것 같다. 그렇다고 할아버지가 아버지를 자랑스럽게 생각하셨는지 아닌지는 확실하지 않다. 한 번도 여쭤보지 않았기 때문이다.

그런데 속 깊은 너를 생각하면 순간적으로 아버지의 중학교 시절로 돌아가서 가만히 자신을 돌이켜 생각해보게 된다. 그 당시 아버지는 시골에서 도시로 유학하여 하숙을 하고 있었다. 할아버지는 아버지의 하숙비와 학비와 용돈을 대느라고 오일장에 가도 국밥 한 그릇 사 드시지 못하고 주린 배를 안고 집으로 오셨다는 이야기를 들었다. 그러던 어느 날 할아버지가 하숙비를 쌀로 가지고 오셨던 적이 있었다. 그 이유는 농사짓는 사람들이 쌀을 팔 때와 시장에서 살 때 가격이 다르기 때문에 그 차액만큼이라도 절약하기 위해서였다. 어차피 하숙집에서는 쌀을 사야 할 것이고 우리 집에서 농사짓는 쌀이 품질 좋았기 때문에 하숙집에서 환영받을 것으로 생각하시고 무겁게 지고 오신 것이었다.

그런데 하숙집 아주머니가 쌀 가격을 시장에서 살 때 가격이 아니라 농촌에서 팔 때 가격으로 쳐주겠다고 하신 것이었다. 한참 이야기를 나누시던 할아버지는 하숙집 아주머니의 뜻대로 하자고 하시고 말았다. 그렇게 하신 이유는 아들 때문이었으리라…. 혹시라도 그렇게 하지 않으면 자신의 아들이 하숙집 아주머니에게 제대로 대접받지 못할지도 모른다는 생각을 하셨을 것이다. 할아버지는 당시에 큰 충격을 받으셨는지 "그 멀리에서 힘들게 지고 왔는데 지고 온 값도 쳐주지 않고 무시하는구나~~."라고 조용히 한탄을 하셨다.

중학생이었던 아버지의 마음에도 이것은 잘못된 일이라는 생각이 들었다. 그런데 용기가 없었고 그 말을 조리 있게 할 만큼 똑똑하지 못했던지 아무 말도 하지 못했다. 당연히 하숙집 아주머니에게 따졌어야 했다. '어떻게 농촌에서 200리 길을 쌀을 지고 오셨는데 농촌 가격으로 값을 쳐주느냐고~~~ 아주머니는 집에서 농촌가격으로 쌀을 산다는 것이 말이 되느냐고??? 그렇다면 나는 이 집에서 나가겠다고~~~?' 그렇게 따졌어야 했다.

그런데 아버지는 바 보 같 이… 그렇게 하지 못했다. 정말 바보같이…… 그렇게… 하지… 못 했다……. 그리고 고향으로 돌아가시는 할아버지의 뒷모습이 얼마나 안쓰러워 보였던지 모른다. 할아버지도 키가 크신 분이었고 당시 아버지는 중학생이었으니 당연히 어린 중학생 눈에 할아버지가 그렇게 작아 보일 리가 없었다. 그런데 중학생이었던 아버지의 눈에 비친 할아버지의 어깨는 그렇게 작고 초라하고 약해 보일 수 없었다.


사랑하는 아들아!

할아버지가 떠나신 후 하숙방에 돌아와서 한참을 울었다. 할아버지가 불쌍해 보인 때문도 있었지만 하숙집 아주머니에게 할 말을 용기 있게 하지 못한 바보 같은 자신을 한탄하면서 자책감에 무척 괴로워했다. 할아버지가 그러한 수모를 당했는데도 바보처럼 나서지 못한 자신의 용기 없음에 자신이 그렇게 미워질 수 없었다.

그리고 아들의 공부를 위해서 그렇게 무거운 쌀을 직접 지고 오신 아버지의 사랑에 몸 둘 바를 몰랐다. 아마도 그렇게 책상에 앉아서 몇 시간을 보냈던 것 같다. 그리고 바보처럼 행동했던 스스로를 자책하면서 그 자리에서 한 가지 큰 결심을 하게 되었다. '공부하자!! 공부밖에 없구나!', '내가 해야 할 일은 공부 열심히 하여 성공하는 길밖에 없구나.'라고….

그 일이 있고 얼마 후 결국 아버지는 하숙집을 옮기게 되었고 다시는 그 집을 찾아보지 않았다. 사실 그 하숙집은 하숙생들에게는 좋은 집이었고 하숙집 아저씨는 초등학교 선생님이었으며 아주머니도 인정 많고 편하게 생활할 수 있는 집이었는데도 불구하고 할아버지가 당한 수모를 생각하면 다시는 떠올리고 싶지도 않은 집이었단다. 그 후 할아버지는 마음이 많이 상하셨고 아들이 성공하지 못하면 무시당하면서 살 수밖에 없다는 생각을 더 확실하게 굳히셨으며 자식들 공부 뒷바라지에 더 매진하신 것 같다.

그 일이 있은 지 10년쯤 후, 아버지가 제대하고 시골에서 할아버지의 농사일을 도와드리고 있던 어느 날 저녁에 할아버지께서 그 이야기를 꺼내셨단다. '도시 사람들은 그러더라'고 하시면서 한숨을 푹 쉬셨던 기억이 생생하다. 그 즈음에 할아버지는 위암으로 투병 중이었는데 할아버지 마음에도 그 당시의 서운함이 얼마나 사무쳤으면 오랜 기간이 지났는데도 불구하고 그 이야기를 다시 꺼내실까 하는 생각에 다시 한 번 마음이 먹먹해졌다. 아버지는 그 이야기를 다시 생각하는 것만으로도 순식간에 중학교 당시의 감정으로 돌아가게 되었고 정의감에 불타는 청년의 시절이었으니 당장 달려가서 하숙집 아주머니에게 따지고 싶었다.

사랑하는 아들아!

　혹시라도 너는 네 주변의 사람들에게 너도 모르는 사이에 이러한 잘못을 범하지나 않은지 모르겠다. 네 생각만 하고 상대방의 마음을 헤아리지 못하여 다른 사람의 마음을 아프게 한 적이 없는지, 네가 조금 편해지기 위해서 다른 사람의 희생을 강요하지 않았는지, 입장을 바꿔놓고 생각한다면 그렇게 하지 않았을 말과 행동을 한 적은 없는지 모르겠구나. 이미 그러한 말과 행동을 한 적이 있었다면 앞으로는 한 번 더 생각하고 너 자신이 상대방이라고 하더라도 당연한 것인지를 먼저 생각하기 바란다.

　그리고 혹시라도 그러한 일이 생각나면 적당한 기회에 그 사람에게 정중하게 사과하고 마음의 용서를 구하기 바란다. 혹시라도 너는 크게 생각하지 않고 했던 말과 행동이 다른 사람에게는 큰 상처가 될 수 있었을 수도 있다. 그리고 앞으로는 말하기 전에 한 번 더 생각하고 말하기 바란다. 사람의 얼굴에 귀가 두 개이고 입이 한 개인 것은 듣는 것을 두 배 많이 하고 말하는 것을 더 적게 하라는 뜻이라고 한다. 그리고 때로는 말을 천천히 하는 것도 말실수를 줄이는 방법이 될 수 있다.

　네가 어떠한 일을 하든지, 누구를 만나든지 상대방의 입장에서 먼저 생각하면 어떻게 이야기를 풀어나가야 할지 스스로 답을 찾을 수 있을 것이다. 만약 네가 누군가에게 보험을 권유한다든지, 어떤 물건을 팔아야 한다면 네가 팔 보험이나 물건을 설명하기보다 상대방이 어떠한 처지에 있는지 살피는 것이 우선되어야 한다. 그리고 상대방의 말에 동의하고 긍정적인 반응을 보이면 상대방은 스스로 마음 문을 열고 대화로 들어오게 되어있다.

사랑하는 아들아!

사람들이 사업을 하거나 세일즈를 할 때 흔히 자신의 입장이나 견해를 설명하는 데 급급하게 된다고 한다. 자신의 기준으로 상대방을 설득시키려 하기 때문에 자신의 전략만 생각하고 상대방의 전략을 고려하지 않게 되고 결국 이러한 방법은 대부분 실패하게 된다. 특히 협상에 있어서 가장 중요한 것은 상대방의 입장을 알아내는 것이다. 그래서 손자병법에도 "나를 알고 상대방을 알면 백전백승(知彼知己 百戰百勝)"이라고 설명하고 있다.

외국에서 사업을 하는 경우 우리나라보다 못사는 나라에서 사업을 하면서 실패하는 경우가 많은데 그 이유는 현지인들의 입장을 무시하고 일방적으로 강요하다가 반발심을 불러일으킨 것 때문이라고 한다. 반면에 성공한 사업가들의 공통점은 현지인들의 입장을 우선적으로 고려하고 원하는 것이 무엇인지를 먼저 파악해서 마음을 헤아려준 것이라고 한다. 상대방의 마음을 미혹하는 것이 아니라 상대방의 마음을 얻는 것이 우선이라는 뜻이다. 지금은 세일즈 시대이고 세일즈는 자신을 파는 것이다. 세일즈에 성공하기 위해서는 상대방의 입장에서 생각해본 다음에 자신을 맞춰 가야 하는 것이다.

그러한 방법이 비록 그 순간에는 큰 힘을 발휘하지 못한다고 하더라도 길게 보면 반드시 너에게 큰 보답으로 돌아올 것이고 결국에는 사람을 얻게 될 것이다. 예전에는 '나를 따르라!'라는 군대식 리더십이 통했다면 지금은 덕을 앞세운 리더십이 통하는 시대가 된 것

이다. 따라서 사람의 마음을 얻지 못하면 어떠한 일이든지 성취할
수 없을 것이다. 네가 이런저런 모양으로 사람을 만나게 되면 그들
의 마음을 먼저 생각하고 먼저 덕을 베풀기 바란다. 네가 아무리 능
력이 뛰어나더라도 너 혼자서 일을 감당할 수는 없을 것이기 때문
이다.

한 명의 적을 만들지 않기를
바라는 아버지가…

# 25. 사람들과 활발하게 소통하라

사랑하는 아들아!

사람의 몸은 약 100조 개의 세포로 이루어져 있다고 한다. 100조 개 세포가 모두 똑같은 모양과 똑같은 특성을 나타내는 것이 아니라 서로 다른 특성을 나타내며 서로 다른 기능을 담당하고 있다. 예를 들면 창자 세포는 창자에 위치해있으면서 음식물을 흡수하는 기능을 하고 간세포는 간에 위치해있으면서 몸 안에 들어온 독소를 해독하는 기능을 한다. 그런데 이처럼 서로 다른 기능을 하는 세포가 모여서 사람의 몸을 구성하여 우리 몸이 정상적인 기능을 하도록 서로 긴밀하게 연락하고 조화롭게 협력하고 있다. 서로 다른 기능을 하는 세포가 협력하여 조화로운 기능을 수행하는 것은 모든 세포가 활발하게 소통하고 있기 때문이다.

서로 다른 세포가 조화롭게 소통하는 방법은 끊임없이 자신의 신호를 다른 세포에게 보내고 또 다른 세포가 보내주는 신호를 받아들이는 것이다. 다양한 세포가 보내주는 다양한 신호를 모두 받아들이기 위해서 세포는 수만 가지 서로 다른 수용체를 가지고 있다. 세포는 다른 세포에게 신호를 보내는 일보다 다른 세포가 주는 신호를 받는 일을 더 열심을 수행하면서 살아가고 있다. 그래야만 수천 가지 서로 다른 세포가 끊임없이 보내오는 수만 가지 신호를 모두 받아들일 수 있기 때문이다. 최근 연구에 의하면 세포가 주는 신호와 받는 신호를 비교해보니 약 만 배 정도 차이가 있다고 하는구나.

사람 사이의 소통도 마찬가지라고 생각한다. 소통이라는 말은 막힘이 없이 잘 통한다는 뜻을 가지고 있다. 소통이 잘 된다는 말은 자신의 뜻을 상대방에게 전달하는 것과 상대방의 뜻을 자신이 받아들이는 것 모두 잘 이루어질 때 소통이 잘 된다고 한다. 이 두 가지 중에 어느 한쪽으로 기울게 되면 원활한 소통이 이루어질 수 없는 것이다. 따라서 양 방향 모두 같은 정도로 원활하게 소통이 이루어진다면 더없이 좋은 관계가 유지되리라 생각한다. 그런데 우리가 평소에 살아가는 모습을 자세히 살펴보면 양방향 모두 똑같이 소통이 이루어지지는 않는다는 것을 알 수 있다. 사람에 따라 소통이 잘 되는 사람이 있고 잘 안 되는 사람이 있다는 것을 너도 잘 알 것이다. 소통이 잘되는 사람은 공통적인 특성이 있는데 다른 사람의 이야기를 잘 듣는 것이라고 한다. 많은 사람들은 다른 사람이 보내주는 신호를 받아들이기보다 다른 사람에게 신호를 보내는 것을 좋아하기 때문이다.

사람을 만나서 잠시 이야기를 나눠보면 말이 잘 통하는 사람인지

꽉 막힌 사람인지는 금방 알 수 있다. 꽉 막힌 사람과 이야기를 나누다 보면 마음이 답답하고 그 사람과는 더 이상 이야기를 나누고 싶지 않은 마음이 들게 된다. 그러나 소통이 잘 되는 사람과 이야기를 나누다 보면 더 중요한 이야기도 나누게 되고 더 깊은 속마음까지도 털어놓게 되고 가까운 사이로 발전하게 될 것이다.

특히, 이성 간에는 처음 만나서 소통이 잘 되어야만 더 나은 관계로 발전할 수 있을 것이다. 처음 만나서 잠시 이야기를 나눴는데 소통이 제대로 이루어지지 않는다면 연인관계로 발전할 수 없을 것이다. 대개의 경우 여성은 말을 많이 하고 싶어 하는 경향이 있다는 것을 너도 잘 알 것이다. 여자 친구를 사귈 때 될 수 있으면 이야기를 들어주고 상대방의 이야기에 수긍해주고 이야기 중간중간에 맞장구쳐주고 잘 들어준다면 그 사람의 마음을 얻은 것이나 다름없다고 한다. 가능하면 말을 많이 하기보다는 상대방의 이야기를 들어줄 때 상대방은 너를 괜찮은 사람이라고 생각한다고 하는구나.

이러한 소통은 비단 이성과의 관계에서만 성립되는 것은 아닐 것이다. 사람은 누구나 자신을 인정해주고 자신의 이야기에 귀 기울여주는 사람을 좋아한다고 하는구나. 따라서 훌륭한 소통을 위해서는 자신이 주장하는 만큼 타인의 의견을 들을 줄 알아야 하고, 네가 상대를 설득하고자 하는 만큼 상대의 의견에 설득당하겠다는 마음을 가지는 것이 좋다고 생각한다. 네 주장만 펼치고 상대의 의견을 묵살한다면 상대방 역시 너의 주장에 귀를 기울이지 않게 될 것이다. 상대를 배려하는 마음, 입장을 바꿔서 생각하는 자세가 소통하기 위한 가장 중요한 요소라고 할 수 있을 것이다.

사랑하는 아들아!

소통에 있어서 가장 중요한 것은 잘 듣는 것이다. 잘 듣는 것을 경청(傾聽)이라고 한다. '傾'은 기울어진다는 뜻으로 상대방의 말을 듣기 위해서는 상대방 쪽으로 몸을 기울여야 한다는 뜻이다. 상대방의 말이 특별히 중요하지 않다고 하더라도 상대방 쪽으로 몸을 기울여서 들어야 한다는 뜻이다. '聽'은 듣는다는 뜻으로 耳, 王, 十, 目, 一, 心 등의 글자가 조합하여 만들어진 글자로써, 왕이 백성들의 이야기를 듣는 것처럼 듣고, 열 개의 눈으로 상대방에게 주목하며 상대방과 한마음이 되어 들어야 한다는 깊은 뜻을 가지고 있다. 이러한 마음으로 상대방의 말을 듣는다면 상대방이 어떠한 사람이라고 하더라도 그 마음을 얻을 수 있을 것이다.

경청을 영어 사전에서는 'listening closely, listening attentively'로 번역하고 있다. 그런데 '듣는다'라는 뜻을 가진 영어 단어는 'listen'과 'hear'가 있는데, 상대방의 말을 집중해서 듣는다는 단어는 'listen'을, 별로 신경 쓰지 않아도 들려오는 소리를 들을 때 사용하는 단어는 'hear'일 것이다. 만약 네가 누군가에게 이야기를 하는데 상대방이 'listen'하지 않는다면 네 마음이 어떻겠느냐? 반대로 상대방이 너에게 이야기를 하고 있는데 네가 집중해서 듣지 않고 그저 'hear'하고 있다면 상대방이 너를 어떻게 생각하겠느냐?

네가 상대방의 이야기를 'listen'하고 있다면 네 모습을 상대방이 알 수 있을 것이다. 왜냐하면, 네가 'listen'하고 있을 때는 네 눈이 상대방의 눈을 바라보고 있을 것이기 때문이다. 그리고 상대방도 네 눈을 바라보면서 네가 'listen'하고 있다는 것을 알 수 있기 때문이다. 따라서 우리가 상대방의 이야기를 들을 때는 미소를 머금은 편안한 모습으로 상대방의 눈을 바라보면서 이야기를 듣는 것이 좋다. 그래야만 상대방의 이야기를 놓치지 않고 들을 수 있고 듣는 이야기를 기억할 수 있고 상대방과 소통할 수 있기 때문이다.

타인의 말이나 신호는 들으려고 하지 않고 오로지 자기 말만 늘어놓거나 자기의 신호만 보내는 사람은 소통을 잘하지 못하는 것이다. 주변 사람들은 하품을 하고 지겨워하는데 혼자 떠들면 무슨 소용인가? 어릴 적 교장 선생님의 훈화 말씀을 들으면 반복 또 반복한 것이 기억에도 선명할 것이다. 말이라는 것은 사실 내 입장도 있지만 듣는 사람의 입장을 고려해야 한다. 그렇기 때문에 기본적으로 상대방의 의중을 파악하고 그들이 무엇을 원하는지에 대해서 알아야만 그에 맞는 대화법을 이끌어갈 수 있을 것이다.

그래서 사람들은 "한 가지 말하면 아홉 가지는 들으라"고 한다. 그만큼 경청의 중요성은 아무리 강조해도 지나치지 않는 것이다. 소통이 되지 않는 말은 쓸모없는 말이고 단순한 소리에 불과한 것이다. 말을 잘못하면 네 말은 단순한 소리를 넘어 상대방의 마음을 아프게 하는 흉기가 될 수도 있고 다른 사람을 해치는 도구가 될 수도 있고 잘못하면 상대방을 적으로 만들 수도 있을 것이다. 사람의 귀는 두 개인데 입은 하나밖에 없다. 그 이유는 말하는 것보다 듣는 것을 두 배 더 잘하라고 하나님께서 그렇게 창조하신 것이 아닐까? 맞는 말이라고 생각한다. 한 번 말하기 전에 두 번 생각하고 한 번 말하기 전에 두 번 들어야 할 것이다. 한 번 입 밖으로 나온 말은 다시 주워담을 수 없기 때문이다.

요즈음은 TV에 나오는 연예 오락 프로그램을 보면 말 잘하는 사람이 대세인 것을 알 수 있다. 프로그램을 이끌어가는 사람은 말 잘하는 사람이다. 일부 연예인은 얼마나 말을 잘하는지 재미도 있고 웃음도 주고 그 프로그램을 계속해서 보게 된다. 그런데 그러한 프로그램은 대부분 말 잘하는 사람들끼리 모여서 진행하는 버라이어티 프로그램이 대부분이다. 한 사람만 말을 잘하는 것이 아니라 거기 모인 모든 사람들이 말을 잘하는 것이다. 연예인이 프로그램을 통하여 인정받느냐 못 받느냐 하는 것은 상대방의 이야기 중에 언제 어떻게 치고 들어가야 하는지 그 타이밍을 잘 잡는 것이라고 한다. 그렇다고 해서 아무 때나 끼어들기를 하는 것은 아니라고 한다. 연예인 사이에 불문율이 있는데 상대방이 이야기하는 중에 말꼬리를 자르고 끼어드는 것은 절대 해서는 안 되는 것이라고 한다.

　재미있는 오락 프로그램을 자세히 관찰해보면 말 잘하는 사람 때문에 그 프로그램이 재미있는 것도 있지만 함께 함께 출연한 사람들이 이야기를 잘 들어주기 때문이기도 한다는구나. 함께 출연한 사람들이 다른 출연자의 말을 잘 들어주고 그 사람의 말에 리액션을 잘하기 때문에 그 사람이 말을 더 잘하는 것처럼 보이는 것이라고 한다. TV에 유명한 강사가 나와서 강의를 할 때 그 강사가 원래 유명한 강사인 경우도 있지만 만들어지는 경우도 있다고 하는구나.

　청중이 많이 있는 강의가 TV에서 방영되고 있는 경우 중간중간에 청중들의 반응이 활발하게 나오는 경우가 있다. 그러한 경우 화면에는 나타나지 않지만 청중들이 잘 볼 수 있는 곳에서 연출자가 신호를 보내면 그 신호에 맞추어 청중들이 단체로 리액션을 한다는구나. 그런데 그 사실을 강사는 모른 채 연출자와 청중 사이에 약속된 신호에 따라서 각각 다른 리액션을 하도록 훈련되어 있어서 다양하고 활발한 리액션을 나타내고 있단다. 청중의 반응이 좋으면 강사는 자신의 강의가 좋아서 그렇다고 생각하고 강의에 더 집중하게 되고 더 잘하게 되고 결국에는 유명한 강사로 만들어지기도 한다는구나. 서글픈 현실이지만 다른 사람의 이야기를 잘 들어준다는 것이 강사로 하여금 어떠한 효과를 낼 수 있는지를 보여주는 좋은 예라고 생각한다.

그런데 사람들과의 소통은 이러한 연출에 의해서는 한계가 있기 때문에 진솔하지 않다면 결국에는 바닥이 드러나게 마련이다. 우리가 소통을 잘하기 위해서는 잘 들어야 하지만 진솔하게 잘 말해야 할 필요도 있다. 내면이 부드럽고 자연스러운 사람은 진솔하게 말하게 되고 진솔하게 하는 말은 상대방을 움직일 수 있다. 말은 화려한 솜씨가 아니라 마음이 담긴 소통 능력을 보여주고 있기 때문이다. 지나치게 유창한 말은 말에 담긴 뜻을 충분히 전달할 수 없고 자칫 허풍이 심하게 보일 수도 있다. 소통을 위해서 진솔하게 말하고 다른 사람의 말을 경청하는 아들이 되기 바란다.

*소통하는 아들이 되기를 기도하는 아버지가…*

# 6장

## 너의 품격을 지켜라

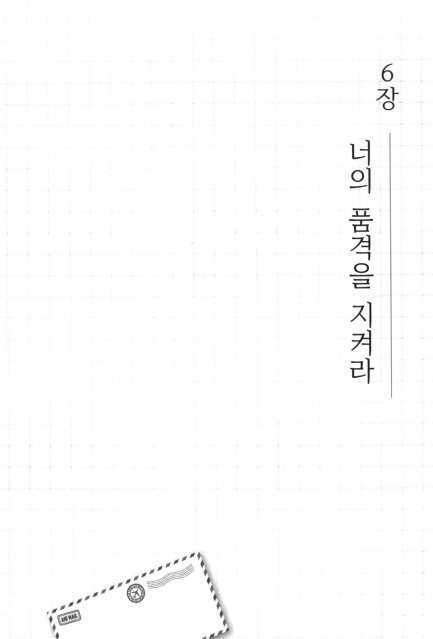

밝은 표정은 네가 마음 문을 열어놓고 있으면 상대방이 너에게 쉽게 다가와도 좋다는 신호를 보내고 있는 셈이다. 너의 밝은 표정을 본 사람은 자신도 밝은 표정으로 바꾸어서 너에게 다가올 것이다.

# 26. 클래식 음악에 빠져보라

사랑하는 아들아!

며칠 전에 네가 머리를 빡빡 밀어서 대머리가 된 모습을 사진으로 보내준 것을 보고 깜짝 놀랐다. 그런데 그 이유가 암 투병 중인 친구를 위로하고 그 친구를 위해 기도하는 것을 잊지 않기 위함이었다는 것을 알고 네가 아들이라는 것이 가슴 시리도록 자랑스러웠다. 그래서 그 사진을 스마트폰에 저장해두고 주변 사람들에게 보여주곤 했었다. 여기 머리를 빡빡 깎은 학생이 우리 아들이라고… 암 투병하는 친구를 위해서 머리를 깎았노라고….

메이저리그 야구팀의 선수 전원이 동료 선수의 아들 암 투병을 위로하기 위해서 머리를 밀었다는 내용을 인터넷 뉴스를 통해서 보았던 것이 전부였는데 이런 일을 우리 아들이 했다는 사실에 무척 가슴 벅찬 순간이었고 아버지도 곁에 있었으면 동참하고 싶다는 생각이 들었단다. 앞으로도 살아가면서 네 주변에 이러한 아픔을 지닌 사람들을 위로하고 그들의 아픔에 동참하는 마음을 가진 자랑스러운 아들이 되리라 믿어 의심하지 않는다.

그래서 더 사랑스러운 아들아!

오늘은 네가 클래식 음악에 심취하기 바라는 마음으로 이 편지를 쓴다. 음악에 대한 재능은 타고난다고 알려져있다. 음악을 좋아하는 성향을 타고난다고 하지만 음악을 자주 접하고 즐기게 되면 점점 더 좋아지게 된다고 하더구나. 아버지는 시골에서 태어나서 초등학교까지 시골에서 자랐고 또 그 당시에는 클래식을 접할 기회가 전혀 없었기 때문에 아버지가 클래식 음악을 좋아하는지도 몰랐단다. 그러나 중학교 때 하숙집에서 우연히 듣게 된 옆집 피아노 소리에 나도 모르게 클래식에 빠져들게 되었다. 토요일 오후에는 그 창문 아래 한 시간씩 앉아서 음악을 듣기도 했단다. 그 곡이 무엇이었는지는 모르지만 너무나 감미롭고 아름다운 곡이어서 듣는 순간에 '클래식이 이렇게 좋은 음악이구나!'라는 생각을 하게 되었고 그 후에는 점점 더 좋아하게 되었단다.

대학 시절 어느 날, 시내에 나갔다가 레코드 가게 앞을 지나는데 좋은 노래가 흘러나오고 있었는데 그 노래를 듣는 순간 아버지는 그 자리에 얼어붙었고 발걸음을 뗄 수가 없었다. 곡이 모두 끝날 때까지 멈춰 서서 다 듣고 나서 가게 문을 열고 들어가서 방금 들은 음악이 무슨 곡인지 물어보았더니 가게 주인이 「가고파」 후편이라고 알려주면서 그 곡의 배경까지 자세히 설명을 해주었다. 그 이후 언제 들어도 좋은 노래였고 지금도 무척 좋아하는 음악이 되었단다. 나중에 네 어머니와 데이트할 때 그 노래를 듣기 위하여 음악 감상실에도 갔었고 「가고파」 후편이 들어있는 음반을 선물한 적이 있다. 네 어머니가 그 음반을 어떻게 했는지는 모르지만….

「가고파」라는 시조는 시조시인이었던 노산 이은상 선생이 1932년 1월 8일 동아일보에 발표하였는데 어릴 적 뛰어놀던 고향 마산을 그리면서 쓴 것으로서 10수가 연결된 장편의 시조라고 한다. 이은상 선생의 친구였던 국어국문학자 양주동 선생은 1933년 숭실 전문학교 2학년 국어시간에 이 시조를 낭송해주었다고 한다. 그런데 그 자리에는 작곡가의 꿈을 키우며 공부하던 김동진 학생이 있었고 "어디 간들 잊으리요 그 뛰놀던 고향 동무 오늘은 다 무얼 하는고 보고파라 보고파"라는 구절을 들으면서 뭉클한 감회를 느끼고 즉석에서 작곡하였다고 한다.

그러나 「가고파」라는 곡이 널리 알려지게 된 계기는 따로 있었다고 한다. 1939년 일본에 유학 중이던 이인범이라는 청년이 일본 마이니치 신문사가 주최한 전 일본 음악콩쿠르 성악부에서 1등 없는 2등상으로 우승하였다고 한다. 당시에 한국은 일본의 지배하에 있었기 때문에 한국은 물론 일본에서도 한국인이라고 1등상을 주지 않았던 심사위원들에 대해 큰 비판이 일어날 정도였다고 알려졌다. 이인범이 성악에서 우승한 것은 일본에 유학한 한국 유학생뿐만 아니라 국내에서도 큰 용기를 준 일종의 사건이었다고 한다. 이 수상을 계기로 이인범은 전 일본 도시를 돌면서 순회공연을 할 때 어느 공연장에서나 가장 먼저 「가고파」를 불러서 나라 잃은 설움을 달랬고 대한민국의 민족혼을 불러일으켰다고 한다. 그래서 「가고파」는 점점 널리 알려지게 되었고 사람들이 부르기 시작하였는데 실제 이은상 선생이 쓴 시조는 10수로 너무 길어서 4수까지만 곡을 붙였던 것이라고 한다.

김동진 선생은 경희대 교수로 재직하면서 「가고파」 시조의 나머지 6수에 대한 작곡에 대하여 거룩한 부담을 안고 있었다고 한다. 자신이 20세 때 작곡한 「가고파」가 너무 유명해졌으니 나머지 6수는 전편의 느낌을 그대로 살리면서 더 깊이가 있어야 하고 이미 유명해진 곡에 이어질 수 있도록 음률을 찾아 40여 년을 헤매면서 수차례 곡을 썼다 찢어버리기를 반복했다고 하는구나.

그러다가 1973년 봄 마산에서 노산 이은상 선생의 시비 건립 때 초대되어 간 자리에서 모인 사람들의 간곡한 요청으로 「가고파」를 직접 부르게 되었는데 작곡자의 노래를 직접 들은 사람들이 나머지 6수는 왜 작곡하지 않느냐고 질문하였다고 한다. 그때 그의 나이가 이미 60세였는데 나머지 6수에 대한 작곡을 마무리하기로 결심하였다고 한다. 그리하여 1973. 12. 10. 이은상 선생의 고희 기념에 맞추어 숭의여전 강당에서 테너 김화용 씨의 노래로 「가고파」 후편을 발표하게 되었다.

이렇게 발표된 「가고파」 후편은 뜨거운 갈채를 받았고 음악 평론가들로부터 전편보다 훨씬 좋다는 평을 듣게 되었다. 20대 때에 작곡한 「가고파」 전편과 60대 때에 작곡한 「가고파」는 40년의 시간을 이어주기에 충분한 감정의 깊이를 담고 있었으며 이인범이 표현했던 마음의 감동을 그대로 전하기에 전혀 부족함이 없는 곡이라고 한다. 김동진 선생은 자서전에서 "쓰러져 가는 자신을 다시 일으켜 세운 작품이 「가고파」 후편이었다."라고 표현했다고 한다.

그래서 김동진 선생은 이인범 씨 장례식장에서 「가고파」가 널리 알려지고 자신이 유명해지게 된 것은 이인범 씨 때문이었다며 가슴 깊은 눈물을 흘리며 조사를 읽었다고 한다. 그리고 2010년대에 들어서 『월간조선』이라는 잡지사에서 작곡가와 성악가 100명에게 우리나라 최고의 가곡과 우리나라 최고의 작곡자를 설문조사를 한 결과 최고의 가곡으로는 「가고파」가 선정되었고 최고의 작곡가로는 '김동진 선생'이 선정된 바 있다.

아버지가 「가고파」 후편을 듣고 무척 감동하여 수시로 들으면서 그 감동을 다시 느껴온 것도 벌써 35년이 넘었구나. 「가고파」 시조는 너무 길어서 여기에 모두 소개할 수는 없고 후편에 사용된 부분을 일부 인용하고자 한다. "물 나면 모래판에서 가재거이랑 달음질 치고 물들면 뱃장에 누어 별 헤다 잠들었지 세상일 모르던 날이 그리워라 그리워~ 여기 물어보고 저기가 알아보나 내 몫 옛 즐거움은 아무 데도 없는 것을 두고 온 내 보금자리에 가 안기자 가 안겨~."

언제 들어도 좋은 노래고 언제 들어도 좋은 가사라고 생각한다. 아버지가 음악을 좋아한 것은 아마도 타고난 것 같다는 생각이 들지만 할머니 할아버지께서 음악을 좋아하셨는지, 음악적 재능이 있으셨는지는 확인할 길이 없다. 왜냐하면, 시골에서 농사짓는 농부로서 오로지 자식들 가르치기 위해서 사셨던 분들이라서 한순간도 흐트러진 모습을 본 적이 없기 때문이다. 술을 적당히 드셔서 취기가 오른 모습조차도 본 적이 없었으니 콧노래라도 흥얼거리셨더라면 한 번쯤은 들었을 법도 한데 그런 경우가 전혀 없었다.

아버지는 음악을 그렇게 좋아했지만 음악회를 갈 만큼 여유가 없어서 대학 때까지 한 번도 가본 적이 없는 것 같다. 그런데 대학 1학년 가을 어느 날 캠퍼스를 걸어가다가 게시판에서 포스터 한 장이 눈에 띄는 것이었다. 폴 모리아 팝 오케스트라의 연주회였다. 그 포스터를 보는 순간 음악회에 가고 싶은 생각이 너무나 많이 들었는데 입장료가 생각보다 훨씬 비싸서 무척 망설였다. 왜냐하면, 그 연주회를 가게 되면 하숙비를 내지 못하게 되었기 때문이었다. 그러나 큰맘 먹고 입장권을 구매하였고 설레는 마음으로 연주회에 갔었다. 아버지에게는 분에 넘치게 많은 돈을 사용했던 연주회였기 때문에 떨리는 마음으로 음악을 감상했다. 이 연주회는 아버지에게 있어서 잊지 못할 감동을 준 연주회였고 비로소 클래식의 깊은 맛에 눈을 뜬 계기가 되었단다.

그런데 한 가지 큰 걱정이 있었지. 그것은 다름 아닌 비싼 입장료였단다. 시골에 계신 할아버지께서 보내주신 하숙비를 사용해서 음악회를 갔으니 하숙비를 낼 수 없게 되었단다. 그래서 궁리 끝에 하숙비를 마련하기 위해서 학교를 결석하고 막노동을 하게 되었다. 이런 일을 해본 적이 없었기 때문에 잡일을 하게 되었는데 입장료를 마련하기 위해서는 일주일간 학교를 결석하고 일을 해야만 했다.

그런데 그 일주일 동안 정말 즐거운 마음이었고 막노동도 즐겁게 할 수 있다는 것을 깨달았다. 막노동을 하면서 육체적으로는 힘들었지만 마음을 울려주는 세계적인 음악가 폴 모리아가 직접 지휘했던 음악을 감상한 대가로 아깝지 않다는 생각뿐이었다. 워낙 즐겁게 일을 하니까 함께 일하던 아저씨가 "학생은 뭐가 그렇게 즐거워서 일하면서도 싱글벙글 하나? 힘들지 않은가?"라고 묻기에 하숙비를 털어서 음악회에 갔었고 하숙비를 벌기 위해서 일하러 왔다는 그간의 사정을 이야기했던 적이 있었다.

폴 모리아 오케스트라는 전통적인 오케스트라가 아니라 팝 오케스트라였다. 지휘자인 폴 모리아는 프랑스 태생으로 1965년에 자신의 이름을 따서 '폴 모리아 오케스트라'를 만들었고 「Love is Blue」라는 곡으로 빌보드 차트에 5주간 1위를 한 적도 있고 음반도 5백만 장이 팔리기도 했다는구나. 폴 모리아는 2006년에 사망하였지만 지금도 그 이름 그대로 폴 모리아 오케스트라는 세계를 누비면서 연주회를 이어가고 있다.

아버지가 너보다 어렸을 때 받은 감동이 하도 커서 그 감동을 다시 한 번 맛보기 위해서 2009년 부산 연주회 때 다시 한 번 참석한 적이 있었다. 35년 전 이야기를 수기로 써서 신문사에 보냈는데 당첨이 되어서 신문사에서 입장권을 보내 주었기에 좋은 자리에 앉아서 감상하였다. 그런데 아버지의 나이가 들었고 마음이 무디어져서 그런지 20대에 느꼈던 감동을 똑같이 맛볼 수는 없었다. 아마도 35년 전의 순수하고 깨끗했던 마음 상태가 아니었기 때문이라고 생각된다.

사랑하는 아들아!
음악도 감상하는 때에 따라, 마음 상태에 따라 느끼는 감동도 다르다고 생각한다. 지금 네 마음은 순수하고 열정이 가득한 깨끗한 상태이기 때문에 이 젊음의 시기에 클래식을 즐겨 들어보기를 권한다. 모든 것은 때가 있는 것처럼 아버지의 경험으로도 음악을 들어야 할 때가 있는 것 같다. 아버지가 20대에 느꼈던 감동을 35년 후에 똑같이 느끼지 못하는 것처럼 너 역시 지금 20대에 느끼는 감동과 30~40대에 느끼는 감동이 다를 것이다. 지금 맛보아야 할 감동을 맛보지 못하고 세월이 흘러가면 앞으로 그 감동은 영영 맛보지 못하고 지나가게 되는 것이다.

클래식 음악은 사람의 마음을 평안하게 하고 자라나는 어린이에게도 좋은 영향을 미쳐서 두뇌 발달을 돕는다고 알려졌다. 클래식을 좋아하게 되면 Heavy metal이나 Rock 음악은 수준 낮은 음악으로 여겨지게 된다고 하는구나. 록 음악이 식물에게 해를 끼친다는 과학적 연구가 많이 발표되기도 하였고 실제로 아버지도 이러한 내용을 직접 연구하여 학회에서 발표하기도 하였다.

식물에게 다른 조건은 똑같이 맞추고 한쪽은 클래식 음악을 들려주고 다른 한쪽은 헤비메탈 음악을 들려준 후에 관찰해보면 두 그룹 간의 차이가 많이 나는 것을 알 수 있다. 클래식 음악을 듣고 자란 식물은 잘 자랄 뿐 아니라 열매도 많이 맺히고 식물체의 크기도 크고 잎도 무성하게 자라는 것을 볼 수 있다. 그러나 록 음악을 듣고 자란 식물은 일부는 죽기도 하지만 살아남는 식물도 클래식을 듣고 자란 식물에 비해 1/10도 안 될 정도로 모든 면에서 건강하게 자라지 못하는 것을 연구를 통해서 알 수 있었다.

이러한 연구는 이미 많은 논문으로 검증되었고 실생활에 응용되고 있는 경우도 많이 있다. 예를 들면 클래식 음악이나 그린 음악을 듣고 자란 벼는 Rutin, GABA처럼 사람에게 좋은 성분이 많이 만들어지기 때문에 기능성 쌀로 이미 상업화되어서 비싼 값에 판매되고 있는 실정이다. 그러나 록음악을 듣고 자란 식물은 잘 자라지도 못하고 이러한 성분이 훨씬 적게 만들어지는 것을 알 수 있다. 그뿐만 아니라 클래식 음악을 듣고 자란 식물은 그렇지 않은 식물에 비해 해충의 피해가 덜하기도 하고 해충의 수명도 단축된다는 것도 연구결과 밝혀졌다.

그뿐만이 아니다. 식물을 키우면서 칭찬을 하면 식물이 사람의 말을 알아듣고 잘 자라지만 욕을 들려주면 칭찬을 들려준 식물에 비해 훨씬 못 자라는 것도 연구결과 밝혀졌다. 따라서 우리가 어떠한 음악을 듣고 어떠한 말을 해야 하는지를 알 수 있을 것이다.

성경에서는 "선한 말은 꿀 송이 같아서 마음에 달고 뼈에 양약이 되느나라(잠언 16:24)"라고 기록하고 있다. 우리가 살아가면서 선한 말, 좋은 음악을 듣게 됨으로써 우리의 마음과 정신과 육체를 신선하게 가꾸는 것도 우리의 삶에 있어서 매우 중요한 일이라고 생각된다. 따라서 일부러 기회를 만들어서 가끔은 오케스트라 연주회에 참석하기 바란다. 클래식 음악을 즐겨 듣고 집안에 있을 때는 항상 찬양을 들으면서 생활하기 바란다.

가끔은 방안 가득 달빛이 비추는 달 밝은 밤에는 전등을 끄고 클래식 음악을 들으면서 마음과 정신과 육신에 신선함을 선물하는 멋진 아들이 되기 바란다. 우리아들! 사랑해~.


클래식 음악의 깊은 맛을 아는 아들이 되기를 기도하는 아버지가…

# 27. 너만의 이미지를 가꾸고 다듬어라

사랑하는 아들아!

오늘은 너에게 너 자신만의 이미지를 잘 가꾸는 것이 얼마나 중요한지에 대하여 이야기하고 싶구나. 이미지를 영어로는 'image'라고도 하지만 실제로 널리 사용되는 의미는 'impression'이라 하는 것이 더 적합할 것 같구나. 이미지라는 단어의 사전적 의미는 "어떤 대상에 대하여 마음에 새겨지는 느낌이나 작용"이라고 정의할 수 있고 이미지에 대한 한자어로는 인상(印象) 혹은 심상(心象)이라고 한다.

이미지의 의미를 이 정도 생각해보면 대강의 윤곽이 잡힐 것으로 생각하지만, 사실 우리가 살아가면서 자신의 이미지를 관리하는 것은 단어의 의미 이상의 깊은 뜻이 있기 때문에 오늘은 좀 더 깊은 이야기를 너와 나누고자 한다. 그 이유는 아버지가 너만 할 때 이러한 문제를 공부했거나 관심을 가졌다면 지금보다 훨씬 좋은 이미지로 살아가고 있지 않을까 하는 후회도 들고 아쉬움도 남기 때문이다. 그리고 너는 지금부터 이미지를 관리하여 너 자신의 이미지를 멋진 모습으로 세상을 살아가기를 바라는 마음이 간절하여 이 글을 쓴다.

이미지는 비단 사람 개인에 한정되는 것이 아니라 단체에도 적용될 수 있고 기관이나 기업에도 적용될 수 있을 것이다. 따라서 그 대상이 기업이면 기업 이미지가 떠오르고 상품이면 상품 이미지가 떠오르게 된다. 따라서 기업에서는 상품을 팔기 위한 상품광고도 열심히 하지만 기업 이미지 제고를 위해서 매년 수백만 달러 이상을 사용하고 있는 실정이다. 기업에서는 기업의 이미지를 높이기 위해서 많은 노력을 하고 있는데 개인은 개인의 이미지를 높이기 위해서 얼마나 노력하고 있을까? 너는 너의 이미지를 높이기 위해서 얼마나 노력하고 있는지 한 번 생각해보기 바란다.

젊은 시절에는 이러한 것에 관심을 쏟을 여유가 없고 오직 성공하기 위해서, 자신을 발전시키기 위해서 온 힘을 다 쏟고 있으면서도 정작 자신이 주변에 어떻게 보여지는지에 대하여 관심을 크게 두지 않을 뿐 아니라 대부분의 젊은이들이 자신의 이미지를 높이기 위한 노력은 열심히 하지 않는다.


사랑하는 아들아!

이미지라고 하면 네 머리에 떠오르는 키워드가 어떠한 것이 있니? 표정, 목소리, 보디랭귀지, 스피치, 매너, 첫인상, 복장, 자세, 동작, 얼굴, 몸매, 웃음… 이러한 단어가 대부분 이미지를 표현하는 단어일 것이다. 이미지는 단순하게 어느 한 가지 의미로 한정할 수 없으며 복잡하고 총체적이며 집합적인 의미를 나타내는 것이다. 그 만큼 바른 이미지를 가꾸는 것은 쉬운 일이 아닐 것이다. 또한, 그 러한 이미지를 잘 가꾸기 위한 이미지 메이킹은 더욱 복잡하여 거 의 모든 대학에서 교과목으로 개설하여 학생들이 자신의 이미지를 잘 가꾸기 위해서 노력하도록 가르치고 있다. 어찌 보면 사회가 그 만큼 복잡해지고 다양해졌으며 좋은 이미지를 가꾸는 것이 어렵다 는 것을 반증하는 증거라고 할 수 있을 것이다.

이처럼 다양하고 복잡한 이미지를 짧은 편지에서 다 이야기할 수 없기 때문에 오늘은 표정, 자세, 매너에 대해서만 이야기하려고 한 다. 특히, 네가 너 자신의 이미지를 어떻게 만들어가야 하는지를 의 미하는 이미지 메이킹에 대하여 아버지의 의견을 말하려고 한다. 이 미지 메이킹은 자신이 가지고 있는 이미지를 잘 가꾸는 과정이라고 할 수 있다.

그런데 사실 아버지 자신을 돌아보면 너에게 이미지 메이킹에 대 해서 이야기할 자격이 되는지 의심스럽다. 아버지도 이미지 메이킹 에 대하여 깊이 생각해본 적도 없고 노력한 적은 더구나 없기 때문 이다. 그럼에도 불구하고 사랑하는 아들이 다른 사람에게 좋은 이 미지로 보여지기 바라는 마음으로 이 글을 쓰고 있는 것이다. 특히, 너는 섬기면서 살아가야 하는 크리스천으로서 다른 사람들의 눈에 보여지는 네 이미지가 좋지 않다면 그것은 비단 너 자신의 이미지만 좋지 않은 것이 아니라 하나님의 영광을 가리는 것이기 때문에 좋 은 이미지를 가꾸어야 할 충분한 사명이 있다고 생각한다.

사람은 좋든 싫든, 원하든 원하지 않든 간에 다른 사람들과 어울려서 더불어 살아가는 동안 자신의 이미지에 신경 쓸 수밖에 없다. 누구나 다른 사람에게 좋은 이미지로 비치기를 원하지만 방법을 모르거나 표현이 서툴러서 손해를 보는 경우도 많다. 다른 사람들이 너에게 호감을 가지도록 이미지를 관리하는 것은 네가 무슨 일을 하는지, 어떤 위치에 있는지 관계없이 매우 중요하게 생각해야 할 문제라고 생각한다.

만약 네가 다른 사람에게 좋은 이미지를 나타내 보여주므로 다른 사람이 즐거워한다면 그 이유 하나만으로도 네가 좋은 이미지를 가꿔야 할 이유가 분명할 것이다. 사람이 살아가면서 다른 사람에게 영향력을 미칠 기회는 생각보다 많다. 아침 출근길에 만나는 경비아저씨부터 버스를 타면서 만나는 운전사, 지하철을 타면서 스쳐 지나가는 사람들은 물론이고 사무실에서 만나는 직장 동료와 상사에 이르기까지 우리는 종일 관계 속에서 사람들과 만나면서 살아가고 있기 때문이다.

이러한 사람들에게 네가 어떠한 모습으로 보일지 진지하게 생각하고 고민하여 너만의 이미지를 잘 가꿔가기 바란다. 이미지 메이킹은 외모만을 이야기하는 것은 아니다. 물론 상대방을 처음 만나서 그 사람의 첫인상을 평가하는 데 걸리는 시간은 이 분야를 연구한 학자에 따라 다르지만 5~7초를 넘지 않는다고 한다. 이것은 많은 연구 끝에 나온 것이기 때문에 전 세계 어디에서나 공통으로 적용되는 것이라고 한다. 상대방을 평가하는 데 7초밖에 걸리지 않는다면 그것은 분명히 외모, 인상, 표정으로 결정되는 것임이 틀림없다.

이미지 메이킹이라고 하면 외모를 잘 가꾸는 행위라고 생각하는 경우가 많이 있지만 사람들이 추구하는 목표를 달성하기 위해 자기 자신을 통합적으로 관리하며 발전시키기 위한 모든 노력을 동시에 의미하는 것이다. 이미지 메이킹을 통해 너 자신이 적극적이고 근본적인 사람으로 변화되는 모습을 스스로 볼 수 있을 것이다. 이미지 메이킹을 잘하면 너 자신의 내면으로부터 정체성의 변화가 긍정적으로 나타나고 이러한 내적 이미지가 변화하면서 밖으로 드러나는 말투나 표정, 태도 같은 외적 이미지도 바뀌게 되고 이로 인해 네 주변과의 관계가 변화되는 것이다.

이러한 변화는 모든 것이 연쇄적으로 바뀌는 효과가 나타나는데, "생각이 바뀌면 표정이 바뀌고, 표정이 바뀌면 말투가 바뀌고, 말투가 바뀌면 태도가 바뀌고, 태도가 바뀌면 평가가 바뀌고, 평가가 바뀌면 인생이 바뀐다"라고 말하는 사람들도 있다. 결국, 이미지 메이킹은 너 자신의 삶을 바람직하게 변화시키는 학문적 연마인 동시에 끊임없이 감당해야 할 총체적 노력이라고 할 수도 있을 것이다.

미국의 심리학자인 Albert Mehrabian 교수는 사람과 사람이 소통하는 데 있어서 어떤 요소가 가장 큰 영향을 미치는지를 연구하여 1971년 'Mehrabian 법칙'을 발표하였다. 이 법칙을 보면 표정, 자세, 동작, 시선, 체형, 옷차림, 태도, 건강상태 등과 같은 시각적 이미지가 55%, 목소리, 발음, 말투, 말의 속도와 같은 청각적 이미지가 38%로서 전체의 93%를 차지하였고 실제로 전달하고자 하는 내용은 7%에 불과하다고 한다. 이 내용은 좀 과장된 느낌이 없지 않으나 이 법칙에 의하면 첫인상을 결정짓는 요소 중 시각적 이미지와 청각적 이미지가 상대방을 판단하는 데 있어서 거의 절대적이고 실제 내용은 극히 미미하다고 할 수 있다.

그렇다면 실제로 내용이 더 중요한데도 불구하고 사람은 왜 시청 각적인 이미지를 더 중요시하게 생각하는 것일까? 왜 첫인상을 결 정하는 데 있어서 외형적인 것이 절대적인 영향력을 미치는 것일까? 그것은 상대방과의 만남에 있어서 자신에게 닥칠지도 모를 위험을 미리 감지하고 자신의 안전을 도모하려는 심리적 요인에서 나온다고 말하는 학자들도 있다. 따라서 인상을 본다고 할 때는 상대방이 어 떻게 행동할지 예측하는 것도 포함되어 있다는 것이다.

실제로 상대방을 공격하려고 하는 사람이 웃으면서 다가와서 부 드럽고 좋은 말로 차분하게 이야기하다가 갑자기 돌변하여 공격하 는 일은 없을 것이다. 왜냐하면, 공격하는 쪽에서도 미리 전의를 불 태우고 준비를 한 상태에서 공격하는 것이 더 효과적이기 때문에 완전 무장해제당한 상태인 웃음 가득한 표정과 다정한 말투로는 공 격할 준비가 되어있지 않은 상태이기 때문이다.

따라서 네가 너 자신의 이미지를 상대방에게 좋게 보이도록 하기 위해서는 어떠한 노력을 해야 하는지 분명하게 알 수 있을 것이다. 이미지 메이킹을 잘하기 위한 가장 중요하고 기본이 되는 것은 부드 럽고 따뜻한 표정이다. 그리고 그러한 표정을 관리하기 위해서 가장 중요한 점은 웃는 모습이라고 생각한다. 요즈음에는 사람들이 웃는 모습을 보기 쉽지 않은 것이 사실이다.

더구나 나이가 들수록 사람들은 덜 웃는다고 하는구나. 갓난아 기는 하루에 300번을 웃는데 나이 든 어른은 하루에 30번도 안 웃 는다고 하는구나. 정확하게 말하면 하루에 30번 웃는 사람이 전체 성인의 30%밖에 되지 않는다고 한다. 결국, 70%의 사람들은 거의 웃지 않는다고 보면 된다. 우리 속담에는 "웃는 낯에 침 뱉으랴", "한 번 웃으면 한 번 젊어진다", "웃는 문으로 만복이 들어온다"와 같이 웃음과 관련된 것이 많다. 그만큼 웃음이 중요하다는 뜻일 것이다.

그런데 사람의 표정은 훈련에 의해서 얼마든지 바뀔 수 있다고 한다. 따라서 평소에 얼마나 노력하고 웃음 띤 얼굴로 살아가느냐에 따라 자신의 이미지가 결정되는 것이다. 이처럼 노력으로 바뀔 수 있는 이미지는 외모, 표정, 패션, 동작 등이고 이러한 것을 외형적 이미지라고 한다. 그리고 지속해서 관리하고 유지하는 것이 필요한 이미지 중에는 화술, 인품, 성격, 배려 등이 있는데 이러한 것을 인격적 이미지라고 한다는구나.

이미지 메이킹을 잘하기 위해서는 늘 활기차고 밝은 표정을 유지하는 것이 중요하다고 생각한다. 네가 밝은 표정을 유지하는 것은 항상 긍정적인 가치관을 가지고 살아간다는 것과 다름없을 것이다. 밝은 표정은 상대방에게 네가 적극적인 사람이라는 것을 나타내 보여주고 있는 것이다. 밝은 표정은 네가 마음 문을 열어놓고 있으니 상대방이 너에게 쉽게 다가와도 좋다는 신호를 보내고 있는 셈이다. 너의 밝은 표정을 본 사람은 자신도 밝은 표정으로 바꾸어서 너에게 다가올 것이다. 사람의 표정이 어두우면 감히 말을 붙이기가 거북해진다. 괜히 말을 붙였다가 응대하지 않으면 어색해지는 상황이 올 수도 있다고 생각되어 쉽게 말을 붙이지 못하게 된다.

이미지 메이킹에서는 자세나 태도 역시 중요한 요인이 될 것이다.

자세, 태도, 매너는 모두 같은 듯 조금씩 다른 의미로도 사용되고 있다는 것을 너도 알 것이다. 자세는 신체와 좀 더 가까운 의미를 가지고 있는 반면에 매너는 전적으로 상대방과의 관계에서 네가 나타내 보여주는 행위나 마음가짐일 것이고 태도는 그 두 가지 의미를 모두 포함하는 중간적 의미를 나타내는 것이라고 생각한다. 이 모든 것은 궁극적으로 네가 어떠한 마음가짐을 가지고 있느냐에 따라 밖으로 드러나게 될 것이다. 따라서 네 마음가짐이 가장 중요한 자세요, 태도요, 매너가 될 것이다.

사랑하는 아들아!

아버지가 학교에서 항상 견지하고 있는 마음가짐은 두 가지라고 할 수 있다. 하나는 하나님 앞에서 생각하고 행동하는 것이고 다른 하나는 학생들이 모두 아버지의 아들이고 딸이라고 생각하는 것이다. 아버지가 일하고 있는 대학의 교훈이 "Coram Deo!"이다. 이 말은 라틴어로써 "하나님 앞에서"라는 뜻을 가지고 있다. 우리가 무슨 일을 하든지 하나님 앞에서 한다고 생각하면 나태하게 할 수도 없고 성실하게 하지 않을 수도 없을 것이다.

그런데 종종 이 마음가짐을 그대로 지키지 못하고 생활할 때도 있다. 인간적인 생각이 앞설 때, 작은 유익을 구하려고 할 때, 귀찮고 힘들어서 피하고 싶을 때, 바르게 생각하지 못하고 마음이 흔들릴 때에는 하나님 앞에 있다는 생각을 잊어버리는 순간이 많이 있었음을 고백할 수밖에 없다. 그리고 시간이 지나서 정신을 차리게 되면 항상 잘못했던 자신을 발견하게 된다. 그리고 잘못을 후회하고 회개하며 다시는 잘못을 반복하지 않겠다고 다짐하게 된다. 그럼에도 불구하고 똑같은 잘못을 여러 번 반복하는 경우가 많이 있었음을 부끄럽게 생각하고 있다.

그리고 아버지가 가르치는 학생들이 아버지의 친아들, 친딸이라고 생각하면 무엇을 어떻게 해야 하는지가 보인다. 이것은 노력해서 보는 것이 아니라 자동적으로 보이는 것이다. 아버지가 보려고 해서 보는 것이 아니라 보이는 것이고 생각하려고 해서 생각하는 것이 아니라 자연적으로 생각되어지는 것이다. 그리고 다른 교수님들에게도 수시로 이야기하는 말이 교수님들이 가르치는 학생들이 교수님의 자녀라고 생각하면 무엇을 할 것인가가 보이기 때문에 다른 말이 필요 없다고 종종 이야기한다.

이 말은 너도 아버지가 되어야 그 뜻을 깨달을 수 있을 것이다. 지금까지 이 세상의 모든 아버지가 자신이 아버지가 되기 전까지는 깨닫지 못하다가 아버지가 되어서야 비로소 깨닫는 것들! 아버지가 되어서야 비로소 보이는 것들! 그것은 말이 필요 없고 다른 행동이 필요 없이 자동적으로 깨달아지고 자동적으로 보이는 것들이리라….

네가 너의 이미지 메이킹을 하는 데 있어서 '하나님 앞에서'와 '네 자녀라고 생각한다면' 등 두 가지 자세와 태도를 가진다면 네가 어떠한 이미지를 가꾸어 가야 할 것인가를 스스로 판단할 수 있을 것이다. 아직 20대인 너에게 '네 자녀라고 생각한다면'이라는 말이 적절하지는 않겠지만 아버지는 그러한 마음가짐을 가지고 생활하고 있다는 말을 전하고 싶구나.

지금의 네 나이는 실수도 할 수 있고 잘못도 할 수 있다. 20대는 그러한 시행착오를 거치면서 성장하는 과정이라고 생각한다. 지금의 네 나이는 찬란한 젊음의 때요, 너를 향한 하나님의 뜻을 이루기 위하여 노력하는 멋진 때인 만큼 작은 실수와 잘못을 통하여 자신의 이미지 역시 멋지게 가꾸어가는 아들이 되기를 기도한다.


아들이 멋진 이미지를 가꾸기를

바라는 아버지가…

# 28. 품위와 예의범절을 지켜라

사랑하는 아들아!

옛날 조선 시대에 있었던 일이라고 한다. 어떤 양반 두 사람이 오일장에 가서 정육점에 고기를 사러 갔다고 한다. 그 당시는 철저한 계급사회였는데 정육점을 운영하는 사람은 박천수라는 이름을 가진 백정이었는데 백정은 가장 낮은 천민 계급이어서 양반은 백정에게 하대를 해도 되는 그런 세상이었다고 한다.

두 양반 중 한 사람이 정육점 주인의 이름을 부르며 "천수 놈! 여기 고기 한 근 떼어 놓아라!"라고 명령조로 이야기를 했다고 한다. 그러자 험한 칼질로 대충 한 덩어리 뚝딱 잘라 짚으로 매어 건네주었다고 한다. 다른 한 양반은 아무리 백정이지만 다른 사람들 앞에서 하대할 수 없어서 "박 서방! 나도 고기 한 근 주시게!"라고 했더니 그 백정이 정성스레 맛있는 부분을 골라 한 근보다 많이 잘라서 잘 묶어서 건네주었다고 한다.

고기를 먼저 받은 사람이 보니 나중에 받은 사람의 고기가 자신이 받은 것보다 훨씬 크고 품질도 좋은 것을 보고 화가 나서 "네 이놈! 같은 한 근인데 왜 내 것은 이렇게 작으냐?"라고 언성을 높이면서 따졌다고 한다. 그랬더니 그 백정의 대답이 "네에~ 사람이 달라서 그렇습니다. 먼저 것은 천수 놈이 잘랐고 뒤의 것은 박 서방이 잘랐으니 다를 수밖에 없습니다."라고 했다는구나.

사랑하는 아들아!

위의 예에서 알 수 있듯이 한 사람은 말의 품위를 지켰고 다른 한 사람은 품위를 지키지 않았던 것이다. 오늘은 너 자신의 품위를 지키기를 바라는 마음으로 이 편지를 쓴다. 사람은 항상 다른 사람들과의 만남과 관계를 통하여 살아가고 있기 때문에 관계의 중요성은 두말할 필요가 없다. 이러한 관계는 처음 만났을 때 첫인상이 결정적으로 작용한다는 것은 너도 알고 있을 것이다. 우리가 사람을 처음 만나게 되면 명함을 주고받으면서 자신을 소개하게 되는데 명함을 주고받는 데도 예절이 있고 그 짧은 순간에 품격을 지키는 좋은 방법이 있어서 너에게 알려주고자 한다.

많은 사람들이 명함을 주고받을 때 제대로 예절을 지키지 않아서 자신의 품격을 떨어뜨리는 경우가 많이 있다. 명함을 건넬 때는 상의나 명함지갑에서 꺼내는 것이 좋은데 어수선하게 찾지 않고 바로 꺼낼 수 있도록 미리 준비해야 한다. 일반적으로 아랫사람이 먼저 건네는 것이 예의이며 상대방이 명함을 건네면 아래 사람이 공손하게 두 손으로 받은 후 자신의 명함을 건네면서 간단히 자신의 소개를 하는 것이 예의라고 한다. 상대에게 받은 명함은 공손하게 받쳐 들고 상세히 살핀 다음 혹시 어려운 한자가 적혀져 있을 경우는 그 자리에서 바로 물어보는 것이 좋다. 혹시 상대방이 명함을 건네주었 는데 네가 명함을 준비하지 못했으면 상대방에게 양해를 구하고 메 모지에 연락처를 메모하거나 휴대전화에 바로 입력하는 것도 좋은 방법이다.

그리고 상대방의 명함을 계속 만지작거리거나 구겨서는 안 되는 데 명함을 구긴다는 것은 명함의 주인을 구긴다는 뜻이므로 절대로 해서는 안 되는 일이다. 특히, 명함을 받으면 살펴보지도 않고 곧바 로 주머니에 바로 집어넣는 경우가 많은데 그것은 좋지 않은 방법 이라고 한다. 명함을 받으면 찬찬히 보면서 간단한 질문을 하면 명 함을 건네준 사람은 상대방이 자신에게 관심을 가지는 것을 고맙게 생각하고 그 사람에 대하여 좋은 인상을 가지게 된다고 한다. 예를 들면 "아~~ 전공이 전자공학이시군요? 전자공학 중에 어떤 내용 을 연구하셨나요?", "로펌에 근무하시는군요? 어떤 분야를 주로 맡 고 계십니까?"라고 간단히 물어보면 자신이 품격 있는 사람이라는 인상을 줄 수 있다고 한다.

그리고 사람을 만나서 이야기를 나눌 때 시선 처리도 매우 중요 한 포인트가 되는 것이 틀림없다. 한국 사람들은 상대방의 눈을 똑 바로 쳐다보는 것이 익숙하지 않다. 그러나 상대방의 눈을 쳐다보면 서 이야기를 나누면 상대방은 네가 자기에게 집중하고 있다는 인상 을 받는다고 하는구나. 그런데 상대방의 눈을 쳐다보는 것도 원칙이 있다고 한다. 눈을 뚫어져라 쳐다보면 오히려 좋지 않은 감정을 가지게 되고 혹시 자신의 문제점을 들춰내기 위한 것으로 생각할 수도 있다고 한다. 따라서 상대방의 두 눈과 코 사이를 쳐다보면서 10초마다 입을 쳐다보는 것이 가장 좋은 방법이라고 한다. 물론 부드러운 시선으로 바라보아야 하는 것은 당연한 일이다.

사랑하는 아들아!

사람의 말과 행동이 자신의 품위를 결정하는 것이라는 사실을 항상 유념하기 바란다. 식물에게 좋은 음악을 들려주면 잘 자라지만 Rock 음악을 들려주면 잘 자라지 못한다는 것은 너도 잘 알 것이다. 속된 말이나 천박한 말은 스스로 품위를 떨어뜨릴 뿐 아니라 너에 대한 신뢰감을 사라지게 만든다. 어떠한 조직이든지 조직의 리더가 갖추어야 할 가장 중요한 덕목 중에 하나는 말과 행동의 품위를 갖추는 일이다. 인정받는 리더가 되고 싶다면 품위 있는 말, 격에 맞는 말을 사용해야 한다. 품위 있는 말은 인격이 되어 자신을 높일 뿐 아니라 사람들을 모이게 하고 리더십이 발휘되게 만든다. 사람의 입은 화를 불러오는 문이 되기도 하도 복을 불러오는 문이 되기도 하므로 신중하게 말하고 덕을 갖춘 말을 해야 한다.

그뿐만이 아니다. 사람의 품격은 상황에 적절한 유머와 조크를 어떻게 사용하느냐에 따라 일순간에 바뀔 수 있다. 사람의 품격이 말의 품위에 따라 결정된다는 말이다. 윈스턴 처칠 영국 총리가 77세 때 30분이나 늦게 의회에 참석했던 일이 있었다. 반대당에서는 처칠에게 게으른 사람이라고 비난하면서 의원들을 30분씩이나 기다리게 한 것은 총리로서 오만한 태도라고 언성을 높였다.

그때 처칠은 "의원 여러분! 늦어서 정말 죄송합니다. 늦지 않으려고 노력했지만 잘 안 되는군요. 그런데 여러분들도 나처럼 예쁜 여자와 사신다면 아침에 일찍 나오기가 쉽지 않을 것입니다. 다음부터는 회의 전날에는 각방을 쓰겠습니다!"라고 머리를 긁적이며 어눌한 태도로 답변을 했다. 그 순간 모든 의원은 폭소를 터뜨렸으며 회의장은 웃음바다로 변했고 그날 회의는 일사천리로 진행되었다고 하는구나. 만약 처칠 수상이 그 자리에서 늦은 이유에 대해서 구차하게 변명하거나 핑계를 댔다면 상황이 어떻게 변했을까? 아마도 그날 회의는 순탄하게 진행되지 못했을 것이 분명하다.

그런데 처칠처럼 적절한 상황에 적절한 유머를 사용하여 분위기를 일순간에 반전시키는 것은 쉬운 일이 아니다. 사실 코미디언이나 개그맨들이 TV에 나와서 사람들을 웃기는 것이 쉬운 일 같아도 그 이면에 얼마나 많은 실패와 노력이 있었는지를 알면 쉬운 일이 아니라는 것을 알 수 있다고 한다. 코미디언들이 한번 빵 터지는 유머를 보여주기 위해서는 수십 번의 실패가 있었다고 한다. 유머 감각은 타고난다고 하지만 유머를 활용하여 사람들에게 웃음을 주는 것은 많은 연습과 지나간 실패의 뒷받침으로 이루어지는 것이란다.

특히, 정치인이 되기 위해서는 유머를 아는 것이 필수적이라고 한다. 대중연설을 많이 해야 하기 때문에 유머를 지속적으로 제공해 주고 유머를 제대로 사용하도록 연습시키는 보좌관을 고용하는 경우도 있다고 한다. 유머는 분위기 메이커인 동시에 딱딱한 분위기를 바꾸는 윤활유 같은 역할을 한다. 링컨 대통령도 유머를 적절하게 사용했던 정치인이었다고 한다.

링컨이 하원의원에 출마했을 때 합동 연설회에서 상대 후보가 링컨을 가리켜 신앙이 없는 후보라고 비난을 했다는구나. 그 후보는 청중을 향해 "여러분 중에 천국에 가고 싶은 사람은 손을 들어보세요!"라고 했단다. 대부분 손을 들었지만 링컨은 손을 들지 않았는데 그것을 본 상대 후보가 "당신은 손을 들지 않았으니 지옥에 가고 싶은 것이오?"라고 비난하사 링컨은 "나는 천국에 가고 싶지도 않고 지옥에 가고 싶지도 않습니다. 나는 지금 의사당에 가고 싶습니다!"라고 하자 손을 들었던 모든 사람들이 빵~ 터졌고 일순간에 분위기가 반전되었고 결국 링컨이 대통령에 당선되었다고 한다.

자신의 품격을 지키는 또 하나의 포인트는 아래 사람을 꾸중하는 방법이다. 아직 20대인 너에게 아랫사람을 꾸중하는 방법에 대하여 이야기하는 것이 적절하지 않다고 생각되지만 미리 공부해두면 나중에 너도 윗사람이 되었을 때 유용하게 적용할 수 있기 때문에 이야기하는 것이다. 나이가 어릴 때는 주로 꾸중을 듣는 입장에 있지만 나이가 들면서 상대방을 꾸중하게 되는 경우가 많다. 꾸중을 할 때 꾸중을 듣는 사람이 칭찬처럼 들리게 한다면 훨씬 더 큰 효과를 거둘 수 있다고 한다.

꾸중은 항상 좋은 효과를 거두는 것만은 아니다. 꾸중이 효과를 거두기 위해서는 전적으로 상대방이 어떻게 받아들이느냐에 달려있다. 꾸중하는 사람은 꾸중을 통하여 다시는 그러한 일이 일어나지 않도록 하기 위해서 꾸중하는 것이다. 그런데 듣는 사람이 꾸중을 반성의 기회로 생각하지 않고 오히려 반감을 가지게 된다면 꾸중을 아니함만 못한 것이다.

따라서 꾸중은 부드러운 말씨로 간단하게 해야 한다. 부탁하는 말투로 하면 효과는 더 커질 수 있다. 예를 들면 직장에 자주 지각하는 사람에게 "이만갑 씨! 당신 도대체 어떻게 된 사람이야? 회사가 무슨 당신 놀이터야? 정신 똑바로 차리지 못하겠어?"라고 나무란다면 질책하는 효과를 기대하기 어렵다. 그렇게 나무라기보다 "요즈음 무슨 일이 있어요? 출근이 좀 늦군요. 무슨 어려운 점이라도 있나요?"라고 간단히 말하면 훨씬 효과적이다. 당사자는 자신을 걱정해주고 또 실제로 있는 사실을 그대로 상기시켜주기 때문에 다른 감정을 가질 이유가 없는 것이다.

언어 습관만 고쳐도 인생의 많은 것이 달라질 것이다. 왜냐하면, 말은 그 사람이 살아온 과정이고 역사이며 그 사람의 현재이기 때문이다. 자신이 내뱉은 말이 쌓여서 복이 되어 돌아오기도 하고 엄청난 눈덩이로 커진 후에 재앙이 되어 자신에게 다시 돌아오기도 한다. 그렇기 때문에 말하기 전에 다시 한 번 더 생각해 보는 것이 중요하다. 지금 이 말을 해도 되는지, 이 말로 인해 피해를 보는 사람은 없는지, 이 말을 들은 사람은 어떤 생각을 하게 될지에 대하여 한 번 더 생각하고 말하기 바란다. 우리 속담에 "말만 잘하면 천 냥 빚도 갚는다"는 말도 있고 "웃는 얼굴에 누가 침을 뱉으랴?"는 말도 있다.

어떻게 하면 말이 바뀔 수 있을까? 아버지는 2012년에 부산에서 국제 학술대회를 책임지고 주관한 적이 있다. 많은 동역자들이 함께 기도하면서 준비했는데 고비마다 하나님께서 은혜를 베풀어주시고 사람들을 붙여주셔서 학술대회를 성공적으로 개최하였다. 그 당시 고신대 학생들을 동원하여 어린이 세션의 진행을 맡긴 적이 있었는데 도무지 믿을 수 없는 일이 일어났다. 아버지가 본 학생들은 강의실에서 보던 학생들도 아니었고 학교에서 만나던 학생들도 아니었다. 그 당시 우리 학생들은 하늘에서 내려온 천사였다. 종일 김밥 한 줄로 버티면서 각자 자신에게 맡겨진 일을 묵묵히 감당한 모습은 하나님이 보시기에도 좋았다고 하셨을 그런 학생들이었다.

그 당시 아버지는 딱 한 가지만 당부했을 뿐이다. "여러분은 자원봉사 학점을 받기 위해서 이 국제 학술대회 봉사를 신청한 사람들입니다. 그러나 여러분은 단순한 자원봉사를 하기 위해서 이 자리에 선 것이 아닙니다. 여러분은 지금 국제 학술대회를 진행하고 있는 진행요원입니다. 여러분의 자원봉사 증명서에는 '2012년도 창조과학 국제 학술대회 진행요원'이라는 문구가 새겨질 것입니다. 여러분이 이번에 맡게 되는 일은 앞으로 여러분이 이러한 국제행사를 직접 주관하기 위한 훈련과정입니다." 딱 여기까지였다.

성실하게 맡은 일을 감당하기 바란다, 각자 최선을 다해서 도와주기 바란다, 만약에 요령 피우는 학생들이 보이면 체크하겠다…와 같은 말은 한 마디 꺼내지도 않았다. 학생들은 아버지가 주관하는 학술대회를 도와주는 사람들이 아니었다. 모든 학생이 학술대회를 진행하고 있는 진행요원이었다. 누가 말하지 않아도 스스로 판단하고 스스로 열심을 내어 한 축을 담당하리라 믿었기 때문에 그러한 말이 필요 없었다.

그리고 학술대회 며칠 전 새벽기도에서 하나님이 주신 지혜는 진행요원들에게 실험 가운을 입히라는 것이었다. 실험 가운을 입고 있으니 허투루 말을 할 수도 없었고 아무렇게나 바닥에 널브러질 수도 없었고 오직 어린이 세션을 진행하는 진행요원으로서, 어린이들 앞에 서있는 선생님으로서 어떻게 하면 한 가지라도 잘 가르쳐줄까를 생각하는 마음이었기 때문에 맡은 일을 충실하게 감당하고 있었던 것이다.

그 모습을 본 어느 교수님은 "하늘에서 천사가 내려와서 일하고 있네요!"라고 하면서 학생들을 칭찬했는데 그 말은 그냥 나온 말이 아니었다. 학생들의 행동과 말은 그런 칭찬을 받기에 부족함이 없었다. 학생들은 어린이들의 눈높이에 맞춰서 행동했으며 어린이들의 마음을 헤아려 말했고 진심으로 어린이들을 위하는 자세로 학술대회를 진행했으니 오죽하면 이들이 천사처럼 보였을까?

말을 잘한다고 품격이 올라가는 것은 아니지만, 말을 품위 있게 하면 품격은 자동적으로 올라간다. 말은 삶이고 인격이기 때문이다. 말과 품격은 한몸이라고 할 수 있는데, 몸에 배어있는 품격이 외부로 나타나 보여지는 것이 말이다. 사람들 대부분은 멋진 화술을 통해 자신이 멋진 사람이고 품격 있는 사람으로 보이기 바라지만 가슴에서 나오는 말, 삶에서 우러나오는 말이 아니면 품격을 높일 수 없는 것이다.

그런데 좀 더 깊이 생각해보면 말은 그렇게 쉽게 바뀌지 않는다. 왜냐하면, 생각이 변해야 말이 바뀌고 삶이 변해야 말이 바뀔 수 있기 때문이다. 말이 바뀌면 생각은 이미 바뀌어있고 삶도 바뀌어있고 품격이 바뀌어있는 것이다. 삶과 품격이 바뀌지 않으면 말이 바뀌지 않기 때문이다.

어떻게 하면 품격을 바꿀 수 있을까? 품격이 바뀌지 않으면 말이 바뀌지 않는다고 했으니 역설적으로 들릴지 모르지만 네 말이 바뀌는 것으로 출발해야 한다. 말이 바뀌지 않으면 품격은 절대 바뀔 수 없다. 오랜 기간 말을 바꾸는 훈련과 연습을 의도적으로 함으로써 습관이 되어야 한다. 말이 습관이 되면 말의 무게에 따라 품격이 점점 바뀌어가고 있는 것이다.

사랑하는 아들아!

오늘 주제는 좀 어렵다는 느낌이 들 것이다. 그러나 아버지가 이러한 편지도 보내는 것은 아버지가 경험하고 터득했던 삶의 지혜를 한 가지라도 더 알려주고 싶은 마음이 있기 때문이다. 그뿐만 아니라 먼 훗날 아버지가 떠나고 난 이후에라도 어떠한 상황을 판단해야 할 때, 중대한 결정을 내려야 할 때, 네 주변 사람들과 좋은 관계를 유지하고 싶을 때 아버지의 편지 내용을 생각하면서 바른 결정과 판단을 하는 데 도움을 얻기 바라는 마음이 있기 때문이다.

너는 주변에는 아버지의 편지보다 훨씬 더 알차고 좋은 정보도 많이 얻을 수 있을 것이고, 너의 가치를 높이기 위한 더 좋은 솔루션도 만날 수 있겠지만 아버지의 실수와 실패를 사랑하는 아들이 경험하지 않기를 바라는 마음을 담아서 부족하고 허물 많은 모습 그대로 너에게 보여주려는 것이다. 그리고 너의 모습을 어릴 때부터 보아 온 아버지로서 너의 장점과 약점도 알고 있기 때문에 어떤 면에서는 너에게 맞춘 조언이라고 생각하고 마음속에 간직하기 바라는 마음도 간절하다.

아버지의 이 편지가 아버지에게 가장 멋진 아들이 아버지를 보고 싶을 때 한 번씩 꺼내 볼 수 있는 편지가 되었으면 좋겠다. 아버지도 할아버지가 세상을 떠나신 이후 어릴 때는 무섭기만 했던 할아버지가 문득문득 보고 싶을 때가 많이 있었다. 그런데 할아버지를 보고 싶을 때 할아버지가 남겨주신 편지 하나 없어서 안타깝고 아쉬웠던 적이 많았기 때문에 아버지는 너에게 이 편지라도 남겨주고 싶은 마음으로 쓰는 것이다. 너의 너 된 것은 너의 노력만이 아니라 너를 위한 아버지와 어머니의 기도가 있었기 때문이고 너를 사랑하신 하나님의 사랑이 있었기 때문임을 잊지 말기 바란다. 사랑한다 ~~ 아주 많이!!

품격을 갖춘 아들이 되기를 바라는 아버지가…

# 29. 부끄러운 일을 만들지 마라

사랑하는 아들아!

온 나라가 꽁꽁 얼어붙은 것처럼 추운 날이구나. 부산이 이렇게 추운 날은 일 년에 몇 번 되지 않는데 오늘은 기온도 내려갔지만 습도가 낮아서 더 춥게 느껴지는 날이다. 이러한 날은 달동네 독거노인들의 생활이 얼마나 힘들고 어려울지 생각하면서 따뜻한 집과 먹을 음식이 있다는 것만으로도 얼마나 감사한 마음인지 모른다. 간혹 TV에서 어르신들의 고독사가 보도될 때마다 주변에서 조금만 관심을 가진다면 '이렇게 쓸쓸하게 세상을 떠나지는 않으셨을텐데'라는 생각이 들어서 안타까운 마음을 이루 말할 수가 없구나.

비록 요즈음 날씨가 춥다고 하지만 아버지가 어렸을 때에 비하면 그렇게 춥지 않은 것이 사실이다. 그 당시에는 시골에 살았고 옷도 따뜻한 옷이 아니었으며 초가집의 허술한 구조에 방 안에서도 추워서 옷을 껴입고 생활했던 적이 많았으니 비교할 수 없으리라 생각한다. 사람이 나이가 먹었는지 아닌지를 판별하는 것 중에 하나가 옛날이야기를 하는지 안 하는지를 보면 알 수 있다고 하는구나.

그런데 아버지가 옛날이야기를 꺼내는 것을 보니 아버지도 나이가 먹었구나 하는 것을 스스로 느낄 때가 있다. 비록 마음은 그렇지 않다고 하더라도 몸이 따라주지 못할 때도 있고 몸보다도 생각이 조금씩 조금씩 바뀌어 가는 것을 느낄 때가 있으니 아버지 스스로 보기에도 나이 들었다는 것을 느끼고 있을진대 하물며 다른 사람들이 보기에 어떻겠니? 그래서 될 수 있으면 옛날이야기를 하지 않으려고 한다.

오늘은 앞으로 네가 살아가면서 부끄러운 일을 만들지 않았으면 좋겠다는 이야기를 하고 싶구나. 아버지는 살아오면서 지금 다시 한번 생각해보면 쥐구멍에라도 숨고 싶을 정도로 낯 뜨거운 일, 부끄러운 일을 수도 없이 많이 만들면서 생활해왔다. 비록 그것이 실수였다고 하더라도 그 당시에도 부끄러워서 고개를 들 수 없었던 것은 물론이지만 그날 이후 문득문득 생각날 때가 있어서 혼자 생각하면서 '어떻게 그때 그렇게 할 수 있었지?', '아이고 부끄러워~ 쥐구멍에라도 숨고 싶다…'라는 생각이 들 때가 얼마나 많이 있었는지 모른다. 그래도 오늘은 아들이 아버지처럼 부끄러운 일을 만들지 않았으면 하는 마음에서 지난날의 부끄러운 일을 이야기함으로써 너에게 교훈을 남기고자 한다.

아버지가 독일에서 교환교수로 연구하고 있을 때 한 번은 연구실의 모든 학생이 함께 식사하러 식당에 간 적이 있었다. 그 식사는 교수님이 초대한 것이었는데 식사를 마친 후에 각자 계산을 하는 것이었다. 교수님이 초대한 식사였는데도 불구하고 각자 부담하는 것이 조금 어색하기는 했지만 큰 문제가 되는 것은 아니었다. 물론 한국에서 같았으면 당연히 교수님이 전체 식비를 부담하는 것이 그 당시에는 당연한 일이었지만 말이다.

식사를 마치고 종업원이 종이를 들고 다니면서 식사비를 받고 있었는데 드디어 아버지 차례가 되었다. 아버지는 그 당시에 독일어를 잘하지 못했지만 그렇다고 수를 세거나 돈 계산을 못할 정도는 아니었기 때문에 당연히 독일어로 계산을 하고 있었다. 아버지가 먹은 음식값은 15마르크 였는데 지갑에 50마르크짜리 지폐가 있어서 그것을 주니 거스름돈으로 35마르크를 주는 것이었다. 그러면 계산은 정확하게 맞는 것이었다. 그런데 아버지는 받은 거스름돈이 25마르크인 것으로 착각을 했다. 그래서 "계산이 잘못되었다."라고 하면서 종이에 50-15=35라고 써주기까지 하였다. 그것을 보다 못한 옆자리의 대학원생이 "계산 맞다.", "정확하게 받았다."라고 하는 것이었다. 그때서야 아버지 손에 든 돈이 35마르크인 것이 보였다. 아버지는 그때까지 25마르크를 받은 줄로 착각했던 것이다.

그랬으니 그 이후에 아버지의 얼굴이 어떻게 변했겠니? "지폐를 잘못 봤다", "내 실수다", "미안하다"라고 하면서 얼버무렸지만 이미 얼굴은 홍당무가 되어있었고 갑자기 머리가 하얗게 되면서 당장 그 식당에서 도망가고 싶었다. 그 후에 어떻게 마무리되었는지, 무슨 이야기를 더 나누었는지 지금도 전혀 기억이 없다. 얼마나 부끄러웠으면 얼굴을 들지 못하고 두 손으로 감싸쥐고 한동안 고개를 들지 못하고 있었던 것만 기억에 남는다.

그리고 한국에 돌아와서도 한동안 트라우마에 시달려서 식당에 가서 식사를 하거나 물건을 살 때면 거스름돈을 아예 세어보지도 않고 주는 대로 받아서 주머니에 넣었던 기억이 있다. 그리고 지금도 그 생각만 하면 얼마나 부끄러운지…. 그리고 그 당시에 왜 거스름돈을 잘못 보았는지, 초등학생도 틀리지 않을 만큼 간단한 계산이었고 지폐에는 숫자가 큼지막하게 표시되어 있어서 잘못 볼래야 볼 수도 없는 상황인데 왜 그랬는지 지금도 알 수가 없구나.

사랑하는 아들아!

아버지는 이것 말고도 부끄러운 일을 많이 겪었는데 대부분 말을 잘 못해서 일어난 일이었다. 예를 들면 적절한 말투를 쓰지 않은 적도 있었고 품위 없는 말을 내뱉은 적도 있었고 장난이라고 말을 함부로 한 적도 많이 있었단다. 특히, 친구들과 놀면서 아버지의 마음을 다스리지 못해서 여러 친구 앞에서 화를 낸 적이 있었는데 나중에 얼마나 후회했는지 모른다.

그런데 이미 상황은 벌어졌고 한 번 내뱉은 말은 다시 주워담을 수 없게 되었으니 얼마나 난처했던지…. 특히 유머를 사용하여 여러 사람을 웃기려고 하면서 신체적인 약점을 유머에 적용하여 상대방을 곤란하게 만든 적도 있었단다. 당시에 다른 사람은 호호 깔깔거리고 웃었지만 당사자는 얼마나 난처했을지 그 당시에는 몰랐지만 시간이 많이 지난 후에 그것은 아버지가 적절하게 사용하지 못한 유머였다는 것을 알았다.

동경대학에서 연구할 때의 일이다. 유난히 키 작은 학생이 있었는데 얼마나 쾌활하고 명랑한지 모든 학생이 그 학생을 만나면 즐거워하고 서로 이야기하면서 웃음보따리가 터지는 그런 학생이었다. 그 날도 여러 학생이 모여서 즐거운 이야기를 나누면서 웃고 있었는데 아버지가 모든 학생을 한 번 웃기려고 시작한 농담이 "Why are you sitting?", "I can not see you."라고 했더니 모든 학생이 빵빵 터지는 것이었다.

물론 그 학생도 함께 따라 웃었지만 며칠 후에야 그것이 그 학생에게 상처가 되는 나쁜 말이라는 것을 깨달았다. 그리고 바로 "잘못했다.", "미안하다"고 사과했고 그 학생도 "It's OK!"라고 하기는 했지만 오래도록 아버지 자신이 부끄러웠다. 그리고 수년이 지난 후에 어느 책에서 "다른 사람의 신체적 약점을 유머 재료로 사용하지 말라"는 내용을 읽고 아버지가 잘못했다는 것을 다시 한 번 절실하게 느꼈다. 그런데 그 사건이 일어났을 때가 아버지 나이 40이 넘었을 때였으니 지금 생각해도 얼마나 부끄러운 일인지 모르겠다.

그래서 가능하면 많이 배우고 책을 많이 읽어서 해야 할 말, 해서는 안 되는 말, 해도 되는 말을 구별할 수 있는 분별력을 가지는 것이 인생을 살아가면서 얼마나 중요한지를 이제 나이가 들어서야 깨닫고 있다. 『지금 알았던 것을 그때의 내가 알았더라면(What I Know Now: Letters to My Younger Self)』라는 책을 한번 읽어보기 바란다.

이 책은 성공한 여성 30명이 20~30대의 자신에게 편지를 보내어 지금은 깨달았지만 그때는 몰랐던 삶의 지혜를 전해주는 책이다. 비록 여성의 시각에서 바라본 내용이기는 하지만 대부분 젊은 시절 자신의 실수와 실패를 뒤돌아보고 그 시절의 후회되는 내용과 과거의 자신에게 더 열심히 살도록 들려주는 이야기이기 때문에 너에게 도움이 될 것이다. 왜냐하면, 너 역시 나이가 들어서 생각하면 후회될 일을 지금 하고 있을 것이기 때문이다.

그렇다면 네가 부끄러운 일을 만들지 않기 위해서는 어떻게 해야 할까? 아버지는 대부분 말의 실수로 부끄러운 일을 만들었기 때문에 말을 조심하라고 하고 싶구나. 아버지의 고등학교 선생님이 졸업 직전에 하신 말씀이 생각난다. "남자는 세 가지 끝을 조심해야 한다."라고…. 첫째가 혀끝이다. 말을 조심해서 하라는 말이다. 둘째가 손끝이다. 주먹을 함부로 놀리지 말라는 말이었다. 세 번째 끝은 아버지가 말하지 않아도 네가 짐작하리라 생각된다. 물론 세 번째 끝이 문제를 일으키면 모든 것이 한순간에 무너지게 될 수도 있기 때문에 특별히 조심해야 하지만 이 문제는 크리스천으로서 두말할 필요가 없으리라 생각한다.


사랑하는 아들아!

말을 조심하려면 어떻게 해야 할까? 말하기 전에 한 번 더 생각하고 말하는 것이다. 그래서 말을 너무 잘하는 사람은 사기꾼 같고 나를 속이는 사람 같고 믿을 만한 사람으로 인정받지 못하는 경우도 종종 있다. 대학 시절에 세운상가라는 곳에서 타자기를 구입하려고 갔던 적이 있었다. 당시 타자기는 대학생들이 갖고 싶은 재산 목록 1위였기에 아버지도 꼭 하나 갖고 싶었었다. 중고 타자기를 파는 가게가 수십 곳이 있었는데 유독 한 곳에만 손님들로 미어터질

지경이 되었다. 특별히 가격이 싼 것도 아니고 품질이 좋은 곳도 아니었는데 왜 이 집만 이렇게 손님이 붐빌까?

한참을 기다려서 주인에게 이것저것 물어보면서 그 비밀이 무엇인지 깨닫게 되었다. 주인이 말을 어눌하게 할 뿐 아니라 약간 더듬기까지 했으며 어떤 타자기는 값이 싸지만 이런 것은 사면 안 된다는 이야기까지 솔직하고 어눌하게 하는 것이었다. 손님들 입장에서 보면 이렇게 말하는 사람은 거짓말을 못할 것이라는 믿음이 있기 때문에 많은 사람들이 그곳에서 타자기를 구입하는 것이었다. 물론 아버지도 그곳에서 타자기를 구입했음은 두말할 필요가 없다.

아버지는 학생들을 가르치면서 무감독 시험을 유지해오고 있다. 적어도 기독교 대학의 학생들이라면 하나님 앞에서 부끄러운 일을 하지 않아야 한다는 생각으로 시작한 것이 어느덧 19년째 이어져오고 있다. 물론 위기도 몇 번 있었지만 학생들에게 솔직하게 이야기하고 진솔하게 당부하면서 학생들이 자부심을 가질 수 있도록 격려하면서 성공적으로 유지되고 있는 상황이다.

아버지가 시험장에 들어가서 학생들에게 가장 중요하게 강조하고 당부하는 것은 순간적으로 유혹받게 되면 여러분의 평생에 가장 부끄러운 날이 될 것이라는 점이다. 왜냐하면, 다른 모든 학생은 자신과 하나님 앞에서 당당한데 그러한 유혹을 견디지 못하고 잘못을 한 학생들은 아마도 평생 떳떳하지 못한 마음으로 살아가게 될 것이라고 이야기한다. 그리고 여러분이 유혹을 이겨내고 무감독 시험을 성공하게 되면 내가 추천서를 쓸 때 최상의 추천서와 함께 무감독 시험 인증서를 만들어서 주겠다고 약속을 하고 있다.

무감독 시험이 성공하기 위해서는 학생 한 사람 한 사람 개인적인 친분을 쌓는 것도 중요하고 아버지가 교수로서 학생 개인에게 거는 기대도 크다는 것도 평소에 꾸준히 인식시키고 있다. 그뿐 아니라 학생들 한 사람 한 사람 기도제목을 받아서 기도하면서 교수와 학생의 관계가 아니라 중보기도 동역자로의 관계라는 것을 깨닫도록 하는 것도 게을리하지 않고 있다. 그리하여 학생들과의 연결 고리가 개인적으로 튼튼하게 이어져 있음을 깨닫도록 하고 있다. 이러한 무감독 시험은 신학과, 기독교 교육과에서도 시행하지 못하는 것인데 아버지는 전공과목뿐만 아니라 교양과목에서도 지속적으로 실시하고 있어서 아버지가 가르치는 학생들이 자랑스럽고 너무 멋진 학생들이라고 자부하고 있다.

그리고 학생들에게 무감독 시험에 대한 소감을 적도록 하고 있는데 대부분의 학생들이 초중고 12년간 한 번도 무감독 시험을 경험하지 못했지만, 교수님이 명분을 주니까 마음에 각오가 생겨서 딴 마음을 먹지 못했다는 이야기를 가장 많이 했단다. 그리고 정말로 마음속에 부끄럽지 않아야겠다는 생각을 가지게 되었다고 대답했단다.

사실 학생들의 입장에서 보면 부정행위를 해도 다른 학생들이 모를 수 있고 또 여러 가지 이유로 시험 준비를 충실하게 하지 못해서 좋은 성적을 받지 못할 상황에서 컨닝 페이퍼(영어로는 'crib sheet' 또는 'cheat sheet'이라고 함.)를 만들면 한두 단계 높은 성적을 받을 수도 있는 유혹을 이겨내는 것이 쉽지는 않았을 것이다. 그러나 아버지와 학생들 사이에 형성된 믿음을 저버릴 수 없다는 생각으로 그러한 행위를 하지 않고 무감독 시험을 잘 지켜낸 학생들이 너무나 자랑스럽고 또 이 학생들의 이야기를 다른 교수님들에게도 종종 이야기하곤 한다.

이처럼 부끄러운 일은 마음 깊은 곳이 결정하는 일이라고 생각한다. 그 마음 깊은 곳을 우리는 양심이라고 부른다. 양심은 다른 사람 때문이 아니라 자기 스스로에게 부끄럽시 않기 위해서 작동되는 안전장치라고 생각한다. 그런데 이러한 양심의 문이 닫히는 부끄러운 일은 처음 한 번이 어렵지 한 번만 하게 되면 그 후에는 더 부끄러운 일도 전혀 부끄럽지 않게 할 수 있는 것이 양심이라고 생각한다.

따라서 네가 이러한 양심의 소리를 들을 기회가 오면 그 양심의 소리에 귀 기울이고 결코 부끄러운 일을 만들지 않기 바란다. 한 번 부끄러운 일을 만들게 되면 평생 그 일이 네 양심을 괴롭히게 될 것이고 절대로 지워지지 않는 흔적을 너에게 남기게 될 것이다. 네가 양심을 저버리고 부끄러운 짓을 하게 된다면 아버지가 이 편지 서두에 적었던 독일의 식당에서 계산 착오로 부끄러웠던 것과는 비교할 수 없을 정도로 큰 부끄러운 상처를 마음에 남기게 될 것이다.

사랑하는 아들아!

아버지가 만들었던 작은 부끄러움도 만들지 않는 멋진 아들이 되어 사람과 하나님 앞에서 존중받고 인정받는 사람으로 하나님께 영광을 돌리는 생활을 하기 바라는 마음으로 너에게 이 편지를 쓴다. 그리고 훗날 네가 아버지가 되었을 때 네 아들에게도 똑같은 이야기를 할 수 있기를 기대하는 마음도 함께 담아서 보낸다. 비록 큰 부끄러움이 아니라고 하더라도 세미한 소리에 귀를 기울이므로 항상 당당하고 떳떳한 아들의 모습을 기대한다.

부끄러운 일을 만들지 않는
아들이 되기를 기도하는 아버지가…

# 30. 따뜻한 카리스마를 가져라

사랑하는 아들아!

오늘은 네가 따뜻한 카리스마를 가졌으면 좋겠다는 생각으로 이 편지를 쓴다. 카리스마는 영어로 'charisma'라고 쓰는데 이 단어는 그리스어 'Kharisma'에서 유래하였다고 한다. 그 뜻은 성령의 은총, 하나님이 주시는 특별한 재능을 의미하기도 하고 초자연적이고 초인간적인 능력을 나타내기도 하며 예언자나 주술사가 보여주는 특별한 힘을 의미하기도 한다는구나. 원래는 종교적 의미로 사용되었던 카리스마가 요즈음에는 다르게 사용되기도 하는데, 지도자가 일반 대중의 지지를 얻는 특별한 정신력과 권위를 나타내거나 자신을 신봉하게 만드는 매력, 특별한 통솔력이나 교조적인 지도력을 의미하는 등 정치적 의미로 변질되어 널리 사용되고 있단다.

일반적으로 카리스마라고 하면 권위가 느껴지고 왠지 그 앞에서 말 한마디 꺼내지 못할 것 같은 위엄이 있고 쉽게 접근하지 못할 것 같은 무게감이 느껴지는 단어로 생각하는 경우가 많다. 이것은 과거 권위주의적 사회에서 통용되었던 개념이라고 생각한다. 특히, 상하 서열이 엄격한 계급주의 사회나 주종 관계가 분명한 봉건사회에서 모든 구성원이 공유했던 개념이다. 그러나 사회가 바뀌어서 모든 사람이 평등하고 수평적 관계로 얽힌 현대사회에서는 도저히 인정받을 수 없는 개념이다. 더구나 네가 살아가야 할 미래사회는 수직적 네트워크로 연결된 사회가 아니라 다양한 형태의 수평적 네트워크로 연결된 사회가 될 것이 분명하기 때문에 그런 권위주의적인 의미보다 오히려 부드럽고 섬기는 리더십에서 나오는 따뜻한 카리스마가 이끄는 리더십이 진정한 효력을 나타내리라고 믿는다.

사랑하는 아들아!

아버지는 따뜻한 카리스마란 다른 사람을 섬기는 카리스마, 네 도움이 필요한 사람들을 도와주는 카리스마, 너 자신의 유익을 위한 일이 아니라면 기꺼이 희생하는 카리스마를 의미한다고 생각한다. 이러한 자세는 예수님의 자세이고 성경의 가르침이기 때문에 너도 잘 알고 있겠지만 막상 실천하기는 쉽지 않은 일이다. 그래서 아무나 하지 못하는 일이고 따뜻한 카리스마를 가진 사람들만 할 수 있는 일이 아닐까 생각한다.

너에게 쓰는 이 편지의 제목은 사실 아버지가 읽었던 책『따뜻한 카리스마』에서 따온 말이다. 그 책의 저자는 이미지디자인 컨설팅의 대표를 맡고 있는 이종선이라는 분이다. 책을 읽고 내용이 좋아서 저자를 2004년에 우리 대학에 초청하였고 학생들을 대상으로 특강을 했었는데 학생들이 얼마나 잘 들었고 반응이 얼마나 뜨거웠던지 다시 한 번 우리 대학에 오고 싶다고 이야기했던 분이었다.

따뜻한 카리스마는 "싸우지 않고 이기는 힘"이라고 한단다. 따뜻한 카리스마를 가지고 있는 사람은 세상 사는 것이 편해지고 주변에 사람들이 많이 모이고 서로에게 힘이 되며 자신의 능력을 마음껏 발휘할 수 있는 사람이라고 한다. 또 절제력 있는 자기표현 능력과 뛰어난 공감능력을 통하여 상대방을 설득하였지만 상대방은 자신이 스스로 선택했다고 믿게 만드는 따뜻한 마음을 가진 사람이라고 한다. 상대방의 요청을 거절하는 것은 누구에게나 쉽지 않은 일인데 이 사람은 상대방이 기분 나쁘지 않게 받아들일 수 있도록 거절하는 묘수를 보여주기도 하고, 세상과 친구 하면서 유유자적 살아가면서 세상을 품는 유머와 여유를 가지고 살아가는 사람들이라고 하는구나.

따뜻한 카리스마를 가진 사람들이 가장 중요하게 생각하는 것은 신뢰라고 하는데, 신뢰는 믿음보다 더 확실하고 믿음보다 더 틀림없는 확신을 주는 것이다. 이들이 보여주는 가장 중요한 점은 사소한 것을 사소하게 생각하지 않는다는 점이다. 스쳐 지나갈 법한 사람과의 만남도 소중하게 생각하고 우연한 인연마저도 하찮게 생각하지 않고 숨겨둔 보물처럼 귀하게 생각하는 사람들이 따뜻한 카리스마를 가진 사람들이라고 하는구나.

사랑하는 아들아!
아버지는 네가 따뜻한 카리스마를 가졌으면 좋겠다. 아버지가 가지지 못했던, 그래서 늘 아쉽고 간직하고 싶었던 그런 따뜻함을 가졌으면 좋겠다. 그러기 위해서 네가 남과 나누는 기쁨을 누리기를 기대한다. 남을 돕고 남과 나누면 기쁨이 배가되는 법칙을 너도 알고 있으리라 생각한다. 누군가를 도울 때 도움을 받는 사람보다 도움을 주는 사람이 더 기쁘다는 것을 너도 알고 있으리라 믿는다.

아버지가 우리 대학에 지원한 학생들을 면접할 때 봉사활동을 열심히 했던 학생들이 하나같이 똑같은 대답을 하는 것을 보고 그 법칙을 깨달았다. 학생들은 고등학교 때 의무적으로 나갔던 봉사활동에서 시작은 의무적이었지만 마무리는 기쁨이었다고 고백하는 것을 볼 수 있었다. 고등학교 생활기록부에 봉사활동 기록이 있으면 대학 진학할 때 유리하게 작용했던 시절이 있었단다. 처음에는 단지 생활기록부에 봉사활동을 했다는 기록을 남기기 위해서 봉사를 했는데 남는 것은 생활기록부의 한 줄 기록이 아니라 자신의 마음속 깊이 남을 도울 때 얻어지는 감사와 기쁨과 즐거움이었다고 고백하는 것이었다.

그렇단다. 남녀 간에 사랑을 할 때도 사랑을 받는 사람이 더 행복할까? 사랑을 받는 사람이 더 행복할까? 많은 사람이 사랑을 받는 것이 더 행복하다고 하겠지만 사실은 사랑을 하는 사람이 훨씬 더 행복하다고 한다. 그 사랑이 짝사랑이면 더 말할 것도 없을 것이다. 오죽하면 "사랑 중에 최고의 사랑은 짝사랑이다!"라는 말까지 생겨났을까? 아버지는 너를 짝사랑했던 분을 알고 있단다. 네가 태어나기 전부터 너를 짝사랑하였고 네가 태어난 이후에도 줄기차게 너를 짝사랑하였고 네가 잠깐 딴짓을 했던 경우에도 변함없이 너를 짝사랑하였고 지금도 여전히 너를 짝사랑하신 분이 있단다. 그분이 누구인지는 너도 알고 있을 것이다. 앞으로는 그분의 사랑이 짝사랑이 아니라 서로 사랑하는 사이가 되도록 너도 그분을 사랑하는 사람이 되기 바란다.

네가 부드러운 카리스마를 가지기 위해서 작은 것으로 큰 차이를 만드는 이미지 확장술을 잘 활용하는 것이 좋다. 이미지 확장술이란 단어가 있는지는 모르겠지만 작은 변화와 작은 노력으로 이미지 변신을 꾀하면 좋겠다는 말이다. 너는 앞으로 세상을 살아가면서 사람들과의 관계 속에서 살아가게 될 텐데 그 사람들이 너를 생각하면 떠오르는 너의 이미지가 있을 것이다. 그런데 어느 날 네가 기타를 치면서 「Take Me Home Country Road」나 역대 한국 최고의 음반 판매량을 기록했던 「잘못된 만남」을 멋지게 부른다면 다른 사람들이 너를 어떻게 볼까? 특히 30대를 지나 40~50대가 되면 너 자신만의 애창곡을 하나쯤은 반드시 가지고 있는 것이 좋다고 생각한다.

네 주변 사람들에게 너의 이미지를 각인시키는 방법 중에 간단하면서도 효과적인 방법은 역시 목소리로 전달하는 애창곡일 것이다. 한국 기업의 CEO들이 가장 즐겨 부르는 애창곡은 노사연이 부른 「만남」이라고 한다. 이 노래는 DMZ에서 북한을 향해 수십 개의 확성기로 동시에 들려주는 노래 중에 가장 효과가 좋은 노래라고 한다. 달 밝은 밤에, 울적한 날 밤에, 혼자서 깊은 산 속에서 보초를 서는 북한 병사들이 그 노래를 들으면 마음속에서 아련한 그리움이 솟아나고 자신도 모르게 따라 부르면서 남한을 동경하게 된다고 한다. 네가 그 가사를 모를 것 같아서 일부를 여기에 적어둔다.

"우리 만남은 우연이 아니야 그것은 우리의 바램이었어 아~~ 바보 같은 눈물 보이지 말아~~ 사랑해~~ 사랑해 너를 사랑해~~"

비록 이 노래가 70~80년대 젊은이들이 많이 불렀던 노래이고 20대인 네가 좋아할 만한 노래는 아니라고 생각하지만, 너도 나이가 들면 흘러간 옛 노래 한두 개쯤은 알고 있는 것이 너의 이미지를 따뜻하게 확장하고 또 그 이미지를 따뜻한 카리스마로 변화시킬 기회가 될 수 있을 것이다.

그런데 사실 네 애창곡은 네가 좋아하는 노래여야 하지만 듣는 사람들이 어떤 사람들이냐에 따라 달라져야 할 것이다. 나이 드신 분들과 함께 있는데 젊은 사람들이 즐겨 부르는 노래를 부르는 것도 맞지 않고 젊은 사람들이 대부분인데 흘러간 옛 노래를 부르는 것도 맞지 않다. 따라서 분위기나 청중을 고려하여 곡을 선택하는 것이 중요할 것이다. 최소한 4~5곡은 열심히 연습해서 언제 어디서든지 자신 있게 부를 수 있도록 준비하면 좋겠다.

즐겁고 재미있는 곳에서 처지는 노래나 무거운 노래를 부르는 것도 맞지 않고 사랑이나 이별에 관한 노래만 부른다면 '연애에 실패했구나.'라는 오해를 받을 수도 있을 것이다. 특히, 젊은 노래나 신나는 노래를 부르면 신선한 이미지를 준다고 하고 비록 네가 나이가 들었을 때 최신곡을 부르면 젊은이들에게 쉽게 다가갈 수 있는 이점도 있다고 하는구나. 노무현 대통령이 대통령 선거할 때 기타를 연주하면서 부른 「상록수」라는 노래는 노무현의 이미지를 상록수처럼 푸르고 곧은 사람으로 인식하게 만들었다고 한다. "저 들에 푸르른 솔잎을 보라~~ 돌보는 사람도 하나 없는데 비바람 맞고 눈보라 쳐도 온 누리 끝까지 맘껏 푸르다". 노무현 대통령의 이미지와 노랫말이 일치되어 항상 푸르고 올곧은 이미지를 나타내 보여준 노래라고 한다.

사랑하는 아들아!

따뜻한 카리스마는 부드럽고 센스있는 카리스마이다. 딱딱한 카리스마는 따뜻할 수 없기 때문이다. 네가 살아가야 할 세상은 한 사람의 영웅이 나타나서 "나를 따르라!"는 식의 리더십으로는 세상을 이끌어 갈 수 없다. 누구든지 다른 사람을 설득하고 설명해서 이해하게 만들어야 하고 네 의견에 동의하도록 이끌어야 한다.

그러기 위해서는 따뜻한 마음으로 상대방을 대할 수 있는 열린 마음을 가져야 한다. 부자연스러운 상황이나 상대방을 좋지 않게 생각하고 있는 상황에서는 따뜻한 이미지로 대할 수 없다. 이러한 분위기에서는 부드러운 조크나 유머는 생각조차도 나지 않을 것이다. 따라서 분위기를 반전시키려 하는 것보다 상대방을 대하는 따뜻한 마음을 가지는 것이 우선이다. 상대방에게 따뜻한 마음을 가지면 자연스럽게 여유가 생기고 여유가 생기면 자연스럽게 유머로 이어질 수 있다. 그리고 자연스러운 유머나 조크 한 마디는 일순간에 분위기를 반전시킬 수 있고 다른 사람들이 너를 마음이 따뜻한 사람, 따뜻한 카리스마를 가진 사람으로 인정할 수밖에 없도록 만들어 간다.

이러한 유머나 조크를 잘 활용하기 위해서는 짧은 시간에 열심히 외우고 공부한다고 해서 자연스럽게 구사되는 것이 아니다. 유머는 나이가 들어갈수록 더 필요하지만 젊은 시절부터 꾸준히 연습하지 않으면 필요할 때 적절한 유머를 사용할 수 없는 것이다. '하루 한 번은 다른 사람에게 유머나 조크를 사용하여 상대방을 즐겁게 하리라!'는 사명감(?)을 가지고 밥 먹듯이 꾸준히 훈련하고 연습하는 것이 좋다. 그 과정에서 너는 심한 좌절감과 실패를 맛볼 것이고 네가 재미있다고 준비한 유머가 상대방의 마음을 열지 못해서 오히려 썰렁한 분위기를 만들 수도 있을 것이다. 그렇다고 거기서 그만두면 네가 바라는 유머를 통한 따뜻한 카리스마는 가질 수 없을 것이다.

사람은 성공한 경우보다 실패할 때 훨씬 더 많이 배울 수 있다고 한다. 성공하면 그 성공이 쉽게 느껴져서 성공의 요인을 발견하기가 쉽지 않지만 실패할 경우는 무엇이 잘못되었는지, 어느 부분이 부족한지를 더 깊이 발견할 수 있기 때문에 훨씬 더 많이 배울 수 있는 것이다. 따라서 네가 사용한 유머나 조크가 사람들의 마음을 열지 못한다고 하더라도 꾸준히 노력해서 더 열심히 개발하고 더 많이 노력하다 보면 어느 순간에 너도 모르게 네 유머가 사람들을 즐겁게 하고 있음을 너 자신이 깨닫게 될 것이다.

따뜻한 카리스마는 우선 상대방을 배려하는 마음이 바탕에 깔려있을 때 발휘되는 것이다. 네가 다른 사람을 긍휼히 여기는 마음을 가지게 되면 자연스럽게 그 사람을 도와주고 싶은 마음이 생길 것이고 도와주다 보면 사랑하는 마음이 생길 것이다. 그리고 그러한 배려와 사랑을 받은 사람은 너에게 감사하는 마음이 생길 것이고 너의 말에 귀 기울이게 될 것이다. 이때가 따뜻한 카리스마가 발휘되는 시점이 될 것이다. 그리고 일단 따뜻한 마음의 교감이 일어나게 되면 그 이후는 처음 시작할 때보다 훨씬 쉽게 진행된다. 그리고 자연스럽게 너와의 네트워크가 연결될 것이고 상대방은 항상 존중받는다는 느낌이 들기 때문에 너의 주변에서 멀리 떠나지 못하게 될 것이다.

아버지가 인터넷에서 찾아보니 배려운동본부라는 사단법인이 있는 것을 발견했다. 많은 사람들이 배려하지 않고 살아가고 있으니 배려를 생활화하기 위한 목적으로 만든 단체라고 하는구나. 이 단체에서 내세우는 실천과제 내용은 1) 서로 존중하는 말을 사용하고 2) 정감 어린 인사를 나누며 3) 경청하고 칭찬하며 4) 공중도덕을 잘 지키고 5) 나누고 봉사하기라고 정해두었더구나. 그런데 생각해 보면 이 모든 것은 따로 배워야 할 것이 아니라 어릴 때부터 가정에서 가르치고 배우는 것인데 이것이 안 되니까 사단법인이 만들어지기까지 하는구나. 사실 이 모든 것은 자신을 낮추고 상대방을 배려하면 자연스럽게 할 수밖에 없는 것들인데 조직적인 운동을 벌여야 하는 세상이 되었는가 싶어서 쓸쓸한 마음이다.


사랑하는 아들아!

아버지가 너에게 가르치지 못했던 것을 네 아들에게는 가르칠 수 있기를 기대하는 마음으로 이 편지를 쓴다. 그동안 너에게 제대로 가르치지 못했고 너를 사랑하는 방법도 잘 몰라서 실수했던 내용에 대해서 반성하는 마음도 많이 있단다. 네가 다시 아버지 아들로 태어난다면 그동안 잘못했던 점에 대해서 두 번 다시 실수하지 않고 잘할 수 있을 것 같다. 네 아들이 너만큼 컸을 때 너는 아버지가 했던 후회를 하지 않기를 바라는 마음도 함께 담아 보낸다.

그래서 아버지는 성경에 나오는 믿음의 조상들이 부럽다. 그분들은 900년 이상 살면서 경험했던 지혜를 가진 윗대 할아버지로부터 오랜 기간에 걸쳐 지혜를 배워왔기 때문이다. 아버지는 이러한 지혜를 할아버지로부터 많이 배우지 못한 아쉬움이 항상 가슴속에 남아 있다. 아버지의 편지를 읽고 더 나은 모습, 더 멋진 모습으로 세상을 변화시키는 사람이 되기를 기도한다. 사랑한다~~. 아주 많이 ….

아들이 따뜻한 카리스마를 가지기를
기대하는 아버지가…

# 아들아!
# 너는…

1판 1쇄 발행일 2019년 7월 22일

**지 은 이**　　정병갑
**펴 낸 이**　　이기성
**편집팀장**　　이윤숙
**기획편집**　　정은지, 이민선, 최유윤
**표지디자인**　정은지
**책임마케팅**　임용섭, 강보현
**펴 낸 곳**　　도서출판 생각나눔
**출판등록**　　제 2018-000288호
**주　　소**　　서울 잔다리로7안길 22, 태성빌딩 3층
**전　　화**　　02-325-5100
**팩　　스**　　02-325-5101
**홈페이지**　　www.생각나눔.kr
**이 메 일**　　bookmain@think-book.com

• 책값은 표지 뒷면에 표기되어 있습니다.
　ISBN 979-11-90089-38-8 (03810)

• 이 도서의 국립중앙도서관 출판 시 도서목록(CIP)은 서지정보유통지원시스템 홈페이지
　(http://seoji.nl.go.kr)와 국가자료공동목록시스템(http://www.nl.go.kr/kolisnet)에서
　이용하실 수 있습니다(CIP제어번호: CIP2019024750).